Dacia Maraini
Zeit des Unbehagens

Natalie Baiaco
April 2000

Dacia Maraini
Zeit des Unbehagens

Roman

Aus dem Italienischen
von Heinz Riedt

Verlag Klaus Wagenbach Berlin

Die Originalausgabe erschien 1963 unter dem Titel *L'età del malessere*
bei Giulio Einaudi in Turin.

Wagenbachs Taschenbuch 375

Mit freundlicher Genehmigung des Piper Verlags, München
 Umschlaggestaltung Groothuis & Consorten unter Verwendung eines Photos der Autorin von Jerry Bauer. Das Karnickel auf Seite 1 zeichnete Horst Rudolph. Gesetzt aus der Caslon von der Offizin Götz Gorissen, Berlin. Gedruckt auf chlor- und säurefreiem Papier und gebunden von Pustet, Regensburg. Printed in Germany. ISBN 3 8031 2375 5

Cesares Vater öffnete mir. Er trug eine mit rotem Flanell gefütterte Hausjacke. Wie immer begrüßte er mich mit einem kurzen Nicken seines klobigen, graumelierten Kopfes und einem freundlichen Lächeln; dann trat er zur Seite und zwinkerte mir verschmitzt zu.

»Willst du Cesare sprechen?«

»Ja.«

»Warte, ich hole ihn.«

Aber Cesare hatte mich schon gehört und rief dem Vater zu, er solle mich hereinbringen.

»Er lernt«, sagte der Vater vertraulich. »In einem Monat hat er Prüfung.«

Er führte mich zum Zimmer seines Sohnes und blieb stehen, die Hand auf der Klinke.

»Fleißig ist er ja, der Junge. Er lernt so viel«, murmelte er und zögerte, die Tür zu öffnen.

»Na, dann werde ich jetzt meine Zeitung lesen«, meinte er schließlich und lächelte zaghaft. »Was anderes hab ich ja nicht zu tun: die Zeitung, das Radio und von Zeit zu Zeit eine Tasse Kaffee.«

Endlich ließ er mich eintreten. Dann machte er die Tür behutsam hinter mir zu, und ich hörte ihn in seinen Pantoffeln davonschlurfen.

»Seit einer halben Stunde warte ich auf dich«, empfing mich Cesare.

»Ich konnte nicht eher.«

»Warum nicht?«

Ich zuckte die Achseln. Cesare blickte mich stirnrunzelnd an. Dann betrachtete er seine schmalen, gepflegten Hände mit den abgeflachten Fingerkuppen.

»Warte einen Moment, ich bin gleich mit dem Kapitel fertig. Setz dich.«

Das Zimmer war mit Möbeln vollgestopft. Die Fensterladen waren angelehnt. Die stickige Luft roch nach Staub und Zigarettenrauch. Cesare arbeitete im Schlafrock, die Ellbogen auf den mit Büchern beladenen Schreibtisch gestützt.

Das Licht fiel auf sein Haar, dessen lange Strähnen bis zum Nacken reichten. Eine blonde Locke rutschte ihm in die Stirn. Er strich sie mit den Fingern zurück und sah dann wieder aufmerksam in sein Buch.

»Ich kann nicht«, sagte er nach einer Weile und stieß das Buch weg. Der Schlafrock öffnete sich über seiner weißen, haarlosen Brust.

»Hast du Lust?« fragte er in verändertem Ton.

»Ja.«

»Warum bist du nicht früher gekommen? Ich kann nicht lernen, wenn ich auf dich warte.«

»Mein Vater. Wegen der Versicherungen«, erklärte ich.

»Das glaube ich dir nicht.«

Ich legte Mantel und Schal ab.

»Wenn du zu mir kommst, solltest du dir wirklich was Besseres anziehen. Ich mag dich nicht immer in demselben schmutzigen Pulli sehen.«

»Meinst du das blaue Kleid?«

»Das oder ein anderes. Du bist ja eine richtige Vogelscheuche. Schau dich nur an ...« Er schob mich vor den Schrankspiegel, und ich sah den ausgefransten Kragen des Pullis, die schweißgebleichten Stellen unter den Armen. Ich senkte den Kopf.

»Stimmt's?«

Ich nickte.

»Erzähl mir bloß nicht, daß dein Vater kein Geld hat, dir einen neuen Pulli zu kaufen. Einen für tausend Lire im Warenhaus.«

Ich lachte. »Um so was kümmert sich doch mein Vater nicht. Mein Vater arbeitet bei der Versicherung und hat andere Sorgen. Die Familie existiert gar nicht für ihn. Aber drunter bin ich sauber. Meine Unterwäsche wasche ich selbst.«

»Zieh dich aus«, befahl Cesare und machte den Schrank zu. Sein dicker, blonder Kopf näherte sich dem meinen. Er hatte blaue Augen, grau und gelb gesprenkelt wie die einer Katze. Seine Zähne waren breit und kurz.

Wir zogen uns aus und krochen unter die Decken.

»Ich hab vergessen, die Tür abzuschließen«, sagte er und richtete sich halb auf.

»Soll ich's tun?« Und ich fügte hinzu: »Dein Vater kommt ja doch nicht.«

»Kann man nie wissen. Manchmal hab ich ihn im Verdacht, daß er durchs Schlüsselloch sieht. Papa ist wie ein kleiner Junge.«

»Warum tut er das?«

»Aus Neugier. Er amüsiert sich dabei.«

Ich fühlte Cesares kalte Füße an meinen Knöcheln. Er preßte mich so fest an sich, daß ich nach Luft schnappen mußte. Er war gleich fertig und drehte sich auf die Seite, um zu schlafen. Ich betrachtete die Zimmerdecke, die mich an eine Stickerei erinnerte: rosa und violette und schwarze Muster, tassenförmige Blumen und glänzende, gerade Blätter wie Schwerter. Ich zählte die Staubgefäße einer dieser Blumen. Es waren zwölf, ich wußte es schon. Aber jedesmal zählte ich sie von neuem, als sei ich meiner Sache nicht ganz sicher. Unter meinem Arm spürte ich Cesares warme, weiche Schulter, die sich beim Atmen hob und senkte.

An den Wänden hingen Fotografien aus Holland, unter Glas gerahmt. Eine Mühle, ein Kanal, weite grüne Wiesen, bewegtes graues Meer mit Segelbooten und Kähnen voller Blumen.

Das Telefon neben dem Bett läutete. Cesare streckte die Hand aus und holte sich den Hörer ans Ohr.

»Wer ist da?«

Sogleich wurde seine Stimme freundlich, und er sprach, als sei er allein. Es war seine Braut.

»Ja, ich arbeite … Nein, heute abend muß ich auch arbeiten … Paßt dir's morgen um fünf? … Du weißt doch, wie sehr ich dich liebe … Ja, ich küsse dich. Küß du mich auch.«

Er legte auf und sah mich mit einem etwas unsicheren Lächeln an.

»Stört dich das?«

»Nein.«

»So ein Blödsinn, das Heiraten«, meinte er und drückte mich an sich.

»Warum heiratest du sie denn?«

»Ach, das weiß ich selbst nicht.«

»Und wann soll die Hochzeit sein?«

»Im April. Dann müssen wir uns trennen, ist dir das klar?«

»Ja, du hast mir's schon gesagt.«

»Und wenn ich nachher noch Verlangen nach dir habe?«

»Das ist nun mal nicht zu ändern.«

»Aber ich werde gar keine Zeit dazu haben. In einem Jahr muß ich meinen Doktor machen. Ich will auch zusehen, daß ich bald etwas verdiene, damit es nicht heißt, ich hätte ein reiches Mädchen geheiratet, um mich aushalten zu lassen.«

Cesare stieg aus dem Bett, zog den Schlafrock über und streifte die Ärmel an den weißen, blaugeäderten Armen hoch. Er griff sich an die Kehle und sagte, daß er Halsschmerzen hätte.

»Ich habe zuviel geraucht in den letzten Tagen. Aber wie soll man denn arbeiten, ohne zu rauchen?« Er zündete eine Zigarette an und hielt sie mir hin. »Magst du?«

Ich schüttelte den Kopf. Er inhalierte den Rauch und blies ihn langsam aus Nase und Mund.

»Zieh dich an. Jetzt kann ich mit mehr Ruhe lernen. Ich muß mich konzentrieren.«

Er öffnete die Tür und spähte hinaus.

»Mein Vater ist nicht zu sehen. Vielleicht ist er schon weg. Ich mach mir jetzt einen Kaffee in der Küche. Komm, du kannst auch eine Tasse trinken.« Damit ging er den Korridor entlang.

In der Küche saß der Vater am Fenster, die Augen so starr auf die Zeitung gerichtet, daß ich glaubte, er schliefe. Er lächelte uns an und wandte sich wieder seiner Lektüre zu.

»Eine Ladung Fische von Strahlen verseucht. Nicht zu fassen!« sagte er plötzlich und hob den Kopf.

»Willst du Kaffee, Papa?«

»Ja, ein bißchen. ›Die gestern früh in Genua ausgeladenen Fische ...‹« las er vor. »Eine schöne Bescherung«, meinte er und schlug mit der Hand auf die Zeitung. »Mit solchem Zeug können wir ja alle verseucht werden.« Er nahm einen Schluck Kaffee. »Da fehlt noch Zucker«, stellte er fest und blickte von der Zeitung auf. »Bravo, Cesare. Du machst besseren Kaffee als ich.«

Cesare trank hastig aus und drängte mich zur Wohnungstür, ohne auf seinen Vater zu achten, der noch immer mit lauter Stimme die Zeitungsberichte kommentierte.

»Ciao, meine Kleine«, rief der Alte mir nach.

»Merkt denn dein Vater nicht, was wir treiben?« fragte ich.

»Er will's nicht merken. Hauptsache, er hat seine Ruhe, alles andere ist ihm egal.«

»Ein diskreter Mann.«

»Ach was!«

Er schloß die Tür hinter mir. Ich stieg langsam die Treppe hinunter und dachte an seinen Körper, der warm und nervös in der Liebe war, und an seine brüsken Bewegungen, aus denen zornige Verlegenheit sprach.

Mein Vater war noch nicht da, als ich nach Hause kam. Bald darauf aber erschien meine Mutter, müde und schlecht gelaunt. Sie ging gleich in ihr Zimmer und warf sich aufs Bett.

»Hat er etwas gesagt?« rief sie mir durch die offene Tür zu.

»Nein.«

»Du mußt es schlau anfangen. Dich begehren lassen. Und vor allem darfst du ihm nichts erlauben. Hast du verstanden?«

»Ja.«

Mama begann sich auszuziehen, in ihrem kalten, unfreundlichen Zimmer, beim schwachen Schein einer kleinen Lampe ohne Schirm, und von Zeit zu Zeit machte sie Bemerkungen über Cesare.

»Wie?«

»Ich sage, die Rapettos müssen ganz gut gestellt sein. Du hast mir noch gar nicht erzählt, wie ihre Wohnung aussieht. Wie viele Zimmer haben sie denn?«

»Keine Ahnung.« Ich bemühte mich, sie nicht anzusehen, während sie das Korsett aufhakte und im Schrank nach dem

Morgenrock suchte. Bei diesem Anblick mußte ich immer daran denken, daß ich eines Tages so sein würde wie sie, fett und mit welker, faltiger Haut.

»Du hast auch von nichts eine Ahnung. Du solltest mehr Respekt vor deiner Mutter haben. Vergiß nicht, daß ich vierzig Jahre älter bin als du. Ich weiß also mehr vom Leben, und ich kann dir nur raten, auf mich zu hören, wenn du nicht auf die schiefe Bahn kommen willst. Hast du verstanden?«

Sie schien keinen Wert auf eine Antwort zu legen. Während sie sprach, betrachtete sie eingehend ihre Gesichtshaut im Spiegel, senkte den Kopf, nahm eine Haarsträhne zwischen die Finger und sah nach, ob die Färbung noch hielt. Dann setzte sie sich aufs Bett und massierte ihre Füße.

»Hast du gelernt?« fragte sie schließlich nach langem Schweigen.

»Nein.«

»Ich möchte wissen, wie du dein Diplom schaffen willst, wenn du nie lernst.«

Ich schwieg. Sie holte meine Bücher, legte sie auf den Tisch und öffnete sie.

»Lerne!« sagte sie mit Nachdruck und stieß mich zum Stuhl hin.

Ich trat aus dem Haus und zog den zu engen Mantel noch fester um mich. Der eine Schuh hatte ein Loch in der Sohle, ich fühlte, wie das Wasser eindrang. Ein Schauder überlief mich. Ich wickelte mir den Schal um den Hals. Die Straße war leer. Der Regen hatte alle Leute vertrieben. Jetzt regnete es nicht mehr, das Wasser floß in die Gullys ab. Ich hielt den Blick nach unten gerichtet und achtete darauf, daß ich nicht mit dem durchlöcherten Schuh in eine Pfütze tappte. In einem Papiergeschäft kaufte ich ein Stenoheft. Der Besitzer, ein schmächtiger kleiner Mann, der mich an meinen Vater erinnerte, lächelte gutmütig, als er das Wechselgeld aufzählte. »Viel Erfolg bei der Arbeit«, sagte er vergnügt.

Ich ging weiter in Richtung des Viale XXI Aprile, immer den Straßenbahnschienen nach. Schließlich blieb ich stehen, zögerte einen Augenblick und überquerte dann den Fahrdamm, um in der Kaffeebar *Mocambo* zu telefonieren.

»Cesare ist nicht da«, teilte sein Vater mir mit. »Soll ich ihm etwas ausrichten, wenn er kommt?« Seine Stimme klang freundlich, fast liebevoll.

»Nein, danke. Wann kommt er denn?«

»Das weiß ich nicht, mein Kind. Um drei ist er fortgegangen. Wahrscheinlich ist er bei einem Freund und lernt mit ihm zusammen.«

Wahrscheinlich ist er bei seiner Braut, dachte ich und hängte auf.

Als ich die Bar verließ, regnete es schon wieder. Ich band mir das Kopftuch um und ging dicht an den Häusern entlang. Hinter mir kam die Straßenbahn und hielt wenige Schritte von mir entfernt. Kaum hatte ich den Fuß auf das Trittbrett gesetzt, da fuhr sie mit einem Ruck an.

Ich drängte mich mühsam ins Wageninnere. Plötzlich packte mich jemand am Arm.

»Ciao, Enrica.«

»Ciao«, erwiderte ich. Es war ein Kamerad aus meinem Kurs.

»Hast du was vor?«

»Ich weiß nicht.«

Er lachte. »Ich geh tanzen. Willst du nicht mitkommen?«

»Wohin denn?«

»Zu einem Freund. Zu Giordani. Erinnerst du dich an ihn?«

Ich schüttelte den Kopf.

»So ein Langer mit Brille. Aus unserem Parallelkurs.«

»Ach ja. Und wo wohnt er?«

»In der Via Marsala.«

»Neben der Schule?«

»Zwei Häuser weiter.«

Es roch penetrant nach nassen Regenmänteln, und von den Schirmen tropfte es einem auf die Füße. Ich betrachtete meinen Kameraden, dessen Name mir entfallen war. Er hatte ein kantiges Gesicht mit vorspringenden Backenknochen und schmalen Lippen.

»Wie alt bist du?« fragte ich ihn.

»Zwanzig. Und du?«

»Siebzehn.«

»Na, was ist? Kommst du mit?«

»Ja, gut.«

Als wir ausgestiegen waren, nahm er mich an der Hand, und wir liefen durch den Regen. Der Straßenschmutz spritzte mir an Beine und Mantel. Nasse Haarsträhnen klebten an meiner Stirn.

»So ein Regen!« sagte er.

Wir kamen an der Auslage des Schuhgeschäftes vorbei, vor der ich jedesmal nach dem Unterricht haltmachte. Hinter der glänzenden Spiegelglasscheibe sahen die Schuhe noch schöner aus. Auch diesmal blieb ich wie verzaubert stehen. Aber er zerrte mich weiter, und wir rannten dem Ende der Straße zu.

Endlich erreichten wir einen dunklen, nach Katzenurin stinkenden Hauseingang, in dem wir, vor dem Regen geschützt, verschnaufen konnten.

»Müde?«

»Ein bißchen.«

Er drückte meine Hand. Ich entzog sie ihm und strich mir die nassen Haare glatt. Das Kopftuch war ebenso durchweicht wie die Schuhe.

»Grauenhaft!« sagte er mit einem Blick auf seine Hosenumschläge, die sich völlig verfärbt hatten.

Im Treppenhaus war es finster. Wir erklommen die hohen Stufen und langten keuchend im obersten Stockwerk an.

»Wie heißt tu?« fragte ich ihn, während wir auf Einlaß warteten.

»Carlo.«

Giordani öffnete die Tür, in dunklem Anzug, die kurzsichtigen Augen hinter den dicken Brillengläsern weit aufgerissen.

»Ciao.«

»Servus.«

»Das ist ja die reine Sintflut!«

Die Wände der feuchten, engen Diele waren mit gerahmten Fotografien geschmückt. »Für Oberst Giordani von General Giossi«, las ich mit lauter Stimme. Carlo ging dicht an das Bild in dem Goldrahmen heran. »Für Oberst Giordani, aber die Unterschrift ist unleserlich«, verbesserte er pedantisch.

Wir folgten Giordani in den Salon, ein großes asymmetrisches Zimmer, in dessen Mitte ein schwerer Lüster aus Glas und Schmiedeeisen von der Decke herabhing.

Fünf oder sechs Mädchen saßen eng zusammengedrängt auf einem Sofa; vor ihnen standen ein paar Jungen, die verlegen rauchten.

»Limonade? Einen Schluck Anis?« Giordani hob Glas und Flasche in Augenhöhe, wie Kurzsichtige es tun, und goß etwas von dem weißen, klebrigen Likör ein.

Neben dem Plattenspieler, der in einer alten Schranktruhe mit Einlegearbeit untergebracht war, lag ein Stapel Schallplatten. Carlo sah sie durch. Es waren kleine Platten, alles amerikanische und französische Schlager. Die Musik, die aus dem Lautsprecher kam, war zuweilen rauh und aggressiv, zuweilen süß und betörend. Carlo klopfte im Takt mit dem Fuß auf den Boden.

»Wie heißt Giordani mit Vornamen?«

»Ich hab's vergessen. Sein Vater ist Oberst«, sagte Carlo mit Betonung. »Jetzt ist er pensioniert. Er hat wer weiß wie viele Kriege mitgemacht und besitzt wer weiß wie viele Orden und Ehrenzeichen.« Er schnitt eine Grimasse.

Giordani lief unentwegt hin und her, um die Gläser zu füllen. Und während er einschenkte, bat er flehentlich, man solle doch tanzen.

»Amüsiert ihr euch denn nicht?« fragte er angstvoll und beschwor uns immer wieder: »Bitte tanzt doch!«

Aber keiner tanzte. Bis er selbst ein Mädchen nahm und sich mit ihr durchs Zimmer drehte.

»Das ist ein ›Rock‹, den kann ich nicht«, rief er auf einmal, blieb stehen und wischte sich den Schweiß von der Stirn. Das Mädchen lachte. Irgend jemand behauptete, es sei gar kein »Rock«. Carlo zog eine andere Platte aus ihrer Hülle und legte sie auf. Nun entschlossen sich mehrere Jungen zum Tanzen.

»Na, es geht ja schon besser«, bemerkte Giordani, als er an uns vorbeikam.

»Alles braucht eben seine Zeit«, erwiderte Carlo augenzwinkernd.

Jetzt näherte sich uns ein Mädchen aus meinem Kurs. Sie hieß Gabriella und hatte rotes Haar, das ihr bis auf die Schultern fiel. Ihr kleines weißes Gesicht voller Sommersprossen verschwand fast unter der Flut der Haare. Alle sahen sie an, denn ihr Kleid spannte sich wie eine zweite Haut um den zierlichen, wohlgeformten Körper.

»Ciao, Enrica«, sagte sie und fing sofort an, den neuesten Schultratsch zu erzählen. Sie berichtete, die alte Aiuti habe ein Pärchen überrascht, das sich in der Toilette umarmte, und habe einen Riesenskandal gemacht.

»Solche Idioten«, meinte Gabriella. »Konnten sie das nicht draußen tun? Jetzt wissen es alle und lachen über sie. Man nennt sie die Abortverlobten. Und dabei ist Elisa abgrundhäßlich. Wie kann einer auf so was reinfallen!«

Carlo faßte sie um die Taille, und die beiden tanzten eng aneinandergeschmiegt. Ich leerte mein Glas, trat ans Fenster und sah hinaus in die Dunkelheit. Es regnete noch immer, die Tropfen flogen dicht und glänzend durch den Lichtkreis der Straßenlampe, die im Wind hin- und herschaukelte. Schemenhafte Gestalten unter Regenschirmen tauchten auf. Hin und wieder strahlten Autos mit ihren Scheinwerfern die Fußgänger an und rasten wassersprühend vorbei. Im Hause gegenüber haschten sich Kinder in einem hell erleuchteten Zimmer, und in der Küche stand eine Frau am Herd.

»Magst du tanzen?«

Carlo legte den Arm um meine Taille, zog mich an sich und tanzte mit halbgeschlossenen Augen, ohne auf die Musik zu achten. Er war erregt und rieb seinen Körper an meinem.

Wir tanzten zwei- oder dreimal, immer eng umschlungen. Dann machte jemand das Licht aus. Ein Mädchen kreischte. Andere lachten. Carlo preßte mich noch fester an sich und keuchte mir ins Ohr. Ich spürte den Druck seines Leibes durch meine Wollsachen hindurch.

Nun tanzten alle schweigend. Man hörte nur das Scharren der Füße auf dem Boden und die hastigen Atemzüge einiger entflammter Jungen.

»Jetzt geht's, jetzt geht's wirklich«, ertönte Giordanis Stimme im Dunkeln. Carlo lachte.

»Es geht sogar ausgezeichnet«, sagte er, und sein Mund streifte meine Lippen.

»Heute sind wir ungestört«, verkündete Giordani. »Meine Leute sind verreist. Das müssen wir ausnutzen.«

Anscheinend hatte niemand zugehört. Irgendwer verlangte Wein, und Giordani lief hinaus, nachdem er das Licht eingeschaltet hatte. Ein Mädchen folgte ihm und kam nach einer Weile allein zurück, mit rotem Gesicht und verrutschter Bluse.

»Ich hab eine Flasche Tenerelli entdeckt«, rief sie und zeigte den Cognac. Ein Junge stürzte auf sie zu und entriß ihr die Flasche, die nun von Hand zu Hand ging. Alle tranken gleich aus der Flasche, bogen sich ohne Grund vor Lachen, schlugen einander auf die Schultern.

»Nein, die nicht!« schrie Giordani und brachte mit Mühe die bereits halbleere Flasche an sich.

»Warum regst du dich denn so auf?«

»Mein Vater schlägt mich tot, wenn er seine Flasche nicht mehr findet. Er hatte sie im Schlafzimmer versteckt.«

»Lügner!« Das Mädchen trat vor ihn hin. »Sie war ja in der Küche!«

»Du bist die Lügnerin. Wir sind aufs Bett gefallen, und die Flasche lag unter dem Kissen.«

Alle lachten. Das Mädchen nahm die Gelegenheit wahr, den Tenerelli zurückzuerobern, und Giordani fand sich murrend damit ab.

Carlo ließ mich stehen, um mit Gabriella zu tanzen. Er rieb

sich an ihr, wie er es bei mir getan hatte. Gabriella legte die Wange auf seine Schulter. Carlo steckte die Nase in ihre Haare und flüsterte ihr etwas ins Ohr.

Ich fragte Giordani, ob ich telefonieren dürfte. Er begleitete mich in die Diele.

»Brauchst du das Telefonbuch?« erkundigte er sich.

»Nein.«

Er machte keine Anstalten zu gehen. Schüchtern legte er die Hände auf meine Hüften und versuchte, mich an sich zu ziehen.

»Laß mich in Ruhe!« fuhr ich ihn an.

Er gab mich augenblicklich frei und entfernte sich mit hängenden Schultern. Ich drehte die Nummer und wartete.

»Cesare?«

»Was gibt's?«

Ja, er war es. Aber er sprach so eigenartig.

»Was willst du?« Er bemühte sich, freundlich zu sein.

»Ich möchte dich sehen.«

»Ausgeschlossen. Heute geht's nicht und morgen auch nicht. Ich habe sehr viel zu tun. Du weißt doch, in ein paar Tagen steige ich ins Examen. Ich rufe dich an, wenn ich Zeit habe.«

»Gut«, sagte ich und legte auf.

Warum hat seine Stimme so eigenartig geklungen, fragte ich mich, und plötzlich begriff ich: Er lag mit einer Frau im Bett. Er hatte genauso auf den Anruf reagiert, wie er das tat, wenn ich mit ihm zusammen war, mitten im Lieben. Aber Ninì, seine Verlobte, war nicht der Typ, der sich vor der Hochzeit hingibt. Wer konnte es nur sein?

Ich sah die beiden vor mir. In dem Zimmer, das ich so gut kannte. Vielleicht war Cesare gerade eingeschlafen. Und sie, das Bein an seine Hüfte gepreßt, schlief vielleicht auch oder schaute zur Decke hinauf, wie ich es zu tun pflegte. Jetzt wirft er den Hörer auf die Gabel und sieht die Frau prüfend an, um herauszufinden, ob sie ahnt, wer ich bin. Seine Lippen berühren ihre Schulter. Sie lächelt. Er schaut auf die Uhr und stellt fest, daß es Zeit ist, weiterzulernen. Vorher aber geht er in die Küche, um Kaffee zu kochen. Und sein Vater liest dort die Zeitung, freundlich wie immer und gleichgültig gegen alles ...

»Was machst du hier, Enrica?«

Carlo war unbemerkt hinter mich getreten. Er nahm mich an den Schultern, drehte mich herum und küßte mich. Er hatte schmale Lippen. Sein Atem roch nach Anis.

»Kommst du?«

Ich folgte ihm in den dunklen Salon, wo einige Paare aufgehört hatten zu tanzen und sich in den Ecken küßten. Das einzige Licht kam von der Straßenlampe; es fiel schräg durch die Scheiben und verbreitete in der Nähe des Fensters eine ungewisse Helligkeit. Aus dem Lautsprecher drang leise Musik. Ich konnte Gabriellas rote Locken auf dem Pullover eines dicken Jungen erkennen. Die beiden lagen auf dem Sofa; sie hatte die Schuhe ausgezogen und lachte hysterisch.

»Was ist denn mit ihr?«

»Wird wohl zuviel getrunken haben.«

Carlo tanzte nicht mehr. Er preßte mich an die Wand, als wollte er mich erdrücken, küßte meine Ohren und mein Haar.

»Ich hab keine Lust, noch länger hierzubleiben«, sagte er unvermittelt und löste sich von mir. »Kommst du mit?«

»Sieh nach, ob es noch regnet.«

Er ging zum Fenster und öffnete es. Ich folgte ihm und beugte mich ebenfalls hinaus. Anscheinend regnete es nicht mehr. Von der Straße stieg ein angenehm feuchter Geruch auf.

Ohne Abschied verließen wir Giordanis Wohnung, nachdem wir unsere Mäntel aus einem Haufen anderer, die sich auf einem Bett türmten, herausgekramt hatten.

Draußen war es kalt. Die regenschwere Luft legte sich um uns und haftete wie nasser Tüll.

»Ich weiß einen Platz, da stört uns niemand«, sagte Carlo.

»Wo?«

»Komm nur«, erwiderte er.

Bald hatte ich die Schuhe voller Wasser. Aber ich fror nicht. An der Straßenecke wehte uns ein leichter Wind entgegen.

Der nasse Asphalt reflektierte die Farben der Autos und der Schaufenster.

Wir gingen lange nebeneinander her. Die Autos, die uns überholten, glitten mit einem weichen Geräusch durch die Pfützen. Carlo sah vor sich hin und sprach kein Wort. Er hatte die Hände tief in die Manteltaschen vergraben. Ich bemühte mich, mit ihm Schritt zu halten. Manchmal war er mir ein Stück voraus, und ich mußte laufen, um ihn einzuholen. Mir war heiß geworden, und meine Füße schmerzten.

»Wohin gehen wir eigentlich?«

»Still! Überlaß das mir.«

Er betrachtete mich mit einem Blick, als sähe er mich gar nicht, und ging noch schneller. Wir kamen an einem Zeitungskiosk mit vielen bunten Illustrierten vorbei. Ich blieb einen Moment davor stehen, aber Carlo lief unbeirrt weiter.

»Da sind wir«, sagte er endlich.

Wir befanden uns in einer ungepflasterten Straße voller Schlaglöcher. Auf der einen Seite ragten die nackten Mauern zweier unfertiger Neubauten auf. Hinter einem Zaun war ein Garten mit triefendnassen Sträuchern und Blumen.

»Und jetzt?«

»Bleib dicht hinter mir.«

Er hielt Umschau; dann löste er eine Latte aus dem Zaun und bückte sich, um durch die Lücke zu kriechen.

»Ist auch niemand im Garten?«

»Nein. Hier soll eine Villa gebaut werden, und jetzt fällen sie erst mal die Bäume. Aber hinten auf dem Bauplatz ist ein Wächter. Paß auf, daß du keinen Lärm machst.«

Ich schlüpfte hinter ihm durch den Zaun. Der Boden war glitschig; ich rutschte aus und hielt mich an einem Zaunpfahl fest, um nicht zu fallen. Carlo bedeutete mir, ihm lautlos zu folgen. Die nassen Blätter hafteten an meinem Gesicht; ich hatte einen Geschmack nach Wasser und Blütenstaub im Mund. Carlo schritt fest und sicher aus, ohne darauf zu achten, wohin er trat. Von Zeit zu Zeit vergewisserte er sich, daß ich ihm nachkam.

»Mach schon«, zischte er, »beeil dich!«

Hinter einem Gebüsch, angelehnt an die Mauer des einen Neubaus, stand eine sehr niedrige Hütte, die vielleicht als Holzschuppen diente.

Wir krochen auf allen vieren hinein. Der Platz reichte kaum für uns beide. Auf dem Boden lag eine dicke, völlig durchnäßte Strohmatte.

Carlo setzte sich hin, ganz zusammengekrümmt, als hätten ihn plötzlich seine Kräfte verlassen. Mit zitternden Händen versuchte er, eine Zigarette anzuzünden, doch es gelang ihm nicht.

»Wahrscheinlich ist sie naß geworden«, sagte ich.

Er schüttelte den Kopf. Endlich, nachdem er etwa ein Dutzend Streichhölzer weggeworfen hatte, brannte die Zigarette. Er blies mir den Rauch ins Gesicht.

Beim Laufen war mir warm geworden, aber die Hitze verflog, und ich fühlte mich enttäuscht. Ich hatte keine Lust, mich mit Carlo einzulassen. Durch die Öffnung blickte ich in den Garten hinaus. Von dem undichten Bretterdach tröpfelte Wasser. Ich hüllte mich fest in meinen Mantel und fühlte, daß ich bis auf die Haut naß war.

Carlo drückte die Zigarette aus und fing an, kräftig meine Füße zu massieren.

»Ist dir kalt?« fragte er. »Ist dir kalt?«

»Nein.« Und das war die Wahrheit. Von den Beinen her wurde mir warm.

Unvermutet warf er sich über mich und nestelte an seinem und meinem Mantel herum.

»So viel Zeug«, meinte er ärgerlich und lachte dann. Er riß mir einen Knopf ab.

Wir liebten uns in Eile, behindert durch Mäntel und Kleidung. Danach streckte sich Carlo mit einem Seufzer der Befriedigung neben mir aus.

Er zündete eine Zigarette an und reichte sie mir. Wir rauchten sie abwechselnd. Die Feuchtigkeit der Strohmatte drang allmählich durch die Mäntel.

»Gehen wir?«

»Ja.«

Als wir aus der Hütte krochen, wurden unsere Knie schmutzig. Carlo zog mich an sich und küßte mich. Nichts war zu hören als das Rascheln der Blätter unter unseren Füßen und in der Ferne ein paar Autohupen.

Carlo legte mir den Arm um die Schultern.

»Wie spät ist es eigentlich?« fragte ich.

»Halb neun.«

»O je, da wird meine Mutter aber schimpfen.«

»Laß sie schimpfen.«

Carlo ging zum Zaun, und ich folgte ihm. Er nahm die Latte ab und befestigte sie wieder, nachdem wir durch die Lücke geschlüpft waren. Auf der Straße blieben wir unter einer Laterne stehen und musterten unsere Kleidung.

»Mein Gott, was für ein Dreck!« brummte Carlo. Ich betrachtete seinen verschmutzten Rücken und die schlammbespritzten Schuhe.

»Wie eine gebadete Katze siehst du aus mit deinem nassen, wirren Haar«, sagte er.

»Und du erst! Ich weiß gar nicht, woran du mich erinnerst, aber jedenfalls an etwas sehr Komisches.«

Wir umarmten uns ein letztes Mal und rannten los, um die Straßenbahn zu erwischen, die soeben um die Ecke kam.

Die Bahn war voller Angestellter, die zum Abendessen nach Hause fuhren. Alle hatten müde, hungrige Gesichter. Ich band mir das Tuch um den Kopf und bemühte mich, meine zerzausten Haare darunter zu verbergen.

»Wo wohnst du?« fragte Carlo.

»In der Via Moroni.«

»Ich begleite dich. Ich wohne ganz in der Nähe.«

Als ich hereinkam, warf mein Vater ein Tuch über den Vogelkäfig, an dem er gerade arbeitete.

Papa verbrachte nämlich seine Zeit damit, Vogelkäfige zu bauen, deren Drahtgeflecht ihm immer wieder die Hände aufriß. Für einen einzigen Käfig brauchte er Monate. Aber dafür waren es auch Prachtstücke, mit allem, was dazugehörte, und sogar noch mit etwas mehr. Wir lebten jedoch nicht von seinen Käfigen; wir lebten fast ausschließlich von dem, was Mama bei der Post verdiente, denn für die Versicherung arbeitete Papa nur gelegentlich, und zudem wurde diese Tätigkeit schlecht bezahlt.

»Ich bin's«, sagte ich.

Seine Stirn glättete sich. Er deckte den Käfig auf, hob ihn mit zwei Fingern in die Höhe und zeigte ihn mir.

»Gefällt er dir?«

Es war der komplizierteste Käfig, den er je gemacht hatte. Das Mittelstück war von vier Türmen mit Kuppeln umgeben. Und auf jeder der vier Kuppeln stand ein Fähnchen.

»Er ist hübsch«, sagte ich, und Papa drehte ihn vor meinen Augen hin und her.

»Gefällt er dir?« Er sah mich befriedigt an. Gleich darauf aber verdüsterte sich sein Gesicht. »So ganz glücklich bin ich damit noch nicht«, fügte er nachdenklich hinzu und stellte den Käfig auf den Tisch. »Er ist nicht solide genug, und dann diese Farbe ... Ich benutze sie zum erstenmal, und sie ist wohl nicht recht geeignet dafür. Sie wird bald abblättern. Ich muß eine andere nehmen, die haltbarer ist. Aber wie findest du die Idee mit den Türmen? Weißt du, wie ich darauf gekommen bin? Deine Mutter hat doch noch Bücher aus der Zeit, als sie Lehrerin werden wollte, und in dem einen ist eine byzantinische Kirche abgebildet. Die hat auch solche Kuppeltürme. Warte, ich will's dir zeigen.«

Er erhob sich, um das Buch zu holen, blieb aber mitten im Zimmer stehen und horchte auf ein Geräusch, das von der Treppe kam.

»Da ist sie«, murmelte er.

Rasch stellte er den Käfig weg und legte einen Stoß Versicherungsformulare vor sich hin.

»Hilfst du mir beim Ausfüllen?«

»Ich muß mich um das Essen kümmern.«

»Schon gut, schon gut.« Mit einem tiefen Seufzer beugte er sich über die zahlenbedeckten Formulare.

Mama bemerkte sofort, wie schmutzig ich war, und fragte mich aus. Sie war noch nervöser als sonst und griff sich dauernd in die Haare. Sie spannte den Schirm auf und stellte ihn in den Flur. Während sie in ihrem Zimmer die Schuhe wechselte und das Korsett auszog, sprach sie pausenlos weiter. Sie wollte wissen, was ich getan hatte und wo ich gewesen war.

»Cesare weiß offenbar nicht, was sich gehört, wenn er dich so verdreckt nach Hause schickt.«

»Cesare habe ich gar nicht gesehen. Ich war tanzen. Bei einem gewissen Giordani.«

»Das glaube ich nicht«, rief sie aus dem anderen Zimmer und streckte sich auf dem Bett aus. »Mein Gott, bin ich müde«, seufzte sie. Ihre schrille Stimme verriet, wie erschöpft und gereizt sie war.

»Ich wette, Cesare will bei dir aufs Ganze gehen. So ein Schwein. Aber du wirst ja hoffentlich meine Ermahnungen beherzigt haben. Und soviel steht fest: Wenn er dir was antut mache ich einen Skandal. Dann gehe ich zu seinem Vater – wie heißt er doch? – und setze durch, daß Cesare dich heiratet.«

Ihre Worte hatten keine Überzeugungskraft. Mama wollte wohl nur sich selbst beruhigen. Sie gähnte dreimal, und dann fielen ihr vermutlich die Augen zu, denn ich hörte nichts mehr von ihr.

Ich ging in mein Zimmer und versuchte, den Schmutz durch kräftiges Bürsten zu entfernen, aber er war noch naß und blieb an der Wolle haften. Ich hängte den Mantel in den Schrank. Dann blickte ich in den Spiegel. Mein Gesicht war rot, mein Haar in Unordnung. Ich rieb mir den Kopf mit einem Handtuch ab. Als ich spürte, daß ich noch Carlos Geruch an mir hatte, nahm ich mir vor, zu baden.

Vor allem aber wollte ich Cesare anrufen. Ich sah nach, ob Mama schlief. Sie lag auf dem Bett und atmete tief durch den offenen Mund. Leise schloß ich die Tür. Papa saß über die Formulare gebeugt, und obgleich er mit seinen Gedanken bestimmt bei einem neuen Käfigmodell war, hielt ich es für besser, auch die Küchentür zu schließen. Dann hob ich den Hörer ab und wählte.

Niemand antwortete. Ich stellte mir die Wohnung vor, leer und dunkel, mit jenem charakteristischen Geruch nach kaltem Rauch und Schimmel. Cesares Bett ist immer ungemacht. Mit dem Abdruck seines Körpers, wie ein Graben, und wenn man näher hinsieht, mit einem zweiten schwächeren Abdruck, dem eines Frauenrückens, und mit ein paar krausen Haaren. Cesare öffnet fast nie die Fensterladen. Er arbeitet lieber bei Lampenlicht, auch tagsüber. Er sitzt im Schlafrock am Schreibtisch, die Beine weit von sich gestreckt, den dicken blonden Kopf über dem Buch. Vor ihm der Schrank mit den immer offenen Türen. An der einen hängt der Spiegel, und mitunter hebt Cesare den Kopf, um sich mit müden, ausdruckslosen Augen anzustarren.

Manchmal – aber nur, wenn Cesare allein ist – schaut der Vater herein, überzeugt sich, daß sein Sohn fleißig lernt, und zieht dann mit zufriedenem Lächeln die Tür zu.

Hin und wieder betrachtet Cesare auch die holländischen Fotografien, als hätte er sie noch nie gesehen. Er begutachtet die Einzelheiten, die Farben, und oft kommt er auf die Idee, die Bilder umzuhängen. Die von unten wandern dann nach oben und umgekehrt. Vor ihm steht ein Glas voll gespitzter Bleistifte; auch zwei oder drei halbleere Zigarettenpäckchen liegen da. In dem Regal neben dem Schreibtisch sind die Bücher unordentlich übereinandergeschichtet. Obendrauf ist allerlei Krimskrams aufgereiht: ein Walroß aus Holz, vielleicht in Holland gekauft, ein Stoffpüppchen mit einem Kalender um den Hals, eine Kuhglocke, eine Fotografie, die ihn als Kind nackt auf einem Sofa zeigt.

Lange stand ich vor dem Apparat, den Hörer ans Ohr gepreßt, und mir war, als ginge das ferne Läuten von der Beklemmung aus, die mir bei dem Versuch, jene Wohnung zu erreichen, die Kehle zusammenschnürte. Niemand antwortete. Ich legte auf und kehrte in die Küche zurück.

Papa arbeitete schon wieder an seinem Käfig. Als ich eintrat, wandte er sich erschrocken um.

»Ach, du bist's?« rief er.

Ich krempelte mir die Ärmel auf und nahm einen Salatkopf, um ihn zu waschen und zu zerkleinern. Das Wasser floß eiskalt aus der Leitung und lähmte meine Finger. Über uns wurden Stühle gerückt, und ich hörte das verzweifelte Weinen eines Kindes.

Mama kam gähnend herein. Sie konnte sich offensichtlich kaum auf den Beinen halten. Ihr Gesicht war aufgedunsen und bleich, die Augen hatten rote Ränder.

»Ich kann einfach nicht mehr«, sagte sie. »Mach du für Papa das Essen zurecht. Ich trinke nur eine Tasse Milch und gehe dann ins Bett.«

Papa war von ihr überrascht worden, als er den Kopf halb im Käfig hatte. Er stand da wie erstarrt, ein Stück Draht zwischen den Zähnen, und wartete auf einen Vorwurf oder eine spitze Bemerkung.

Mama streifte ihn nur mit einem Blick, als seien er, der Käfig und die Versicherung ihr absolut gleichgültig.

Sie schüttete Milch in ein Töpfchen und stellte sie zum Wärmen auf die Gasflamme. Ihre Hände zitterten.

»Ist dir nicht gut?«

»Doch.«

Sie tauchte einen Finger in die Milch, führte ihn an die Lippen und verzog angewidert das Gesicht. Dann sah sie nach, ob noch etwas Kaffee in der Kanne war, und goß den Rest in die Milch. Sie tat zwei Löffel Zucker dazu.

»Ich bringe dir das ans Bett«, schlug ich vor.

»Nein«, sagte sie schroff, »ich mach's schon selbst.«

Ich betrachtete ihre schlaffen Gesichtszüge, die müden Augen, die getuschten Wimpern, die fleischige Nase, die blutleeren Lippen, das wabbelige Doppelkinn mit den Puderflecken.

Die Milch kochte über. Mama bemerkte es zu spät, denn die Augen waren ihr vor Müdigkeit zugefallen. Sie stieß einen Fluch aus, drehte das Gas ab und füllte die verbliebene Milch in eine Tonschale.

Mit dem dampfenden Gefäß in der Hand ging sie zur Tür. »Gute Nacht«, sagte sie, ohne sich umzudrehen.

Papa blickte auf, erwiderte aber nichts.

»Wenn du ins Bett gehst, mach bitte keinen Lärm«, fügte sie hinzu und warf die Tür hinter sich ins Schloß.

»Gute Nacht!« rief ich ihr nach.

Ich stellte einen Topf Wasser für die Suppe aufs Feuer und putzte dann den Salat weiter.

Papa arbeitete an seinem Käfig, mit leuchtenden Augen und sicheren Händen. Er bohrte kleine Löcher in das Holz, pustete behutsam den Staub ab und steckte die Eisenstäbchen hinein. Waren die Spitzen zu lang oder zu dick, so nahm er die Feile zwischen zwei Finger und feilte das Eisen zurecht, erst auf der einen, dann auf der anderen Seite, während er mit halbgeöffnetem Mund darauf blies.

»Wenn wir noch ein Bett hätten, weißt du, oder ein Kanapee, würde ich ja hier schlafen«, sagte er unvermittelt. »Dann brauchte ich Teresa nicht immer zu stören.«

Er sprach mehr zu sich selbst als zu mir. Ich hütete mich, etwas zu erwidern – er wäre ärgerlich geworden und hätte sich Ruhe ausgebeten. Bei seiner Lieblingsbeschäftigung wünschte er nicht angeredet zu werden.

»Außerdem hätte ich den Käfig immer bei mir. Und wenn mir nachts eine neue Idee käme ...« Er hob den Kopf und sah mich unschlüssig an.

Ich stellte die Teller auf den Tisch, neben seine Gerätschaften, und er beobachtete mich mißtrauisch. Wollte ich ihn etwa vertreiben?

»Für uns beide reicht die eine Tischhälfte«, sagte ich, um ihn zu beruhigen.

»Natürlich, da ist ja so viel Platz.« Er warf einen Blick auf die Tischplatte, die länger als breit war, und lachte vor sich hin.

Ich schlug zwei Eier in die Pfanne und richtete den Salat in einem Suppenteller an. Dann trug ich das Essen auf. Papa ging hinaus, um sich die Hände zu waschen.

Wir aßen schweigend, während der Regen an die Fensterscheiben trommelte. Die Nachbarn schalteten ihren Fernsehapparat ein, und das Hin und Her der Quiz-Sendung drang verworren zu uns herüber.

Papa schien es gar nicht zu hören. Ich stellte mir die stets gleichen Bewegungen auf dem Bildschirm vor, rief mir die stets gleichen Redewendungen ins Gedächtnis zurück.

»Ach, ich wollte dir doch das Buch zeigen«, sagte Papa und begab sich in die Diele, wo unser einziges Bücherregal stand. Dort waren Mamas alte Lehrbücher aufgestapelt – sie hatte ja zwei Jahre an der Universität studiert, als sie noch Lehrerin werden wollte. Auch vier oder fünf Romane ausländischer Autoren, eine rot gebundene *Göttliche Komödie* und ein paar alte Eisenbahnfahrpläne waren dabei.

Papa kam mit dem Buch herein. Er blätterte es aufmerksam durch, bis er die Abbildung fand. Eine byzantinische Kirche mit großen und kleinen Kuppeln. Ganz aus roten Ziegelsteinen. Auf der Seite daneben war das Kircheninnere zu sehen. Weiße Wände mit Spuren von Fresken, mit vielen Sternen, groß wie Gardenien, und mit einer aufgedunsenen, etwas schiefen Sonne.

»Sieh mal, wie sich diese zylindrischen Körper ineinanderfügen. Und hier, diese Fenster, die hat man so gesetzt, um einen Rhythmus zu schaffen. Sie sind nicht alle echt, weißt du. Drinnen ist gar nicht so viel Licht. Ich bin mal in Griechenland gewesen, mein Vater hat nämlich als junger Mann mit dem Ausland Geschäfte gemacht. Ich erinnere mich noch, daß wir auf Eseln ritten. Neun Jahre war ich damals wohl alt – um die Jahrhundertwende also. Ich erinnere mich auch an eine Kirche, oder vielleicht waren es mehrere, mit vielen Kuppeln. Siehst du, wenn es mir gelänge, diese Formen bei meinem Käfig nachzugestalten … ja, das ist eben eine Frage der Proportion …«

Seine Stimme wurde immer schwächer und erlosch schließlich ganz und gar. In Erinnerungen versunken, wiegte er den Kopf und betrachtete seine vom Werkzeug zerschundenen Hände.

Ich war müde, und zum Baden war es jetzt ohnehin zu spät. Aber das Geschirr mußte ich noch spülen. Ich machte Wasser warm und tat die Teller zusammen mit einer Handvoll Seifenpulver hinein.

»Gute Nacht, Papa«, sagte ich, als ich fertig war.

Er sah mich nicht einmal an. Ich ließ ihn mit seinen Erinnerungen und seinem riesigen byzantinischen Käfig allein.

Montag. Draußen regnete es noch immer. Ich hörte eine Frau unten im Hof von Sintflut sprechen. Zitternd vor Kälte kroch ich aus dem Bett. Das Waschen erledigte ich in aller Eile: Schon angekleidet, hielt ich das Gesicht unter den eisigen Wasserstrahl.

Die Fensterscheiben im Bad waren beschlagen. Mit dem Finger schrieb ich ›Cesare‹ darauf, erst einmal und dann noch ein zweites Mal in Spiegelschrift. Anfangs hatte mir der Name gar nicht gefallen. Er kam mir so protzig vor. Mit der Zeit aber hatte ich mich daran gewöhnt. Und jetzt entdeckte ich, daß ich es nicht mehr fertigbrachte, in diesem Namen nur einen von vielen zu sehen. Sooft ich ihn hörte, dachte ich unweigerlich an Cesares blonden Kopf, an sein Gesicht, das immer etwas traurig wirkte. Cesare lächelte selten, aber wenn er es tat, schien er sich plötzlich in ein Kind zu verwandeln. Er lächelte mit den Augen, mit der Stirn, mit der Nase. Und gleich darauf verdüsterte sich seine Miene von neuem, als sei er ärgerlich, daß er sich so hatte gehenlassen.

»Die Sintflut!« rief wieder die Stimme im Hof. Über uns begann ein Radio zu grölen.

Als ich in die Küche kam, sah ich, daß Mama schon gefrühstückt hatte und zum Aufbruch bereit war. Sie vernähte nur noch rasch einen Riß in ihrem Regenmantel. Den alten weinroten Filzhut hatte sie aufgesetzt, die Handschuhe in die linke Achselhöhle geklemmt. Sie nähte hastig, mit großen Stichen.

»Guten Morgen«, sagte ich.

Mama blickte auf und lächelte mir flüchtig zu.

»Wieder mal ein abscheulicher Tag«, brummte sie, biß den Faden ab und steckte die Nadel unter den Mantelaufschlag. »So, das hätten wir. Höchste Zeit. Ich muß mich ranhalten. Und du geh nicht zu spät zur Schule, hörst du? Wir sehen uns dann um zwei«, fügte sie hinzu.

Sie schlüpfte in den Regenmantel und verließ türenschlagend die Wohnung.

Ich wärmte mir den Kaffee auf und tunkte ein Stück trockenes Brot hinein. Der Regen lief an den Scheiben herunter. Draußen war es dunkel wie am Abend. Die Kaserne gegenüber hatte eine ganz andere Farbe bekommen. Die sonst rosarote Fassade war mit violetten Flecken überzogen. Ich sah einen Soldaten über den rechteckigen Hof laufen; er hielt sich eine Zeitung über den Kopf. Eines der Kasernenfenster wurde geöffnet, und ich vernahm die gedämpften Trompetenklänge eines Militärmarsches.

Ich wandte mich vom Fenster ab und blätterte in Mamas Buch, das noch auf dem Tisch lag. Kirchen, Fresken, Gemälde. Mein Blick fiel auf den heiligen Hieronymus von Antonello da Messina.

»Was siehst du dir denn an?« fragte Papa plötzlich hinter mir, und ich zuckte zusammen.

Seine Hand strich über das farbige Blatt.

»Schön«, sagte er.

»Der heilige Hieronymus.«

»Merkst du, wieviel Licht darin ist und was für eine Ruhe?«

Er fuhr mit den Fingern über die Seite, als könne er die Farben ertasten. Seine Nägel waren brüchig und angesplittert, in die Haut hatte sich Staub eingefressen.

»Diese Farbe ist in der Reproduktion sicherlich falsch herausgkommen«, meinte er und berührte den roten Mantel des

Heiligen. »Bestimmt ist sie im Original leuchtender, nicht so künstlich, vielleicht mit einer Spur Orange.«

»Möchtest du, Kaffee, Papa?«

Er antwortete nicht. Seine Augen waren auf das Buch gerichtet. Ich goß ihm Kaffee ein, aber er schien es nicht zu bemerken.

Ich schob meine Hefte und zwei Bücher unter den Mantel und schloß leise die Wohnungstür hinter mir.

Der Unterrichtsraum für Buchhaltung befand sich in dem kalten, dunklen Kellergeschoß der Schule in der Via Marsala. Ich lief eilig die Treppe hinab, denn ich hatte mich wieder einmal verspätet. Von dem Schirm, der an meinem Arm hing, tropfte mir Wasser auf die Beine. Im Gang brannte Licht. Aus den Zimmern drang das Klappern der Schreibmaschinen – wenn man sie alle zusammen hörte, wurde man an das Rauschen eines tosenden Wildbachs erinnert.

Vor meiner Klassentür blieb ich einen Augenblick stehen, um Atem zu schöpfen, dann trat ich ein.

Signorina Aiuti sah mich mit gleichgültiger Miene an und sagte kein Wort. Ich ging schweigend zu meinem Platz. Gabriella winkte mir zu. Carlo saß zwei Bänke vor mir und drehte sich dauernd um. Er war blaß, und die dunklen Haare fielen ihm in die Stirn.

Die Tafel war über und über mit Zahlen beschrieben. In dem Raum roch es unangenehm nach nassen Schuhen. Alle sechs Lampen brannten, verbreiteten aber wenig Licht. Sie glichen schlecht aufgeblasenen Luftballons. Die Wände schwitzten Feuchtigkeit aus.

Ich zog das Heft aus dem Mantel; es war an meiner Brust ganz warm geworden. Und ich begann, nach Signorina Aiutis Diktat zu schreiben.

In der Schule erzählte man sich, die Aiuti sei mit einem ehemaligen Boxer verheiratet, der aber schon nach ein paar Monaten mit ihrer Schwester das Weite gesucht habe. Zwei Jahre später seien die beiden zurückgekommen, und seither lebten sie zu dritt, die Schwestern und der Boxer, in bestem Einvernehmen.

Ich betrachtete ihr gelbgepudertes Gesicht mit den schönen, ausdruckslosen Augen, der von einer Querfalte gefurchten Stirn und dem wohlgeformten Mund mit den glatten, runden Lippen.

Sie diktierte die Zahlen mit scharfer, fast schriller Stimme. Und sie schnitt eigenartige Grimassen, um das Gähnen zu unterdrücken.

Carlo wandte den Kopf und sah mich an, als wolle er mir etwas sagen.

Gabriella schrieb lustlos und hielt von Zeit zu Zeit inne, um ihre Beine zu bewundern. Ihr rotes Haar leuchtete in dem künstlichen Licht. Als die Aiuti fertig diktiert hatte, legte Gabriella die Feder hin und streifte die Ärmel hoch, so daß ihre schneeweißen Arme mit den Sommersprossen sichtbar wurden.

»Nimm noch ein Blatt Papier. Siehst du denn nicht, daß du bei deiner Riesenschrift mehr als eines brauchst?« Die Aiuti ging durch die Bankreihen und blickte über unsere gebeugten Rücken. Ihr schwarzes Haar war im Nacken eingerollt und mit vergoldeten Spangen festgesteckt.

Nach einer Weile diktierte sie neue Aufgaben. Während wir uns damit abmühten, besah sie sich ihre rot lackierten Fingernägel.

Ein Mädchen in der letzten Reihe bat um eine Auskunft. Die Aiuti antwortete mit einer vagen Handbewegung und wandte sich von neuem ihren Fingernägeln zu. Anscheinend machte sie sich überhaupt nichts aus uns und aus der Buchhaltung. Man hatte den Eindruck, sie habe nur einen einzigen Wunsch: schlafen.

Nach und nach wurde das Gemurmel lauter und erfüllte den Raum. Die Aiuti tat, als höre sie nichts. Sie trat ans Fenster, lehnte die Stirn an die Scheibe und verharrte in dieser Stellung, die Hände auf dem Rücken verschränkt.

Als jemand ein Heft fallen ließ, drehte sie sich um. Sie ging noch einmal durch die Reihen, setzte sich dann an ihr Pult, schlug die Beine übereinander und zündete sich eine Zigarette an.

Um zehn Uhr verließ ich das Klassenzimmer und begab mich in den ersten Stock, wo der Unterricht in Stenographie und Maschineschreiben stattfand. Carlo und Gabriella kamen mit.

Wir setzten uns vor die Schreibmaschinen, alte Modelle, klobig und schwarz wie Lokomotiven. Wir mußten das Zehnfingersystem üben. Man tippte hundertmal dasselbe, mit zwei, mit drei und ganz zuletzt mit zehn Fingern.

Die Stimme aus dem Lautsprecher las langsam den Text vor. Es waren Geschäftsbriefe aus unserem Lehrbuch. Immer dieselben Dinge, keiner achtete mehr auf den Sinn. Die Maschinen ratterten alle gleichzeitig los und machten entsetzlichen Lärm. Die beiden Lehrerinnen liefen von einem Raum in den anderen, entwirrten Farbbänder, rückten die Finger der Schüler auf der Tastatur zurecht. »Firma Benelli, achter April neunzehnhundertsechzig, Firma Benelli, achter April neunzehnhundertsechzig. Mailand.« Die mechanische Stimme wiederholte, präzisierte.

Ich füllte fünf oder sechs Bogen mit Geschäftsbriefen, ließ mir von der Lehrerin, die nach Nelkenseife roch, die Fingerhaltung korrigieren, legte das Kohlepapier falsch herum ein, so daß der Text in Spiegelschrift auf der Rückseite des Blattes erschien. Gabriella lachte, als ich den zweiseitig beschriebenen Bogen zusammenknüllte und meine schwarzen Finger am Rock abwischte.

Um elf Uhr gingen wir zum Stenounterricht in einen anderen Raum. Und dort kritzelten wir eine Stunde lang stenographische Zeichen in die Hefte mit den roten Linien. Die Lehrerin war auch eine Aiuti: die Mutter der anderen. Abgesehen von der Frisur, ähnelte sie ihrer Tochter überhaupt nicht. Mit der spitzen Nase und der niedrigen Stirn glich sie eher einem Vogel. Doch ihre kleinen, weit auseinanderstehenden Augen hatten einen lebendigen Glanz. Der stets lächelnde Mund ließ zwei schwarze Zahnlücken sehen. Im Gegensatz zu ihrer Tochter plauderte sie gern mit den Schülern, setzte sich neben sie, strich ihnen über den Arm oder das Haar.

»Deine Schuhe sind ja ganz naß«, sagte sie zu mir.

Sie lächelte verständnisvoll. Das Unterrichten machte ihr keinen Spaß; sie hätte sich am liebsten die Lebensgeschichte eines jeden Schülers erzählen lassen.

»Was ist dein Vater?« fragte sie Gabriella.

Die hob erstaunt die Augen und kaute an ihrem Bleistift.

»Ist er reich?« forschte die alte Aiuti und beugte sich so tief herunter, daß ihr Mund das rote Haar berührte.

Gabriella schüttelte den Kopf. Die Aiuti verzog das Gesicht, als wolle sie sagen, es sei bedauerlich, mit so schönem Haar arm zu sein. Dann ging sie weiter und rieb sich fröstelnd die Hände.

Um ein Uhr erlosch das Licht, und alle liefen zu ihren Mänteln, die im Korridor hingen. Die Aiuti beschwerte sich über die Dunkelheit. »Ich kann nicht mal sehen, wohin ich die Füße setze«, murrte sie und klammerte sich an die Jacke eines hochgewachsenen Jungen. Er versuchte, sie abzuschütteln, aber sie ließ nicht locker, und so stiegen sie zusammen die Treppe hinunter, er ungeduldig und verlegen, von ihren Händen wie von Klauen festgehalten.

Im Hausflur herrschte ein großes Gedränge, weil viele das Ende des Regens abwarten wollten.

»Es regnet schon drei Tage. Warum sollte sich das Wetter gerade jetzt ändern?« rief einer hinter mir und stieß zwei blonde Mädchen zur Tür hinaus. Die beiden rannten kreischend über die Straße.

Carlo kam auf mich zu. Er trug keinen Mantel und hatte die Bücher in die Achselhöhle geschoben, so daß sie ihm die Jacke ausbeulten. An seinem Arm hing ein Schirm mit Bambusgriff.

»Ciao, Enrica.«

Er trat von einem Fuß auf den anderen und wußte nicht, was er sagen sollte.

»Wie es regnete«, murmelte er.

»Ja, es regnet.«

»Hast du heute was vor?«

»Heute ja.«

»Und morgen?«

»Da geht's vielleicht.«

»Soll ich dich abholen?«

»Nein. Ruf lieber an«, erwiderte ich.

Ich öffnete den Schirm und wagte mich auf die Straße. Der Regen kam von allen Seiten. Meine Beine waren sofort naß.

»Ich begleite dich«, sagte Carlo und trabte neben mir her.

Wir setzten uns an den Tisch, mein Vater, meine Mutter und ich. Draußen regnete es noch immer. Mama sog die Spaghetti in den Mund und verspritzte dabei Sauce. Papa ärgerte sich über sie. Er sagte zwar nichts, aber um ihr den Unterschied deutlich zu machen, drehte er geduldig seine Gabel, bis auch das letzte Endchen Spaghetti aufgewickelt war, und schob sie dann geschickt in den Mund. Mama beachtete ihn nicht. Sie sah auf ihren Teller und kaute.

Wenn sie nach der Arbeit im Morgenrock dasaß, fiel ihr Körper in sich zusammen. Ohne Form und Halt hing er auf dem Stuhl wie ein leerer Sack.

Ich brachte das Fleisch auf den Tisch. In meinem Hals war ein unangenehmes Brennen, als hätte ich dort eine offene Wunde.

Papa verfolgte aufmerksam Mamas Bewegungen, um zu sehen, ob sie auch nicht das größte Stück Fleisch nähme.

Ich reichte ihm die Platte. Er holte sich eilig das Stück Schweinefleisch auf den Teller und schöpfte den Rest der Sauce darüber. Als er merkte, daß ich ihn beobachtete, hielt er unschlüssig inne, mit erhobenem Besteck.

»Nimm nur, ich mag keine Sauce«, sagte ich. Er nickte mir zu.

Mama schlang das Fleisch herunter und stocherte dann mit einem Hölzchen in ihren Zähnen herum.

»Ich muß zum Zahnarzt«, stellte sie fest, als sie einen schmerzenden Zahn berührte.

Wir schälten die Birnen und waren so sehr damit beschäftigt, daß keiner vom Teller aufblickte.

»Mach das Radio an«, befahl mir Mama und schob ihren Stuhl zurück.

Papa zuckte zusammen. Radiomusik war ihm ein Greuel, der Lärm regte ihn auf. Mama vergaß das immer wieder.

Das Telefon klingelte. Ich sprang auf.

»Wenn es Cesare ist, dann sag ihm, daß du zu lernen hast«, rief Mama mir nach. »Du darfst ihm nicht zu sehr entgegenkommen.«

Ich schloß die Küchentür und nahm den Hörer ab.

»Enrica?«

»Wer ist da?«

»Ich bin's, Carlo.«

Wir schwiegen.

»Was ist denn?« fragte er. »Habe ich dich gestört?«

»Nein, ich dachte nur, der Anruf käme von jemand anders.«

»Von wem?«

»Du kennst ihn nicht.«

»Sehen wir uns heute?«

»Nein.«

Stille. Er atmete ins Telefon, als warte er darauf, daß ich mich eines Besseren besänne.

»Also ciao«, sagte ich.

»Ciao, Enrica.«

Ich kehrte in die Küche zurück, wo Mama den Tisch abräumte. Ich war überrascht, sie singen zu hören. Sie hatte eine tiefe, weiche Stimme, und ihr Gesang erinnerte mich an meine Kindheit, als sie mir Volkslieder vorgesungen hatte.

»Diese Kreuzschmerzen«, stöhnte sie. »Wer war's denn?« erkundigte sie sich dann.

»Carlo. Einer von der Schule.«

»Was ist sein Vater? Ist er reich?«

»Ich glaube nicht.«

»Immer Freunde, die nichts wert sind«, sagte sie scharf. »Ein Mädchen wie du muß ans Heiraten denken, muß sich rar machen und ihre Freundschaften mit Sorgfalt aussuchen. Es ist sinnlos, mit Menschen zu verkehren, die einem nichts bieten können. Was ist mit Cesare? Warum ruft er nicht an?«

»Ich weiß nicht.«

Papa war gerade dabei, seinen Teller mit einem Stück Brot auszuwischen. Mama nahm ihm den Teller weg, und er ließ es sich widerspruchslos gefallen. Sie schob ihm eine Tasse und einen Löffel hin und schüttete den gemahlenen Kaffee in die kleine Napoletana-Maschine.

Als sie das Gas anzündete, preßte sie die Lippen zusammen, die welken Lippen einer alten Frau, und ich sah mich an ihrer Stelle, mit einem Mann, der auf Papas Platz saß, in einer Küche wie dieser – die gleichen Gerüche, die gleichen Bewegungen. Ein schrecklicher Gedanke. Ich starrte auf das Fenster, an dem die Tropfen langsam die Scheibe hinabrannen.

Wieder klingelte das Telefon. Mama wollte hingehen, aber ich kam ihr zuvor.

Diesmal war es Cesare. Wie an die Wand projiziert, tauchte sein gelangweiltes Gesicht vor mir auf, als ich die überhebliche Stimme am anderen Ende der Leitung vernahm.

»Ich hol dich ab. Ich hab Lust, mit dem Wagen rauszufahren. Was hältst du davon?«

»Ist mir recht.«

»Also um vier.«

»Gut.«

»Ciao.«

Mama sah mich prüfend an, während sie ihren Kaffee schlürfte. Sie atmete schwer, als hätte sie etwas im Hals. Seit einiger Zeit litt sie an Asthma. Bei der geringsten Anstrengung mußte sie nach Luft ringen, und ihr Gesicht bekam rote Flekken.

»Wer war das?« fragte sie.

»Cesare.«

»Na, endlich hat er sich entschlossen. Holt er dich ab?«

»Ja.«

»Mit dem Wagen seines Vaters?«

»Ja.«

»Gut«, sagte sie zufrieden. »Aber vergiß meine Ratschläge nicht.« Sie lächelte mich an, ohne Überzeugung, mit einer leisen Trauer in ihren dunklen Augen.

Papa war eingenickt, den Kopf auf der Brust, die Hände auf den Oberschenkeln. Hin und wieder bewegte er den Arm, als suche er nach einer bequemeren Stellung.

»Also ich leg mich jetzt hin«, verkündete Mama und ging in ihr Zimmer hinüber.

Ich war nicht müde. Die Gewißheit, Cesare am Nachmittag zu sehen, belebte mich.

Ich holte mein Heft und stenographierte, was mir gerade in den Sinn kam: »Heute ist ein schöner Tag. Ich liebe dich, ich liebe dich, ich liebe dich. Morgen ist Donnerstag. Es regnet. Deine Beine sind mit blonden Haaren bedeckt. Ich bin müde, ich bin nicht müde. Ich liebe dich ...«

Nachdem ich zwei oder drei Seiten vollgekritzelt hatte, hörte ich auf. Mir war kalt. Ich zog den Kragen des Pullis auseinander, roch an meiner Brust und beschloß, ein Bad zu nehmen, bevor ich mich mit Cesare traf.

Ich packte das Heft weg, ging ins Badezimmer und drehte den Warmwasserhahn auf. Dann machte ich die Tür zu und entkleidete mich. Aus der Wanne stieg Dampf. Als ich den Pulli abstreifte, dachte ich an das, was Cesare gesagt hatte. Ja, der Pulli war alt und verblichen. Ich hielt ihn gegen das Licht: An einigen Stellen war die Wolle schon ganz dünn. Ich warf ihn auf den Boden und nahm mir vor, noch heute einen neuen zu kaufen.

Mama war der Meinung, ich könne ruhig ihre abgelegten Kleider auftragen, die mir nie richtig paßten. Wenn sie ein Kleid nicht mehr anziehen wollte, weil es zu eng oder zu alt war, trennte sie es auf und nähte es nach meinen Maßen neu zusammen. Dann überreichte sie es mir, als hätte sie es soeben gekauft. Ich hängte diese Kleider in den Schrank, eines neben das andere, und zog sie nie an. Sie merkte das übrigens gar nicht.

Ich stieg in das heiße Wasser. Mit einem Gefühl des Wohlbehagens und der Ruhe ließ ich mich in die Wanne gleiten. Der kleine Raum war voller Dampf. Das Wasser umspülte meine Haut. Ein starker Seifengeruch drang mir in die Nase.

Mama kam herein, um sich die Hände zu waschen.

»Ich gehe«, sagte sie und blickte neidisch auf meinen eingeseiften Körper. »Zieh dich warm an. Draußen ist es kalt«, fügte sie hinzu.

Ich trocknete mich mit dem grüngestreiften Badetuch ab, das wir alle drei benutzten; es roch widerlich nach Schweiß. Wer weiß, wie lange es schon an dem Haken hinter der Tür hing. Heute abend werde ich's waschen, dachte ich, während ich mich puderte.

Nachdem ich mich eilig angezogen hatte, lief ich in Mamas Zimmer, um Geld zu suchen. In der Kommodenschublade, in einem Winkel, den sie für sicher hielt, entdeckte ich dreitausend Lire. Ich nahm tausend heraus und schloß die Schublade wieder ab.

»Papa, hast du Geld?« fragte ich.

Er schlief. Ich rüttelte ihn an der Schulter.

»Was ist?« Er fuhr hoch, noch ganz benommen.

»Hast du Geld? Ich muß mir einen neuen Pulli kaufen. Der alte ist hin.«

»Geld? Wie stellst du dir denn das vor? Ich schulde ja dem Eisenwarengeschäft noch zweitausend Lire. Material für den Käfig, verstehst du?«

»Warum verkaufst du deine Käfige eigentlich nicht?«

»Weil keiner sie will. Aber weißt du, wenn ich die Öffnungsmechanik verbessere, dann ...«

Ohne zu warten, bis er zu Ende geredet hatte, ging ich hinaus, um Mantel und Schuhe anzuziehen.

Die Wärme des alten Pullis auf meiner frischen, nach Puder duftenden Haut war mir unerträglich.

In dem ersten Geschäft, das ich fand, an der Piazza Bologna, ließ ich mir alle Pullis zeigen, die sie hatten. Für tausend Lire war keiner dabei. Schließlich gestand ich der Besitzerin, daß ich nicht mehr Geld hatte, und sie blickte mich mißtrauisch an.

»Für tausend Lire ist nichts da«, erklärte sie. Dann fiel ihr etwas ein, und sie sagte, ich solle warten. Sie ging nach hinten und kam mit einer Schachtel unter dem Arm wieder.

»Das sind welche mit kleinen Fehlern. Ich wollte sie eigentlich an die Firma zurückschicken, aber Sie können ja mal sehen …«

Sie hob den Deckel. Es waren schwarze Wollpullis mit V-förmigem Ausschnitt.

»Ein heller wäre mir lieber«, murmelte ich.

»Der hier schmutzt nicht so«, meinte sie und ließ mich einen Ärmel befühlen.

»Gut, dann nehme ich ihn«, sagte ich und fügte hinzu: »Ich zieh ihn gleich an.«

Hinter einer Schranktür kleidete ich mich um. Die Ärmel des schwarzen Pullis waren verschieden lang, außerdem hätte er enger sein können. Ich streifte die Ärmel hoch und schlüpfte in meinen Mantel. Mir blieb ja keine andere Wahl.

Ich zahlte und verließ das Geschäft.

Cesare erwartete mich vor der Haustür, in dem Fiat 600, der seinem Vater gehörte.

»Das nächste Mal versetze ich dich, wenn du nicht pünktlich bist«, empfing er mich.

Er öffnete den Schlag. Als ich eingestiegen war, ließ er den Motor an, und der Wagen schoß davon.

Ich betrachtete Cesares Profil, das sich scharf von der Fensterscheibe abhob. Er hatte eine kleine, sinnliche Nase, und auf seinen Wangen schimmerte leichter blonder Flaum; die Augen waren blau wie Meerwasser, die Wimpern dicht und fast weiß.

Er beugte sich stumm über das Lenkrad. Ich fühlte mich ihm so fern, als sei er ein Teil des Autos.

Als wir aus der Stadt heraus waren, lehnte er sich ein wenig zurück. Einmal wandte er den Kopf, um mich anzusehen. Aber er sagte nichts. Er nahm meine Hand und legte sie auf seinen Oberschenkel.

Nach einiger Zeit bog er in eine Nebenstraße ein und fuhr in Schrittgeschwindigkeit weiter. Die Straße war nicht asphaltiert, und die Räder hüpften, Schlamm verspritzend, von einem

Schlagloch ins andere. Links von uns breiteten sich blau-grüne Wiesen aus, auf denen vereinzelt Olivenbäume standen. Auf der rechten Seite floß zwischen hohen Gräsern und Dornbüschen ein schmutziger Bach dahin.

Schließlich manövrierte Cesare den Wagen mit den Hinterrädern auf eine Wiese und hielt an.

»Hoffentlich bleiben wir nicht in dem sumpfigen Boden stecken«, brummte er vor sich hin.

Er stieg aus, ging um den Wagen herum, bückte sich und betrachtete prüfend die Räder.

»Der Boden ist ziemlich fest. Wird schon halten.«

Er setzte sich wieder neben mich, knöpfte seinen Mantel auf und griff nach einer Zigarette. Im gleichen Augenblick begann es von neuem heftig zu regnen. Die Tropfen prasselten wie kleine Steine auf das Verdeck des Wagens.

»Ich mag Regen«, sagte ich.

»Na, ich nicht.«

Er beugte sich zu mir, um mich zu küssen. Seine Lippen waren trocken, sein Mund hatte einen warmen Geschmack nach Kaffee.

Ich ließ meinen Mantel von den Schultern gleiten, zog den neuen Pulli über der Brust straff und schob den zu langen Ärmel hoch. Aber Cesare achtete gar nicht auf mich. Er versuchte, den Sitz zurückzuklappen, doch die Halterung war verklemmt, und es gelang ihm nicht. Er drehte sich zur Seite und umfaßte meinen Kopf mit den Händen. Als ich die Wärme seiner Finger auf den Wangen spürte, wurde ich von Begierde durchflutet. Ich sagte es ihm. Er lächelte; dann hob er mir den Rock hoch und war im nächsten Moment über mir, die Beine unter dem Lenkrad ausgestreckt, das Gesicht an meine Schulter gepreßt.

Ich sank nach hinten. Der Türgriff bohrte sich in meine Seite. Cesare fingerte ungeduldig unter meinem Rock. Schließlich drang er heftig in mich ein und grub dabei die Zähne in meinen Hals.

Als wir uns voneinander lösten, pochte mir das Blut noch immer in meinen Schläfen. Draußen war es schon dunkel. Die wenigen Autos, die vorüberfuhren, streiften uns flüchtig mit den Scheinwerfern, bevor sie hinter der Kurve verschwanden.

Cesare stieg aus und kam nach kurzer Zeit zurück. »Es regnet unentwegt«, sagte er mißmutig.

Er knipste das Licht an und betrachtete sich im Spiegel. Sein Haar war zerzaust, sein Hemd zerknittert und durchgeschwitzt. Ich versuchte, mich in Ordnung zu bringen. Meine Wangen brannten, und der Nacken tat mir weh.

»Nie wieder im Auto«, murrte Cesare. »So was Unbequemes!«

»Warum sind wir eigentlich nicht zu dir gegangen?« erkundigte ich mich.

»Na, wenn du's unbedingt wissen mußt: Weil mein Vater allein sein wollte. Er hat schließlich auch seine Frauen. Und dann schmeißt er mich raus. Verflixt!«

Ich legte den Kopf an seine Schulter. Er zündete sich eine Zigarette an und rauchte schweigend. Diesmal war ich es, die in Schlaf fiel, eingehüllt von dem eintönigen Rauschen des Regens, von der Wärme seines Körpers.

»Wird Zeit für uns«, sagte er plötzlich und warf die Kippe fort. »Ich muß noch arbeiten. Auch heute nacht.«

Er gab mir einen letzten Kuß auf die Wange und ließ den Motor an.

Man sah kaum die Hand vor den Augen. Das Licht der Scheinwerfer wurde von der Dunkelheit aufgesaugt, und der Wagen fuhr wie unter einer Wasserglocke. Mir kam es vor, als durchquerten wir einen tiefen Fluß. Drinnen war es heiß. Der Motor brummte hinter unserem Rücken, und die Warmluft stieg stoßweise von unten herauf.

Cesare machte sich einen Spaß daraus, die anderen Wagen zu überholen, die in dieser Sintflut ihr Tempo verlangsamten.

»Da wären wir«, sagte er, als er vor meiner Wohnung hielt. »Also ciao.«

»Rufst du mich an?«

»Weißt du, in den nächsten Tagen habe ich furchtbar viel zu tun. Da wird's wohl nichts werden mit uns.«

»Ciao«, sagte ich.

Er brauste davon, und ich sah ihm nach, bis er um die Ecke bog und verschwand. Einer von vielen, die eilig durch die Stadt fuhren.

Das Wasser lief mir in den Mantelkragen. Ich schüttelte mich und trat ins Haus. An der Treppe blieb ich stehen, völlig benommen. Ein erstickender Geruch nach gebratenem Fisch schlug mir entgegen. Ich hockte mich auf die Stufen und beobachtete, wie die Regentropfen an die Straßenlaterne schlugen. Die Kugel aus Milchglas war auf der einen Seite zerbrochen. Es sah aus, als hätte jemand hineingebissen. Die Birne brannte trübe – sie schien kurz vor dem Erlöschen zu sein.

Plötzlich erblickte ich Mama, die mit unsicheren Schritten auf das Haus zusteuerte. Ihre Hände umklammerten den kleinen Schirm aus violetter Seide, den sie seit mehr als zehn Jahren besaß. Ich schaute auf die Uhr. Eine ungewöhnliche Zeit für Mama. Sie kam nie vor halb neun von der Arbeit, oft sogar später, wenn sie Überstunden machen mußte.

Im Hauseingang schloß sie den Schirm und griff sich dann an die Brust. Sie atmete keuchend, mit offenem Mund. Obgleich sie dicht vor mir stand, sah sie mich nicht. Sie schwenkte den Schirm, damit das Wasser abtropfte, und schickte sich dann an, die Treppe hinaufzusteigen.

Sie ging an mir vorüber, ohne mich zu sehen.

»Was ist denn mit dir?« fragte ich, und sie zuckte zusammen.

»Ich hab's nicht mehr ausgehalten«, antwortete sie. »Ich hab mir freigeben lassen.« Ihr Gesicht war eingefallen, das Lippenrot bröckelte von dem runzligen Mund.

»Willst du dich auf mich stützen?«

»Nein, ich schaff's allein.«

Ich lief voraus und machte Licht in der Wohnung. Papa war wohl zur Versicherung gegangen. Der Käfig stand unter dem Küchentisch, zugedeckt mit dem zerrissenen alten Laken, das wir als Bügeltuch benutzten.

Mama ließ sich aufs Bett fallen; sie hatte nicht einmal die Kraft, sich auszuziehen.

»Mach mir das Korsett auf«, sagte sie nach einer Weile. »Es drückt so. Ich bekomme keine Luft.«

Ich richtete sie auf, streifte ihr das Kleid ab und hängte es in den Schrank, wie sie es zu tun pflegte. Dann zog ich ihr die Schuhe aus, den Unterrock, die Strümpfe und rieb ihre geschwollenen, von der Kälte geröteten Beine. Sie atmete mühsam und keuchend.

»Den Büstenhalter, rasch!« stieß sie hervor.

Ich hakte den Verschluß auf, und ihre Brüste mit den großen, braunen Brustwarzen fielen schwer auf den Leib. Es gelang mir nicht, das Korsett abzuziehen. Das Gummigewebe war ausgefranst und zerschlissen; überall quoll das Fleisch hervor.

»Beeil dich«, drängte sie, und da glitt sie mir auch schon aus den Armen. Bevor ich zupacken konnte, lag sie auf dem Boden, den schwankenden Kopf an meinen Schienbeinen.

Vergebens bemühte ich mich, sie aufzuheben. Ich warf eine Decke über sie und rannte zu der Frau, die über uns wohnte.

Die Nachbarin kam mit klappernden Pantoffeln heruntergelaufen und stellte tausend Fragen. Sie half mir, Mama von dem Korsett zu befreien und sie ins Bett zu legen. Dann kniete sie nieder und begann leise zu weinen. Im ersten Moment dachte ich, Mama sei gestorben, aber dann sah ich, daß sie atmete, und ging in die Küche, um das Abendessen zu richten.

Bald darauf kam Papa. Er hielt einen Pappteller mit gefüllten Reisfladen in der Hand und blickte mich kauend an.

»Mama geht's nicht gut«, sagte ich.

Er achtete nicht auf meine Worte, denn er stand bereits vor seinem Käfig und drehte ihn prüfend hin und her.

Dann ging er ins Schlafzimmer, um seine Hausjacke anzuziehen, kam aber sogleich zurück.

»Was ist denn mit ihr?« fragte er völlig verstört.

»Ich weiß nicht. Sie ist ohnmächtig geworden.«

»Wir müssen einen Arzt holen.«

»Den schickt uns das Amt.«

»Ach so.«

Er ließ sich auf einen Stuhl sinken, blieb regungslos sitzen und starrte die Wand an.

Ich füllte ihm Suppe auf und schnitt zwei Scheiben Brot ab. Dann nahm ich neben ihm Platz.

»Den Wein«, sagte er.

Ich holte die Flasche. Sie war fast leer, und er goß sich den Rest in die Suppe.

»Es ist kalt«, murmelte er.

Ich drehte das Radio an, weil mich die Stille bedrückte. Papa gab mir ein Zeichen, den Apparat auszuschalten, aber ich reagierte nicht darauf. Er zuckte die Achseln und tauchte den Löffel in die Suppe. Bevor er ihn zum Munde führte, atmete er den Geruch von Fett und warmem Wein ein.

»Ach, wie gut«, seufzte er.

Später kam die Nachbarin noch einmal, um sich nach Mamas Befinden zu erkundigen. Sie sagte, man müsse das Amt benachrichtigen und einen Arzt anfordern.

»Ich besorge das schon, du brauchst dir keine Gedanken zu machen.« Sie sah mich mitleidig an und lief dann rasch die Treppe hinauf.

Mama blieb ein paar Tage im Bett. Der Arzt sagte, es sei nichts von Belang. Ein kleiner Schwächeanfall. Mama schien anderer Meinung zu sein, widersprach ihm aber nicht. Er verordnete ihr kräftigende Injektionen.

Wenn ich nicht zu Hause war, leistete ihr die Frau von oben Gesellschaft. Mama lag still und stumm da, völlig erschöpft von der Anstrengung des Atmens; sie verlangte nie etwas. Die Nachbarin saß mit ihrem Strickstrumpf am Fußende des Bettes.

Papa weigerte sich, mit Mama in einem Bett zu schlafen, und so liehen wir uns von der Familie über uns eine Matratze. Papa machte sich abends in der Küche sein Lager zurecht und war mit dieser neuen Lösung offenbar sehr zufrieden.

Vom Amt riefen sie jeden Morgen an, um sich nach Mama

zu erkundigen, und eines Tages schickten ihr die Kolleginnen sogar einen Blumenstrauß.

Vormittags war ich in der Schule, und nachmittags hatte ich im Haushalt zu tun. Einmal ging ich fort, um eine Tasse Schokolade mit Carlo zu trinken, der häufig anrief und mich bat, ihn in den Holzschuppen zu begleiten. Aber dazu hatte ich keine Lust. Obgleich ich ihm das sagte, rief er immer wieder an.

Zweimal versuchte ich, Cesare zu erreichen, doch er war nicht da. Am anderen Ende der Leitung meldete sich die Stimme seines Vaters, die ebenso freundlich wie falsch klang.

»Cesare ist nicht zu Hause. Bist du es, Enrica? Ich glaube, er ist zu einem Freund gegangen, um zu lernen. Ich weiß nicht, wann er zurückkommt, Ich werde ihm sagen, daß du angerufen hast. Warum läßt du dich denn gar nicht mehr bei uns blicken?«

Sooft sich Mama ein wenig besser fühlte, fragte sie nach Cesare. Sie wollte Gewißheit haben.

»Wirklich, du müßtest mal ein ernstes Wort mit diesem Cesare reden. Das ist doch nicht recht, ein Mädchen so lange hinzuhalten. Wenn er nicht die Absicht hat, dich zu heiraten, dann soll er dich freigeben. Du findest mit Leichtigkeit einen anderen, jung und hübsch, wie du bist.«

Sie unterbrach sich, weil sie keine Luft bekam.

»Ich weiß gar nicht, was mit meinem Hals ist. Innen scheint alles geschwollen zu sein.«

Sie ließ den Kopf auf das Kissen fallen und schloß die Augen. Ihr ungeschminktes Gesicht sah merkwürdig jung aus. Weiße Haarsträhnen mischten sich in die dunklen. Ihr großer Kopf war kleiner geworden und verschwand fast im Kissen.

»Du hast dir ja einen neuen Pulli gekauft«, sagte sie eines Nachmittags, als ich an ihrem Bett saß und in einer Zeitschrift blätterte.

»Ich dachte, du schläfst.«

»Ich kann nicht. Was hat er denn gekostet?«

»Tausend Lire.«

»Hast du sie aus der Schublade genommen?«

»Ja.«

»Im Schrank hängen so viele Kleider, und du wirfst das Geld zum Fenster hinaus. Außerdem ist er schwarz. Das ist doch nichts für junge Mädchen. Er macht dich alt.«

»Es war nichts anderes da.«

Sie schloß die Augen und drehte den Kopf zur Seite. Im Zimmer roch es unangenehm stickig. Ich überlegte, ob ich wohl das Fenster aufmachen könnte. Nein, lieber nicht, sagte ich mir dann und beugte mich von neuem über die Illustrierte. Ich las die Sätze wieder und wieder, ohne ihren Sinn zu erfassen. Die Müdigkeit überwältigte mich. Mein Kopf sank auf die Brust, und ich träumte von Mama, die sich im Regen vorwärts schleppte, an ihr violettes Schirmchen geklammert wie ein Ertrinkender an Treibgut.

Papa kam ins Zimmer. Er hatte Hunger und sagte, ich solle mich um das Abendessen kümmern.

Ich stand auf. Als ich an der Tür war, hörte ich Mama stöhnen. Ich lief zu ihr, aber sie lag mit geschlossenen Augen und offenem Mund da, und so ging ich in die Küche.

Während ich das Essen für Papa und mich bereitete, lauschte ich der Fernsehsendung aus der Nachbarwohnung. Ein Mann sprach eindringlich über Politik. Dann sagte er, der dreitägige Regen habe in Italien, ich weiß nicht wo, große Überschwemmungen verursacht. Und er sagte auch, daß sich der Minister Soundso unverzüglich in das Katastrophengebiet begeben habe. Bei einem Erdrutsch seien zwei vollbesetzte Reisebusse in den Abgrund gestürzt. Acht Tote. Der Minister habe die Verletzten besucht und ihnen Trost zugesprochen. Musik unterstrich die Sätze. Dann redete er vom Fußball. Er sagte, daß die internationalen Meisterschaften einen ausgezeichneten Verlauf nähmen. Die Italiener lägen an der Spitze.

Ich drehte das Wasser weit auf, um die Stimme zu übertönen. Papa machte mir ein Zeichen, es abzustellen. Ich gehorchte und brachte das Essen auf den Tisch.

Kaum waren wir fertig, da holte Papa den Käfig und bastelte

weiter an ihm herum. Ich spülte das Geschirr und sah dann nach, ob Mama etwas brauchte. Sie war wach und saß, von ihren Kissen gestützt, halb aufgerichtet im Bett.

»Geht's dir besser?«

»Ja.«

»Möchtest du ein Buch? Eine Zeitung?«

»Nein.«

Ich ließ sie allein, ging in die Diele und schloß die Tür hinter mir, um zu telefonieren.

»Cesare?«

»Ciao. Was willst du?«

»Sehen wir uns morgen?«

»Morgen kann ich nicht. Ich rufe dich nächste Woche mal an.«

»Also ciao.«

»Ciao.«

Ich zog mich in mein Zimmer zurück. Es war kalt. Ich trat ans Fenster: Der Regen hatte aufgehört. Die Mondsichel am Himmel glänzte wie eine Messerklinge.

An meinem Bett waren zwei Federn gebrochen, und die Matratze hing auf der einen Seite durch. Wer weiß, ob Papa das reparieren kann, sagte ich mir. Ich setzte mich auf die Decke und blätterte in einer alten Illustrierten. Jetzt war ich gar nicht mehr müde. Plötzlich bekam ich Lust, fortzugehen.

Ich sah nach, was Papa machte. Er war mit seinem Käfig beschäftigt, wie immer. Ich teilte ihm mit, daß ich noch ein bißchen laufen wollte. Er gab keine Antwort.

Mama, in deren Zimmer ich einen Blick warf, schlief ganz ruhig, eine Hand auf die Brust gelegt.

Ich verließ das Haus. Die Luft war schneidend kalt.

Ich hielt mich in der Mitte der Straße, wegen der Tropfen, die von den Bäumen fielen. Unwillkürlich schlug ich den Weg zu Cesares Wohnung ein.

Ein Mann überholte mich, blieb stehen und folgte mir dann.

»Brauchst du Geld?« fragte er mich. Er hatte eine weiche, weibische Stimme.

Ich ging weiter. Der Mann verlangsamte unschlüssig den Schritt, dann kam er wieder an meine Seite.

»So jung! Wohin gehst du denn?«

Ich beachtete ihn nicht. Er versuchte es von neuem, aber ich verschwendete keinen Gedanken an ihn, und als er irgendwann in eine Seitenstraße verschwand, bemerkte ich es nicht einmal.

In der Nähe von Cesares Haus blieb ich stehen. Ich wußte nicht, was ich tun sollte. Ganz langsam bog ich um die Ecke. Neben dem Blumenkiosk machte ich halt und wartete. Worauf, das hätte ich nicht sagen können.

Um diese Zeit waren nur wenige Leute unterwegs. Ich blickte zu Cesares Fenstern im obersten Stockwerk hinauf. Kein Lichtschimmer drang durch die Laden, und auch bei den Nachbarn war alles dunkel, als wohne dort niemand. An der Haustür, die der Portier wohl erst vor kurzem geschlossen hatte, war eine himmelblaue Schleife befestigt. In diesem Haus hatte eine Frau einen Jungen geboren.

Ich lehnte mich an den Kiosk. Aus den Spalten in der Bretterwand drang Blumenduft.

Ein paar lärmende Jungen liefen vorbei. Sie gestikulierten lebhaft und redeten alle auf einmal. Sie sahen mich nicht. Hinter ihnen, gebeugt unter dem Gewicht eines Tragkorbes, kam eine alte Frau, die irgend etwas vor sich hin murmelte. Es war eine Durchgangsstraße, die Autos brausten mit leichtem Summen vorüber.

Jetzt drang ein sich verbreiternder Lichtstrahl aus der Tür von Cesares Haus. Drei elegant gekleidete Leute traten auf die Straße: zwei Männer und eine Frau. Ich glaubte, Cesare zu erkennen. Die Männer hatten dunkelblaue Anzüge an, und die Frau trug einen leuchtendgrünen Mantel, weit wie ein Umhang. Während die Männer plaudernd vor dem Haus standen, drehte sich die Frau übermütig um sich selbst. Sie lachten. Der Mann, den ich für Cesare gehalten hatte, packte das Mädchen am Arm und tat, als wolle er sie entführen. Der andere Mann eilte auf die beiden zu und nahm sie lachend in die Arme.

Dann stiegen sie in ein langes weißes Auto. Als der Wagen in der Dunkelheit verschwunden war, entschloß ich mich, zu gehen. Ich band mir das Tuch um den Kopf, warf noch einen Blick auf die Haustür mit der himmelblauen Schleife und machte mich auf den Heimweg.

Nach einigen Tagen ging Mama wieder ins Amt. Sie behauptete, sich wohl zu fühlen, aber anscheinend litt sie noch immer an Atemnot. Eines Mittags, als sie den Mund voller Makkaroni hatte, verdrehte sie plötzlich die Augen, lief zum Fenster, öffnete es und lehnte sich hinaus.

Papa jammerte über die Kälte.

»Hol meinen Mantel«, sagte er zu mir.

Mama blieb lange am Fenster, als wolle sie soviel Luft in sich aufnehmen wie nur irgend möglich. Dann setzte sie sich und knöpfte ihre Bluse am Hals auf.

Papa seufzte. Er bedeutete mir, das Fenster zu schließen. Ich gehorchte. Mama, ganz in sich gekehrt, merkte nichts.

Als sie ihren Kaffee getrunken hatte, ging sie wieder zum Fenster, öffnete es und beugte sich weit vor, die keuchende Brust auf das Fensterbrett gestützt. Papa wärmte seine Hände an der kleinen Kaffeemaschine und schüttelte mißbilligend den Kopf.

Nun erkundigte sich Mama auch nicht mehr nach Cesare. Alles, was sie tat, fiel ihr schwer. Wenn sie die Treppe hinaufstieg, blieb sie auf jeder Stufe stehen und preßte die Hand auf die Brust. Sie hielt immer den Mund geöffnet, um besser atmen zu können. Aber sie hatte keine Schmerzen.

Ich mußte den Haushalt allein besorgen. Für mich selbst blieb mir wenig Zeit. Vormittags, wenn ich aus der Schule kam, kaufte ich ein. Nachmittags machte ich sauber und wusch, abends kochte ich unser Essen.

Manchmal half mir die Frau, die über uns wohnte. Sie erledigte die große Wäsche für mich und schaffte die Arbeit in kurzer Zeit. Hatte ich Glück, so ließ sie sich auch überreden, Mamas Bett zu machen und den Fußboden zu fegen.

Carlo rief mich täglich an. Wenn ich zur Schule ging, stand er oft vor der Haustür und wartete auf mich.

»Was willst du denn hier?«

»Dich sehen.«

»Wir sehen uns doch in der Schule.«

»Na ja, aber da wir nun mal denselben Weg haben ...«

Mir gefiel seine breite weiße Stirn, die ihm einen Ausdruck heiterer Gelassenheit verlieh. Er hatte lange, dünne Beine, mit denen er leicht und flink ausschritt. Ich konnte ihm nur mit Mühe folgen.

»Hast du gelernt?« fragte er.

»Nein.«

»Die Aiuti ist neuerdings sehr gemein. Sie gibt mit wahrer Wonne schlechte Noten.«

»Warum eigentlich, wenn ihr doch alles egal ist?«

»Vielleicht will sie sich die Zeit vertreiben.«

»Vielleicht.«

In der Straßenbahn streifte er meine Brust mit dem Arm. War die Bahn überfüllt, so stellte er sich schützend vor mich. Er beugte sich vor, um mir etwas ins Ohr zu flüstern, und küßte mich dabei.

»Ich hab keine Lust«, sagte ich.

Er runzelte die Stirn und wandte sich mit einer ärgerlichen Kopfbewegung ab. Gleich darauf aber sah er mich wieder an. Er hoffte wohl, daß ich ihn doch noch erhören würde.

In der Schule hieß es, wir seien verlobt. Gabriella wußte, daß es nicht stimmte, aber sie schwieg. Mitunter beobachtete ich, wie sie mit gleichgültiger Miene zu Carlo trat, um etwas zu fragen, und sich dabei so tief über ihn beugte, daß ihre roten Locken wie Flammen auf sein Gesicht herabfielen.

Carlo gab vor, nichts zu merken.

Die Aiuti ging im Klassenzimmer auf und ab, unzufrieden mit uns und mit allem. Nur selten setzte sie sich ans Pult. Wenn sie das tat, holte sie eine kleine Feile aus der Handtasche und bearbeitete ihre Fingernägel. Sobald aber im oberen Stockwerk die Schritte ihrer Mutter erklangen, hob sie den Kopf, verzog das Gesicht und begann von neuem, zwischen den Bankreihen auf und ab zu wandern.

Sie hielt sich nie lange mit Erklärungen auf, sondern verwies uns auf das Lehrbuch.

»Da steht ja alles drin«, sagte sie. »Lest es euch durch.«

Wenn sie uns abfragte, sah sie uns fest an, aber man hatte immer den Eindruck, daß ihr Blick durch uns hindurchging und hinter uns, jenseits der Tür etwas suchte.

Gelegentlich nahm sie auch eine Zeitung aus ihrer Handtasche und blätterte zerstreut darin herum.

»Warum sprichst du nicht weiter?« fuhr sie denjenigen an, der gerade an der Reihe war, und blickte von dem Blatt auf.

»Ich krieg's nicht mehr zusammen«, entschuldigte sich der Junge.

»Dann geh auf deinen Platz, und stiehl mir nicht die Zeit.«

Gabriella war eingenickt, das Kinn in die Hand gestützt. Die Aiuti bemerkte es, sagte aber kein Wort. Mit einem bitteren Zug um den Mund betrachtete sie ihre Fingernägel.

Zwei Stunden später saßen wir im Unterrichtsraum der alten Aiuti, die lächelnd bereit war, über alles zu plaudern. Sie bezeichnete ihre Tochter als wunderlich.

»Ich habe zwei Töchter, aber wenn ich sie nicht hätte, würde das gar keinen Unterschied machen. Die kriegen den Mund überhaupt nicht auf, es ist, als wäre er ihnen zugenäht. Und dieser bedauernswerte Ehemann – wie ein Hündchen zwischen zwei Statuen. Man kann nur lachen über ihn. Ein armer Kerl, dick und krank. Was sie bloß an ihm finden? Na ja, so geht's schon seit ihrer Kindheit. Was die eine tat, mußte die andere nachmachen, sonst gab's Geschrei. Stumm und bockig, ja, das sind sie. Zwei Plagegeister, die ich wirklich nicht verdient habe. Ich sage zu meiner Tochter: Schenk mir wenigstens ein Enkelkind. Ach was! Unfruchtbar ist sie auch noch. Und die andere ist nicht verheiratet. Das ist die Strafe Gottes für ihre Lieblosigkeit. Jawohl!«

Aus Angst, zuviel gesagt zu haben, verstummte sie und schüttelte nur noch den Kopf. Aber sie hielt es nicht lange aus.

Wenige Minuten später redete sie schon wieder über sich, über ihre Töchter, über den Mann. Sie konnte es nicht lassen. Nun, wir wußten ohnehin seit langem Bescheid.

Gabriella hörte ihr eine Weile amüsiert zu; dann bekam sie das Geschwätz satt und kritzelte mit dem Bleistift auf der Bank herum.

Carlo hatte seinen Platz gewechselt. Er saß jetzt hinter mir, und ich spürte geradezu, wie er auf meinen Nacken starrte.

Wir gingen zusammen nach Hause. Er mit langen Schritten, die Hände in den Hosentaschen; ich fast laufend, das Tuch um den Kopf gebunden.

Wir kamen an dem Schuhgeschäft vorbei, in dem immer viel Betrieb war, und an der *Grande Bar Olympia*, deren vier Türen weit offenstanden. Die Auslagen waren voller Süßigkeiten und Stofftiere.

Manchmal tranken wir dort eine Tasse Schokolade, Carlo und ich. In dem Spiegel hinter der Theke erschienen sein langer, dünner Hals und mein kleiner schwarzer Kopf. Carlo lächelte meinem Spiegelbild zu. Ich verbarg mich hinter der Tasse, die ich in der Hand hielt.

»Mir geht's gut, wenn ich bei dir bin«, sagte er.

Wohlig durchwärmt verließen wir das Lokal und setzten uns in Trab, um den Autobus noch zu erwischen.

Papa behauptete, bei uns zu Hause habe sich alles zum Schlechten verändert. Seine Hemden seien nicht mehr anständig gebügelt, seine Schuhe immer schmutzig, die Makkaroni schlecht gekocht.

»So war's ja nicht mal im Krieg«, beschwerte er sich.

Ich zuckte die Achseln. Die Zeit reichte eben nie aus, so viel gab es zu tun. Mama wurde von Tag zu Tag hinfälliger. Sie vergaß, sich zurechtzumachen, sich die Strümpfe anzuziehen. Auf das Korsett verzichtete sie schon seit dem Tag, an dem sie ohnmächtig geworden war. Sie ging zum Dienst in ihrem alten schwarzen Kleid, das hinten zu lang war; den Mantel hatte sie achtlos umgehängt, und auf dem Kopf trug sie den schäbigen Glockenhut aus Filz.

»Von morgens bis abends muß ich ununterbrochen Rechnungen ausschreiben«, sagte sie einmal mit schmerzlich verzerrtem Gesicht zu der Nachbarin, die ihr half, die Treppe hinabzusteigen.

»An Ihrer Stelle würde ich eine Woche zu Hause bleiben und mich ausruhen«, meinte die Frau.

»Ohne mich werden sie im Amt nicht fertig. Wissen Sie, ich bin ja schon fünfzehn Jahre da.«

»Arme Signora!«

»Im Juni habe ich Urlaub. Dann fahre ich zur Erholung in die Berge. Wenn nur nicht alles so teuer wäre.«

Sogar ihre Stimme hatte sich verändert. Sie klang jetzt heiser und brüchig.

»Mama geht's nicht gut«, sagte ich zu Papa.

»Der Doktor hat mir doch versichert, daß ihr nichts fehlt«, widersprach er. »Ein bißchen Erschöpfung, weiter nichts.«

»Vielleicht hat er recht.« Aber ich war nicht davon überzeugt.

»Hier drinnen ist etwas nicht in Ordnung«, erklärte Mama eines Tages und faßte sich an die Brust.

Papa streifte sie mit einem ängstlichen Blick und biß dann in das Brot, das er in die Sauce getunkt hatte.

»Ist noch was da?«

Ich goß ihm den Rest auf den Teller.

»Heute abend könntest du mir ein paar Pflaumen schmoren. Ich hab eine kleine Magenverstimmung.«

»Ja, Papa.«

Donnerstag. Als ich heimkam, hatte man Mama schon ins Krankenhaus geschafft. Papa war mitgegangen.

Ich lief wie gehetzt durch die Stadt, doch als ich im Krankenhaus eintraf, war sie bereits tot. Zwei Nonnen standen mit gesenktem Haupt zu beiden Seiten des Bettes, auf dem ihr Körper lag.

Sie schoben mir einen Stuhl heran. In einer Ecke sah ich

Papa. Er war im Mantel, zitterte heftig und sprach in einem fort vor sich hin.

»Man muß sie nach Hause bringen«, hörte ich ihn sagen.

Ärzte in weißen Kitteln gingen laut redend ein und aus.

»Sie hat einen guten Tod gehabt«, flüsterte mir die eine Nonne ins Ohr. »Sie hat die Letzte Ölung empfangen und keinen Laut mehr von sich gegeben.«

Die Sonne schien durch das große Fenster des Krankensaales auf Mamas stilles Gesicht: Es war grau wie Fensterkitt. Ihre Augen waren halb geschlossen. Ich hatte das Gefühl, sie könne unter den Lidern hervor alles beobachten. Man hatte ihr die Hände über der Brust zusammengelegt. Aber es waren verkrampfte Hände, die sich in die Bettücher gekrallt hatten, als ihr der Atem ausging.

Am Kopfende stand noch das Sauerstoffgerät: der smaragdgrüne Schlauch, die silbrig glänzende Stahlflasche. Und rings um das Bett roch es durchdringend nach Äther und Alkohol.

Eine Fliege setzte sich ihr auf die Stirn. Ich sah Mamas Hände an, gewärtig, daß sie die Fliege verscheuchen würden. Im oberen Stockwerk schrie jemand. Das Sonnenlicht flutete über den mit großen grauen Platten belegten Fußboden.

Die Betten in dem Saal bildeten zwei lange Reihen. Die anderen Kranken beobachteten uns neugierig.

Ich weiß nicht, wie lange wir dablieben und Mama anstarrten. Mir kam auch nicht zu Bewußtsein, daß sie fortgebracht wurde und daß man Papa und mich die Treppe hinunter und auf die Straße führte.

Zu Hause fand ich mich wieder, wie im Krankenhaus neben ihr sitzend; und wie auf dem Krankenhausbett lag sie leblos da. Aber jetzt war die Sonne verschwunden, und jemand hatte die Glühbirne eingeschaltet, die ohne Lampenschirm von der Decke herabhing.

Vor mir sah ich einen Rücken, der von Schluchzen geschüttelt wurde. Es war die Frau, die über uns wohnte. Sie hatte ein Tuch um den Kopf gebunden, wie beim Reinemachen, und unter den verknoteten Zipfeln wurde der nach vorn gebeugte muskulöse Hals sichtbar.

Papa schlief, den Kopf auf der Brust. Ich dachte, daß ich ihm eine Tasse Brühe bereiten müßte, aber ich konnte mich nicht dazu aufraffen.

Ich überließ mich der Müdigkeit und dem eigenartigen Gefühl, das ich neben dem leblosen Körper meiner Mutter empfand. Sie weiß nicht, daß ich sie anschaue, dachte ich, sie wird es nie wissen. Jetzt ist jede Verbindung zwischen uns abgebrochen. Ich betrachte sie, und sie weiß es nicht.

Das Geräusch von Schritten weckte mich. Es waren einige Nachbarn und auch ein Verwandter, ein Vetter meiner Mutter, der sonst nie zu uns kam.

Alle küßten mich auf die Stirn. Der Vetter hatte einen großen Blumenstrauß mitgebracht, den er ehrerbietig zu Füßen der Toten auf das Bett legte.

Die Frau von oben zerschnitt mit einem Messer die Schnur und streute die Blumen um Mamas Leichnam.

»Das Amt übernimmt die Begräbniskosten«, verkündete der Vetter mit Befriedigung. »Ich habe das durchgesetzt. Mit diesen Leuten muß man energisch reden.«

Er hielt sich die Hand vor den Mund und hüstelte diskret, wie sich das vor einer Toten gehört. Seinen Hut drehte er in den Händen, weil er nicht wußte, wo er ihn lassen sollte. Die Handschuhe zog er aus und stopfte sie in die Tasche. Ich sah, daß er goldene Zähne hatte, die zwischen den fleischigen Lippen hervorblitzten.

Die Nachbarn entfernten sich bald. Die Frau von oben umarmte mich beim Fortgehen und versprach, später wiederzukommen.

Papa schlief noch immer.

Der Vetter fragte, ob es nicht besser sei, ihn zu wecken. Ich bemerkte, daß sein Kopf ebenso rund und dick war wie der meiner Mutter. Aber er hatte einen mageren Körper. Auf seinem frischgewaschenen weißen Hemd trug er bereits eine schwarze Krawatte.

»Ich werde mit euch die Totenwache halten«, sagte er.

Ich meinte, das sei nicht nötig. Er legte mir die Hand auf die Schulter und versicherte, daß er die ganze Nacht dableiben werde. Da ich nicht zu widersprechen wagte, holte ich ihm einen Stuhl; Er machte das Licht aus und setzte sich im Dunkeln hin.

Draußen war es Nacht geworden. Die Straßenlaterne vor dem Fenster brannte, und ein schwacher Lichtschein fiel auf das Bett. Die Blumen rankten sich um Mamas Körper, als wurzelten sie in dem Laken. Sie hatten einen penetranten, fast abstoßend süßlichen Geruch, von dem ich im ersten Augenblick glaubte, er käme von Mama, die nun seit vielen Stunden tot war.

Der Vetter versuchte, mich zu trösten, indem er von seinen Weinbergen in der Nähe von Frascati sprach.

»Dieses Jahr war die Ernte gut«, murmelte er, neigte den Kopf zur Seite und richtete seine kleinen schwarzen Augen auf mich. »Aber es hat zuviel geregnet. Die Trauben sind voller Wasser. Das gibt einen Wein mit wenig Alkohol- und Zuckergehalt. Man wird ihn mit Trauben aus dem Süden verschneiden müssen.«

Plötzlich erhob sich Papa und ging in die Küche. Ich dachte, er hätte Hunger.

Nach einer Weile folgte ich ihm, um zu sehen, ob er etwas brauchte. Er kniete vor seinem Käfig und feilte an dem Gittertürchen.

»Willst du ein bißchen Brühe?« fragte ich ihn.

Er antwortete nicht. Zwischen seinen Lippen steckten zwei kleine Nägel.

Ich kehrte zu Mama zurück. Der Vetter betete, über sie geneigt, und blickte sich nicht um, als ich hereinkam. Er beendete sein Gebet und setzte sich wieder auf den Stuhl.

»Magst du etwas essen?« flüsterte ich.

»Jetzt nicht. Vielleicht später.«

Wir schwiegen beide, die Augen auf das Bett gerichtet. Die Nachbarin hatte unter Mamas Körper eine gestickte Decke gebreitet, die noch von ihrer Aussteuer stammte. Ein rechteckiges, reichverziertes Samttuch mit langen Fransen. Zweifarbige Obstmotive waren darauf gestickt und weiße Cherubine auf blauem Grund. Das Ganze wurde von goldenen Ähren umrahmt.

Ich konnte mich nicht daran gewöhnen, an Mama als an eine Tote zu denken. Worauf wartete ich denn hier? Daß ihr Blut erkaltete? Vielleicht war es schon eiskalt und erstarrt. Ihr Körper schien aus Gips zu sein. Oder aus Papier. Er wirkte sehr leicht. Aber möglicherweise war er bleischwer.

Derart an sie zu denken, war sinnlos.

Ich schloß die Augen und sah sie im Geist durch die Wohnung gehen, müde, mit geschwollenen Lidern.

Ich versuchte, sie mir als junges Mädchen vorzustellen. Es gelang mir nicht, und so bat ich den Vetter, mir etwas aus ihrer gemeinsamen Jugend zu erzählen.

»Bis zu unserem achten Jahr wohnten wir beide in demselben Haus«, begann er.

Aber er sprach nicht weiter.

Ich bemühte mich, das Bild jenes dicken kleinen Mädchens heraufzubeschwören. Sie mußte damals kastanienbraunes Haar gehabt haben, von einer schönen, kräftigen Farbe. Vielleicht trug sie es zu einem Zopf geflochten, und vorn hingen ihr wirre Fransen in die Stirn. Ich sah sie vor mir: Sie spielte ganz allein mit Steinen, ein schmächtiges Mädchen, ungelenk, in einer blauen Schürze, die Beine mit Schmutz bespritzt ... Aber halt – das war ja ich. Mama mußte ganz anders gewesen sein. Ich konnte sie mir nicht vorstellen.

Irgendwann in dieser Nacht schlief ich ein, und mir träumte, ich säße in Papas Käfig. Er kam mir sehr schön und sehr groß vor. Aber ich hatte Durst, und es gab nichts zu trinken. Papa betrachtete mich von draußen und freute sich über sein Werk. »Was soll ich tun?« fragte ich ihn.

»Bleib, wo du bist. Sitz ganz still«, ermahnte er mich streng. Beim Sprechen kamen Nägel aus seinem Mund, unendlich viele Nägel. Ich lachte, und er blickte mich erstaunt an. Ich hockte auf dem Boden des Käfigs und sah zu dem kuppelförmigen Dach hinauf. Es war wie in einer Kirche. Plötzlich wurde mir klar, daß ich mich nicht in Papas Käfig befand, sondern in Mamas Leib, der kalt war wie eine Kirche und voller Blumengeruch. Darüber erschrak ich so sehr, daß ich mit einem Ruck aus dem Schlaf fuhr.

Der Vetter war ebenfalls eingeschlummert, in korrekter Haltung, die Hände wie zum Gebet gefaltet.

Ich schlich auf Zehenspitzen in die Küche und wärmte mir eine Tasse Kaffee.

Als ich den heißen Kaffee getrunken hatte, fühlte ich mich gleich besser. Ich ging in mein Zimmer, zog mir Pantoffeln an und kehrte dann zu Mama zurück. Der Vetter stand am geöffneten Fenster.

»Die Luft war zum Ersticken«, sagte er.

»Aber jetzt werden wir frieren.«

Der Vetter zuckte die Achseln.

Er hob die Zigarette, die er zwischen den Fingern hielt, machte einen Zug und blies den Rauch zum Fenster hinaus. Das weiße Wölkchen zerstob in der tintenschwarzen Nacht.

Am dunklen Himmel war kein Mond zu sehen. Nur einige kleine Sterne, wie Löcher in einem schwarzen Tuch. Auf irgendeinem Dach maunzte ein Kater.

»Könnte ich auch eine Zigarette haben?« bat ich.

»Ach, entschuldige.«

Er hielt mir das eben angebrochene Päckchen hin und entzündete dann ein Streichholz.

»Was machst du eigentlich? Gehst du zur Schule?« erkundigte er sich.

»Ja, ich besuche einen Lehrgang für Buchführung und Stenographie.«

»Und wann bist du damit fertig?«

»In zwei Monaten.«

»Dann mußt du dir eine Stellung suchen.«

»Ja.«

»Wenn du nicht heiratest.«

»Ja. Wenn ich nicht heirate.«

»Aber sieh zu, daß du einen Mann findest, der für dich sorgen kann. Eine Ehe zwischen armen Leuten geht unweigerlich schief. Das Elend macht alles kaputt.«

»Ja.«

»Hast du schon jemand in Aussicht?«

»Nein.«

»Schade.«

Ich sah, daß er derbe, schwielige Bauernhände hatte. Aber sein Kopf war der eines Städters, mit glatter Stirn, schmalen Wangen und fliehendem Kinn. Übrigens war er fast kahl. Die wenigen verbliebenen Haare waren sorgfältig über den blanken Schädel gebürstet.

Wieder versuchte ich, mir Mama als junges Mädchen vorzustellen. Einmal hatte sie mir von ihrer Familie erzählt: Menschen, die seit Generationen von der Landwirtschaft gelebt hatten. Ganz früher waren sie arme Bauern gewesen, dann hatten sie sich während des Ersten Weltkriegs an irgendwelchen illegalen Geschäften bereichert, und schließlich waren sie wieder arm geworden. Von fünf Geschwistern waren drei gestorben. Mama war ganz allein nach Rom gegangen, um zu studieren. Aber dann hatte sie geheiratet, und alle ihre Pläne waren in nichts zerronnen. Ihr Bruder war nach Amerika ausgewandert, und man wußte nicht, was er dort trieb.

Die zäheren Vettern waren auf dem Lande geblieben. Nach und nach hatten sie sich hochgearbeitet, und nun waren sie selbständig, lebten also recht gut.

Als Mama von ihnen sprach, klang ihre Stimme verächtlich. Die Vettern hatten sie wohl gehaßt, weil sie so ehrgeizig war, und Mama hatte die Vettern gehaßt, weil sie so am Lande hingen.

Jetzt, da sie gestorben war, hatte man einen von ihnen hergeschickt, den jüngsten, damit er bei ihr Totenwache hielt. Danach würde sich keiner der Vettern mehr blicken lassen, dieser nicht und die anderen auch nicht.

Wahrscheinlich waren die Blumen aus ihrem Garten – oder hatten sie gar keinen Garten? Vielleicht gab es um ihr Haus herum nur Olivenbäume und Rebstöcke, dazu Luzerne und Klee für die Tiere, und an der Wand des Schweinestalls ein paar Blechbüchsen mit Petersilie. Und eine Schar pickender Hühner.

Ich hätte gern gewußt, wo Cesare in diesem Augenblick war. Mir fiel ein, daß er schon seit vier Tagen nicht mehr angerufen hatte. Das letzte Mal hatte ich ihn an einem Sonntag gesehen. Wir waren zu ihm nach Hause gegangen, und er hatte mich fortgeschickt, sobald wir mit der Liebe fertig waren. Sein Vater hatte mir zugelächelt, als wolle er sich für den schlechten Charakter seines Sohnes entschuldigen, und er hatte meine Hand lange in seinen beiden Händen gehalten.

Der Vetter putzte sich geräuschvoll die Nase. Er rauchte eine Zigarette nach der anderen und starrte dabei gedankenverloren auf die tote Mama, als erkenne er sie nicht wieder.

Gewiß hatte er Hunger. Der Morgen dämmerte bereits. Die Kaserne gegenüber färbte sich rosa. Der Kater hatte aufgehört zu maunzen.

Ich ging in die Küche und wärmte ein wenig Milch für den Vetter. »Trink«, sagte ich, »das wird dir guttun.«

Er murmelte einen Dank und schlürfte die Milch, Nase und Stirn in die Schale gesenkt. Als er ausgetrunken hatte, wischte er sich mit dem Handrücken den Mund ab. Dann reichte er mir den leeren Napf zurück.

»Als Kind hat Teresa immer gemolken, in dem Stall, wo jetzt noch unsere Kühe stehen. Ich sah ihr dabei zu, und um mich zu verblüffen, steckte sie sich eine Zitze in den Mund und trank die Milch gleich aus dem Euter. Das Tier schlug vor Schmerzen aus. Sie war stark wie ein Junge. Wer hätte damals gedacht, daß sie nach Rom gehen würde, um zu studieren!«

Der Vetter seufzte. Er blickte auf seine staubigen Schuhe und verbarg sie unter dem Stuhl. Ihm stand noch der Heimweg bevor, eine einstündige Autobusfahrt, bei der er darauf bedacht sein mußte, den schwarzen Anzug nicht zu zerknittern. Er griff sich an die Krawatte aus schwarzem Atlas und gähnte.

»Na, dann werde ich wohl gehen«, sagte er. »Zur Beerdigung komme ich wieder.«

Ich begleitete ihn hinaus, öffnete die Tür und reichte ihm die Hand.

»Auf Wiedersehen.«

»Danke für die Gesellschaft.«

Beim Hinuntergehen nahm er immer zwei Stufen auf einmal. Auf dem Treppenabsatz blieb er stehen und rief mir zu, ich solle Papa von ihm grüßen.

»Wird gemacht«, erwiderte ich.

»Also leb wohl.«

Ich sah ihn nie wieder.

Papa kümmerte sich um gar nichts. Der Käfig mit den Kuppeln war fertig; nun fing er einen neuen an, groß wie ein Schrank, und dachte an nichts anderes. Er hatte einen Konstruktionsplan gezeichnet, als müsse er ein Haus bauen.

Zum Glück war mir die Frau von oben behilflich, denn allein hätte ich mir keinen Rat gewußt.

Sie sprach mit dem Vorgesetzten meiner Mutter, kaufte einen Sarg mit goldenen Beschlägen, zwei Kränze, einen kleinen und einen großen, und mietete das Leichenauto.

In unserer Wohnung schaltete und waltete sie, als wäre es ihre eigene; mit aufgekrempelten Ärmeln, ein weißes Tuch um den Kopf gebunden, lief sie hierhin und dorthin, jederzeit bereit, zu putzen, Anweisungen zu erteilen und am Telefon mit Totengräbern und Amtsvorstehern zu verhandeln.

Am Anfang hatte Papa sie mißtrauisch angesehen, dann aber war er ihr dankbar, daß sie ihn in Ruhe ließ. Sie stöberte überall herum, nur nicht dort, wo der Käfig stand.

Ich ging nun wieder zur Schule und hielt mich so selten wie möglich zu Hause auf.

Zur Beerdigung begleiteten uns die Frau von oben und zwei von Mamas Kolleginnen, die einen Blätterkranz gebracht hatten. Zuletzt fand sich noch Carlo ein.

Das schwarze Auto, mit goldenen Engelchen verziert und innen mit Samt ausgeschlagen, stand vor der Haustür. Zwei

Männer schoben den Sarg hinein und stießen dabei mit dem Deckel an den offenen Wagenschlag. Der Fahrer sah zu, den Zylinder in der Hand; um seine Schläfen zog sich ein roter Streifen, den der Hut hinterlassen hatte.

Als sie den Schlag vorsichtig und leise schlossen, stülpte der Fahrer den Zylinder auf den Kopf und lief nach vorn.

Wir schritten hinter dem Sarg her und stampften vor Kälte mit den Füßen. Es wehte ein schneidender Wind, der uns bis ins Mark drang. Papa hatte ein völlig erstarrtes Gesicht und zog dauernd in der Nase hoch.

»Er wird sich noch erkälten«, flüsterte mir die Nachbarin zu. »Bist du traurig?« fragte sie gleich darauf und nahm meine Hand. »Eine außergewöhnliche Frau, deine Mutter. Sie hat an alles gedacht.« Und sie fügte hinzu: »Wußtest du eigentlich, daß sie eine Lebensversicherung abgeschlossen hatte? Jetzt habt ihr etwas zum Leben, du und dein Vater. Nicht viel, aber immerhin etwas. Sonst würde es dir bei so einem Nichtstuer –« sie deutete verstohlen auf Papa – »recht übel ergehen.«

Plötzlich fiel mir auf, daß sie Mamas schwarzen Mantel anhatte. Sie folgte meinem Blick und machte eine vage Handbewegung.

»Der Mantel? Entschuldige, ich hätte dich vielleicht vorher fragen sollen. Ich dachte, ich könnte ihn mir als Entgelt für die Arbeit nehmen, die ich bei euch getan habe. Du hast doch nichts dagegen?«

Ich schüttelte den Kopf.

Sie lächelte zufrieden und verbarg ihre Hände in den Taschen. Bestimmt hatte sie auch Mamas Handschuhe genommen, die neuen aus Wildleder.

Gegen zehn Uhr trafen wir auf dem Friedhof ein. Der Wind war noch stärker geworden; er wirbelte eine weiße Staubwolke auf und fegte die welken Blumen von den Grabhügeln.

Es waren nicht viele Leute da. Ein paar Frauen irrten zwischen den Gräbern umher, als suchten sie etwas.

Der Sarg wurde hinabgelassen, und alle bekreuzigten sich.

Der Totengräber warf seinen Zigarettenstummel weg und machte sich daran, Erde auf den Sarg mit den glänzenden Beschlägen zu schaufeln. Ein Windstoß wehte ihm Sand ins Gesicht. Er ließ den Spaten sinken und rieb mit dem Ärmel des Arbeitskittels an seinen Augen herum. Dann schaufelte er weiter, mit geröteten Lidern und leise schimpfend.

Papa wandte sich ab, als der Sarg unter der Erde verschwunden war. Er zog den Kopf zwischen die Schultern und ging fort, als sei für ihn nun alles erledigt.

Ich lief ihm nach, aber er war schon nicht mehr zu sehen, und so machte ich halt, um die Fotografien zu betrachten, die in die Grabsteine eingelassen waren. Einige waren alt und verblichen, andere ganz neu. Kreuze aus Zement wechselten mit blankgeschliffenen weißen Marmorplatten. In der Ferne ragten kleine Bauten in Kapellenform auf, die mich an Papas Käfige erinnerten.

Carlo kam mit gesenktem Kopf auf mich zu. Auch er blieb vor den Gräbern stehen und las Namen und Jahreszahlen. Gemeinsam verließen wir den Friedhof.

Draußen legte er den Arm um mich. Wir gingen in ein Lokal und bestellten Schokolade.

Die Frau von oben hatte in dem Dienstauto Platz gefunden, das die beiden Kolleginnen von Mama abholte. Sie fuhr an uns vorbei und winkte, schwarz behandschuht.

»Frierst du?«

»Nein.«

»Willst du nach Hause?«

»Nein.«

»Wohin denn sonst?«

»Ich weiß nicht. Laß uns ein Stück laufen.«

Carlo faßte mich unter, nahm meine Hand und drückte sie zärtlich.

Ob Cesare wohl von Mamas Tod wußte? Ich sehnte mich danach, mit ihm zu sprechen.

Wir wanderten durch die Stadt, von einer Straße zur anderen, und wenn wir gelegentlich vor einem Schaufenster stehenblieben, dann eher, um auszuruhen, als um die Auslagen zu betrachten.

Schließlich setzten wir uns müde auf eine Bank in der Nähe der Villa Borghese. Ich hatte noch immer ein Päckchen Wachslichter in der Hand. Hinter der Mauer des zoologischen Gartens brüllten die Raubtiere in ihren Käfigen.

»Warst du da schon mal?« fragte Carlo und zeigte auf das Eingangstor.

»Einmal, als Kind.«

»Dann gehen wir jetzt rein, ja?«

Ich war einverstanden.

Carlo kaufte die Karten, und wir betraten den Garten.

Wo sollten wir anfangen, was zuerst besichtigen? Schließlich gingen wir auf ein Freigehege zu, in dem zahlreiche Affen mit wütendem Gekreisch die künstlichen Felsen hinauf- und hinunterliefen. Hin und wieder umarmten sich zwei und suchten einander mit ihren flinken, behaarten Fingern die Läuse ab.

Carlo deutete auf ein Äffchen, das ein knallrotes Hinterteil hatte und mit verblüffender Geschwindigkeit Erdnüsse aufknackte. Es entfernte die Schale, roch daran und warf sie weg. Und während es das tat, beobachtete es uns voller Neugier mit seinen kleinen, triefenden Augen.

Ich lachte. Carlo streichelte meinen Arm.

Wir blieben bei den Giraffen stehen, die von den höchsten Ästen der Bäume Blätter abzupften. Dann gelangten wir zu den Dromedaren, die schläfrig wiederkäuten. Eines hatte sich niedergelassen; es hatte ein Büschel gelber Haare unter dem Kinn und starrte uns kauend an. Man hätte es mit der ausgestreckten Hand berühren können, so dicht lag es am Gitter.

Als wir weitergingen, verzog es das Maul zu einer komischen Grimasse. Wir wandten uns um und sahen es an. Es schien uns ebenfalls anzusehen.

Die Elefanten wollten nichts von den Lupinen wissen, die wir ihnen hinwarfen, und so begaben wir uns in das Aquarium zu den Fischen und Schlangen.

In der dunklen Halle war niemand. Während unseres Bummels durch den Zoo hatte mich Carlo in einem fort angeschaut. Er wartete, wie immer. Nun drängte er mich in eine Ecke, gegenüber einem Bassin mit durchsichtigen, schwarzgestreiften Fischchen. Er knöpfte unsere Mäntel auf. Und dann preßte er seinen Körper fest an den meinen. Carlos Blick war über meine Schulter hinweg auf die Tür gerichtet; ich sah hinter ihm den oberen Teil des Bassins, in dem Luftbläschen aufstiegen und zerplatzten. Jemand näherte sich dem Eingang, und da lösten wir uns voneinander und verließen das Aquarium.

»Ich bin müde«, sagte ich, als wir wieder im Garten waren.

»Gehen wir?«

»Ja. Sie sind traurig, diese Tiere.«

»Sie gewöhnen sich an die Gefangenschaft. Man gewöhnt sich an alles.«

»Nicht an alles.«

»Vielleicht hast du recht«, meinte er.

Zu Hause war Papa schon dabei, Mamas Sachen fortzuräumen. Er wollte nichts mehr um sich haben, was seiner Frau gehört hatte.

»Bring alles in dein Zimmer«, wies er mich an. »Alles, auch das, was im Schrank ist. Ich habe keine Verwendung dafür. Wenn du willst, helfe ich dir tragen.«

»Ich werde mal sehen, was ich gebrauchen kann«, erwiderte ich.

Er hatte das Fenster aufgerissen und blickte zerstreut auf die Kaserne.

Ich öffnete den Schrank. Er war leer.

»Die Frau von oben hat alles weggenommen«, rief ich.

Papa drehte sich verblüfft um. Dann lachte er, lachte, bis er einen Hustenanfall bekam. Wie jemand, dem ein zentnerschwerer Stein vom Herzen gefallen ist.

»Besser so«, sagte er.

»Aber es waren Wollschals im Schrank und eine Decke und wer weiß wieviel Paar Schuhe. Auch der violette Schirm ist verschwenden.«

»Besser so«, wiederholte er und wischte sich mit den zerschundenen Fingerspitzen die Augen.

Dann holte er seinen einzigen Sommeranzug und hängte ihn in den Schrank.

Ich schaffte die wenigen unnützen Dinge fort, die noch herumlagen: eine Stoffpuppe, die Mamas Bruder vor zehn Jahren aus Amerika geschickt hatte, ein Necessaire aus Leder, ein paar halbleere Dosen Hautcreme und eine Schachtel mit gelbrosa Puder.

»Vergiß nicht die schmutzigen Laken«, rief Papa mir nach.

Plötzlich fiel mir ein, daß Mama im Schrank zwei goldene Broschen verwahrt hatte, die von meiner Großmutter stammten; sie lagen in einer mit Watte ausgepolsterten Pralinenschachtel.

Ich lief ins Schlafzimmer, um sie zu suchen. Aber ich fand sie nicht.

»Dieses Weib ist eine Diebin«, sagte ich.

»Vielleicht hat Mama die Broschen vor ihrem Tode verkauft«, meinte Papa, während er den Spiegel mit einem alten Strumpf blank rieb.

Das war allerdings möglich. Wie konnte ich da die Nachbarin beschuldigen?

Ich kehrte in die Küche zurück.

Bald darauf ging Papa fort, um irgendwelche Arbeiten zur Versicherung zu bringen; ich legte mich auf mein Bett und deckte mir den Mantel über die kalten Füße. Wir werden sparen müssen, dachte ich, wenn wir mit dem auskommen wollen, was uns Mama hinterlassen hat.

Ich starrte zur Decke hinauf, deren ungezählte Risse wie Runzeln aussahen. In der Küche tropfte der Wasserhahn. Ausnahmsweise drangen keine Geräusche aus den Nachbarwohnungen.

Das Telefon läutete. Ich stürzte in die Diele.

»Bist du's, Enrica?«

»Ja, Cesare.«

»Es tut mir leid, daß du deine Mutter verloren hast.«

Sekundenlang herrschte verlegenes Schweigen. Seine Stimme hatte zärtlich geklungen. ›Warum meldest du dich erst jetzt?‹ hätte ich ihm zurufen mögen.

»Woran ist sie gestorben?«

»An Lungenkrebs.«

Er schwieg. Dieses Wort schien ihn unangenehm zu berühren.

»Wahrscheinlich bist du jetzt nicht in der Stimmung, mich zu sehen«, sagte er dann.

»Doch.«

»Wann paßt es dir?«

»Jederzeit.«

»Also morgen?«

»Um sechs. Ist dir das recht?«

»Ja.«

Um vier war ich schon ausgehfertig. Ich wußte nicht, wie ich die Zeit hinbringen sollte. Als ich in einer Illustrierten blätterte, fiel mein Blick auf eine Fotografie: ein älteres Ehepaar, das sich aus materieller Not das Leben genommen hatte. Lange betrachtete ich die beiden Porträts, die so aneinandergefügt waren, wie man es manchmal auf Grabsteinen sieht. Ein Rentner und seine Frau. Ich starrte wie gebannt auf die hohlwangigen Gesichter, ohne Mitleid empfinden zu können.

Ich war durstig. Ich stand auf und ging in die Küche, um ein Glas Wasser zu trinken. Aber zwei Minuten später hatte ich schon wieder Durst. Ich zerkaute eine Zitrone.

Dann schaute ich in den Spiegel. Ich hatte mir die Haare gewaschen, und nun hingen sie mir unordentlich in langen, glänzenden Strähnen um den Kopf. Ich schlang sie zu einem großen Knoten, den ich mit Haarnadeln feststeckte.

Zwanzig Minuten vor sechs verließ ich das Haus.

Draußen stieß ich auf Carlo.

»Wie hübsch du bist. Wohin gehst du?« fragte er und vertrat mir den Weg.

»Ich habe eine Verabredung.«

Er sah mich forschend an. »Gehst du zu Cesare?«

»Ja.« Ich senkte den Kopf. Es überraschte mich, daß er den Namen wußte.

»Na, dann viel Spaß«, sagte er schroff und entfernte sich.

Ich sah ihm nach. Er ging wie stets mit hängenden Schultern und federnden, weit ausgreifenden Schritten.

Ich hüllte mich fester in meinen Mantel und machte mich auf den Weg zu Cesare.

Diesmal blieb ich nicht neben dem Blumenkiosk stehen.

An der Haustür hing noch die himmelblaue Schleife, vom Regen ausgeblichen, schmutzig wie ein alter Putzlappen.

Ich lief die Treppen hinauf, immer zwei Stufen auf einmal. Völlig außer Atem erreichte ich die Wohnungstür. Ich klingelte.

Nichts rührte sich.

Ich klingelte noch einmal.

Schließlich erschien sein Vater.

»Ciao, Kleine. Komm nur herein, komm nur herein«, sagte er vergnügt und nahm meine Hand. Seine Stirn war gerötet.

»Und Cesare?«

»Der ist eben fortgegangen.«

»Aber er hat doch gesagt ...«

»Er kommt bald wieder. In einem Stündchen, vielleicht früher. Ich glaube, er arbeitet mit einem Freund ...«

Sein gieriges, plumpes Gesicht näherte sich mir. Ich hörte ihn keuchen. Er wollte mir den Mantel ausziehen. Ich wich zurück.

»Schon lange habe ich mir gewünscht, einen Augenblick mit dir allein zu sein«, flüsterte er dicht an meinem Ohr.

Und plötzlich drückte er mich wild an sich, suchte mit seinen geöffneten Lippen meinen Mund.

Ich gab ihm einen Fußtritt und stieß ihn mit aller Kraft gegen die Wand.

Ich sah gerade noch sein wutverzerrtes Gesicht und seine Hände, die verzweifelt um sich griffen; dann schlüpfte ich rasch hinaus, stürmte die Treppen hinunter und machte nicht eher halt, als bis ich weit von dem Hause entfernt war, in einer unbekannten Straße.

Ich ging mechanisch weiter, ohne auf den Weg zu achten. Der Wind zerrte an meinem Rock.

In einer Kaffeebar trank ich etwas, bevor ich in den ersten besten Autobus stieg.

Ich setzte mich in eine Ecke, neben das klappernde Fenster, das bei jeder Erschütterung herauszufallen drohte.

Das Schaukeln des Busses schläferte mich ein, und erst die belustigte Stimme des Schaffners weckte mich.

»Wollen Sie denn hier übernachten, Signorina?«

Ich fuhr hoch. Draußen war es schon dunkel. Und der Autobus stand an der Endhaltestelle, leer, nur noch notdürftig beleuchtet. Der Boden war mit zerrissenen Fahrscheinen übersät.

»Ist Ihnen nicht gut?« fragte der Mann und beugte sich über mich.

»Doch, doch.«

»Hier sind wir ziemlich weit außerhalb. Wenn Sie zur Stadtmitte zurückwollen, müssen Sie den Siebener nehmen. Drüben an der Ecke ist die Haltestelle.«

Ich bedankte mich und stieg aus. Der Wind war milder geworden. Die Laternen brannten bereits.

Ich ging meinem Schatten nach, der im Schein der vom Winde bewegten Lampen hin- und herschwankte.

Es roch nach Kohl und geröstetem Brot.

An der Ecke blieb ich nicht stehen, um auf den Siebener zu warten. Ich lief weiter bis zum Ende der Straße und bog dann in eine andere ein. Ich kannte die Gegend nicht, und es war mir auch gleichgültig, wo ich mich befand. Vermutlich am südlichen Stadtrand von Rom, weit draußen, in der Nähe von San Paolo. Große, neue Häuser standen in langen Reihen an den breiten, kürzlich erst angelegten Straßen, deren Asphalt bereits voller Blasen und Löcher war.

Die Essensgerüche, die aus den Wohnungen drangen – gebratener Fisch, Kaffee, Bohnen, Blumenkohl –, weckten meinen Hunger.

Als ich einen riesigen, menschenleeren Platz überquerte, hielt ein Wagen neben mir, und die Tür wurde von innen geöffnet.

»Steig ein«, sagte eine männliche Stimme.

Ich stieg ein.

Der Mann zog den Schlag zu und bot mir eine Zigarette an.

»Willst du?«

Ich nahm sie. Mit der anderen Hand streckte er mir ein vergoldetes Feuerzeug hin. Ich sah, daß er einen schweren Siegelring am Finger trug.

»Wie heißt du?«

»Enrica.«

»Dann fahren wir also, Enrica«, sagte er.

Der Wagen setzte sich geräuschlos in Bewegung. Es war ein Luxusauto mit weißen Ledersitzen und einer Menge glitzernder Hebel und Schalter am Armaturenbrett.

Der Mann fuhr sehr sicher, das Lenkrad mit drei Fingern haltend. Von Zeit zu Zeit blickte er mich lächelnd an.

Nach einer Weile drückte er auf einen Knopf.

»Such ein bißchen Musik«, befahl er. »Hier, diesen Knopf mußt du drehen.«

Ich drehte, bis der Zeiger einen roten Punkt erreichte. Die Musik explodierte förmlich. Der Mann stellte die höchste Lautstärke ein.

Ich überließ mich genießerisch der Wärme in dem bequemen und gutgeheizten Wagen. Mir war, als sei ich in einer anderen Welt.

Der Mann beschleunigte, kurvte, bremste. Er stoppte vor den Verkehrsampeln und fuhr mit einem Ruck wieder an. Wir überholten alle anderen Autos.

»Fährst du gern schnell?«

»Ja.«

»Ich bring dich zu mir nach Hause. Meine Familie macht Ferien in Cortina. Es ist schön, wenn man ab und zu mal allein ist. So eine wie dich hatte ich mir gerade gewünscht. Du mußt nur aufpassen, daß du unbemerkt ins Haus kommst.«

Mit kreischenden Bremsen hielt der Wagen vor einem fünf- oder sechsstöckigen Palazzo. Die Fassade war mit glänzenden grauen Platten verkleidet, das Portal mit grünem Marmor.

Der betreßte Portier beugte sich aus seiner Loge, um zu sehen, wer im Wagen war.

»Ich werde ihn ablenken, und du gehst derweil durch den Dienstboteneingang. Die Tür dort, siehst du? Da ist auch ein Fahrstuhl. In den steigst du ein und drückst auf den obersten Knopf.«

Ich nickte.

»Los, beeil dich!« sagte er und gab mir einen leichten Stoß.

Ich schlüpfte ins Haus, in den Aufzug, drückte auf den obersten Knopf und fuhr hinauf. Kaum war ich ausgestiegen und hatte die Tür geschlossen, da glitt der Aufzug ins Dunkel hinunter wie ein Bissen in einen Schlund.

Gleich darauf ließ mich der Mann durch die Hintertür ein, ging mir voraus und schaltete in sämtlichen Zimmern das Licht ein.

»Das ist aber eine schöne Wohnung«, sagte ich.

Er lächelte. Dann öffnete er ein mit Spiegeln ausgelegtes Schränkchen, in dem eine Menge Flaschen standen.

»Cognac, Whisky, Pernod, Gin, Cherry«, las er vor. »Was willst du?«

»Cherry.«

Er füllte ein kleines Glas und reichte es mir. Ich trank es in zwei Zügen aus. In meinem Mund blieb ein klebrig süßer Geschmack zurück. Ich verzog das Gesicht. Er lachte.

»Du hättest nicht so rasch trinken sollen. Noch ein bißchen?«

»Nein.«

Er goß sich ein Glas Whisky ein und hielt es gegen das Licht. »Schöne Farbe«, meinte er und trank in kleinen Schlucken.

»Komm her«, befahl er dann.

Ich setzte mich neben ihn.

Er nahm meinen Kopf in seine Hände und betrachtete mich unter der Lampe.

»Wie alt bist du?«

»Siebzehn.«

»Also noch minderjährig. Da dürfte ich eigentlich nicht ... Wenn sie mich erwischen, werde ich eingesperrt. Aber leider mag ich nun mal die Mädchen um so lieber, je jünger sie sind.«

Er spielte mit seinem Ring, streifte ihn ab, steckte ihn bald auf diesen, bald auf jenen Finger. Schließlich stand er auf und bedeutete mir, ihm zu folgen.

Das Schlafzimmer war so groß, daß es fast leer wirkte. Er knipste die Nachttischlampe an, setzte sich auf die seidene Steppdecke und nahm mich in die Arme.

Er hatte blaue Augen und ein jungenhaftes Lächeln, obwohl sein Gesicht von tiefen Falten durchfurcht war.

Zuerst küßte er mich sanft, dann wurde er leidenschaftlicher und stieß mir seine Zunge zwischen die Zähne.

Er entkleidete mich, zog sich ebenfalls aus und schleuderte seine Sachen weit von sich. Sein Körper war schmal, sonnengebräunt, mit einem Büschel dunkler Haare auf der Brust und mit knochigen Schultern.

Er legte sich behutsam auf mich und gab acht, mir nicht weh zu tun. Seine Haut roch nach Seife und Puder.

Ganz allmählich erhitzte er sich. Er überschüttete meinen Bauch mit Sperma.

Wir waren in Schweiß gebadet.

»Hat's dir gefallen?«

Ohne meine Antwort abzuwarten, ging er zum Fenster und schob den Vorhang beiseite.

»Mach das Licht aus. Komm her, und sieh dir das an«, sagte er mit einer Stimme, aus der Besitzerstolz klang.

Ich trat neben ihn. Das Fenster lag über der Villa Glori: Unten wand sich der Tiber in breiter Schleife durch die Wiesen; auf der Straße fuhren die Autos die Steigung hinauf und schalteten geräuschlos in einen anderen Gang. Nah und fern glänzten in der Nacht Myriaden von Lichtern, wie in einem Lunapark.

»Schön«, sagte ich.

Er dreht sich beglückt um und küßte mich auf die Augen.

»Komm, wir wollen uns waschen.«

Das Bad war geräumig und hatte weiße Kacheln, auf deren jeder sich ein grünes Seepferdchen befand. An der Rückwand hingen zwei große, schwarz gerahmte Spiegel, auf dem Boden lag ein dicker, rosafarbener Wollteppich. Er kitzelte an den Sohlen. Auf einer Glasplatte standen eine Menge Flaschen und Fläschchen mit Parfums und Tinkturen.

Der Mann drehte die Dusche auf, und ein dampfender Strahl schoß aus der silbernen Brause.

Ich sprang zurück, aus Angst, mich zu verbrühen. Der Mann lachte. Er hob mich hoch und trug mich unter das Wasser. Dann nahm er ein großes Stück gelber Badeseife und rieb mich kräftig ein.

Ich seifte ihm dafür den Rücken ab und brachte ihn jedesmal zum Lachen, wenn ich an seine Achselhöhlen kam.

Er drehte sich um und klatschte mir Seifenschaum ins Gesicht. Ich schrie. Er drückte meinen Kopf unter den heißen Wasserstrahl.

Schließlich stellte er die Dusche ab, und wir sahen uns lachend um: Der Fußboden schwamm, die Teppiche trieften, die Seife lag in einer Ecke, ein Fläschchen war heruntergefallen und in tausend Stücke zersprungen.

»Wie ein Schlachtfeld«, sagte ich.

Der Mann zog mich an sich und küßte mich auf den Nacken.

»Wie heißt du eigentlich?« fragte ich unvermittelt.

»Ach ja, das habe ich dir noch gar nicht gesagt. Ich heiße Giulio.«

Seine Augen leuchteten, seine Wangen waren gerötet. Bemüht, eine trockene Stelle für seine Füße zu finden, hüpfte er auf dem überschwemmten Boden hin und her.

Ich schaute in den Spiegel. Die Haare hingen mir wirr und naß auf die Schultern.

»Hast du Hunger?« fragte er.

»Ja.«

»Ich auch.«

Er hüllte mich in ein grünes Badetuch und trug mich ins

Schlafzimmer. Nachdem er mich kräftig abgerieben hatte, holte er aus dem Bad eine Dose, warf den Deckel weg und bestäubte mich mit Puder, als sei ich ein Fisch, der gebraten werden sollte.

»Du bist verrückt.«

»Sieh her, bei mir mach ich's genauso.« Damit schüttete er sich eine Handvoll auf die Schultern.

Er umarmte mich und rieb seinen Körper an meinem. Der Puder war zwischen uns wie ein weicher Schleier.

»Hast du wirklich Hunger?«

»Ja«, antwortete ich.

»Schön, dann warte.«

Er zog mich an sich und drang mit Leidenschaft in mich ein.

Als er befriedigt war, löste er sich von mir, rollte sich über das Bett und wischte sein schweißnasses Gesicht an der gestickten Decke ab.

»Ich habe Hunger«, sagte er und suchte auch schon auf allen vieren nach seinen Pantoffeln, die unter das Bett gerutscht waren.

»Kannst du kochen?« fragte er.

»Ja.«

»Ach was, ist ja gar nicht nötig. Da müssen doch noch Büchsen sein.«

Ich folgte ihm in die Küche. Im Kühlschrank fanden wir eiskalte Milch und einen Teller mit einem Stück frischer Butter.

Giulio suchte eine ganze Weile, bis er ein paar Dosen mit amerikanischen Etiketts entdeckte.

»Das ist Krebsfleisch«, übersetzte er, »und das sind geräucherte Heringsfilets. Und hier – Moment mal, was heißt denn das? – ach so, das ist Lachs in Öl. Worauf hast du Appetit?«

»Ich weiß nicht.«

»Wollen wir sie alle drei aufmachen?«

»Ja.«

Giulio öffnete die Dosen und schüttete ihren Inhalt in eine Salatschüssel. Aus einer Schublade holte er Brot, das er mit einem langen, gezahnten Messer zerteilte.

»Iß«, forderte er mich auf und füllte mir den Teller mit Krebsfleisch und Lachs.

Ich bestrich ein Stück Brot mit Butter und biß hinein. Es schmeckte nach Anis und Feigen.

»Magst du's?«

Ich nickte.

Nach dem Essen kehrten wir ins Schlafzimmer zurück, liebten uns von neuem, wälzten uns eng umschlungen auf dem Bett und plumpsten schließlich auf den Teppich. Atemlos blieben wir nebeneinander liegen. Irgendwo schlug eine Uhr neunmal.

Mir fiel ein, daß ich meinen Vater hätte anrufen müssen.

»Jetzt wird's aber Zeit für mich«, sagte ich.

»Für mich auch. Stell dir vor, ich bin zu einem offiziellen Abendessen eingeladen.«

»Und was machst du nun?«

»Ich werde eben ein zweites Mal essen. Zum Glück geht man dort erst sehr spät zu Tisch. Weißt du, es sind Diplomaten. Und ich bin Rechtsanwalt, habe ich dir das schon gesagt? Im Grunde ein sehr langweiliger Beruf.«

Ein letzter Kuß auf die Wange, dann begann er, sich anzuziehen. Er wühlte in einer Schublade voller Hemden, warf alle durcheinander, um das richtige zu finden, zog es an, betrachtete sich im Spiegel, schüttelte mißbilligend den Kopf, riß sich das Hemd vom Leibe und suchte ein neues heraus, das meiner Meinung nach genauso aussah.

Während ich die Strümpfe überstreifte, beobachtete ich seine hastigen Bewegungen.

»Ich möchte bloß wissen, wo meine Manschettenknöpfe geblieben sind«, knurrte er und leerte zwei silberne Dosen aus, bis ihm einfiel, daß er sie im Bad gelassen hatte.

Er zog einen dunkelblauen Anzug an und band eine türkisblaue, weißgepunktete Krawatte um. Während er sich vor dem Spiegel das Haar bürstete, erzählte er von den Diplomaten, mit denen er nachher zusammentreffen sollte.

»Man darf ihnen nicht über den Weg trauen«, schloß er, »aber sie sind nützlich. Es geht da um eine Ehe-Annullierung, die mir einen Haufen Geld einbringen wird. Und deswegen muß ich mich heute abend über Pferde unterhalten und über Motorboote. Ich habe auch ein Motorboot. Aber ich fahre lieber damit, als daß ich darüber rede.«

Er warf einen letzten Blick in den Spiegel und strich das Jackett glatt. Zufrieden lächelnd drehte er das Licht aus.

»Bist du fertig? Los, los, wenn du dich beeilst, fahre ich dich nach Hause. Wo wohnst du denn?«

»In der Via Moroni.«

»Wo ist das?«

»An der Piazza Bologna.«

»Ein bißchen weit draußen, aber das macht nichts.«

Er stolperte über ein Hemd, versetzte ihm einen Tritt und öffnete die Tür.

»Nein, hier nicht. Du mußt wieder den Aufgang für Dienstboten benutzen.«

Er führte mich zur Hintertür und schob mich hinaus. Ich gelangte unbemerkt auf die Straße.

Als wir im Wagen saßen, schaltete Giulio das Radio ein und bot mir eine Zigarette an. Er fuhr sehr schnell und sah mit gerunzelter Stirn vor sich hin.

»Wo muß ich einbiegen?«

»Weiter vorn. Ich sag's dir dann.«

Auf ein Zeichen von mir hielt er mit einem Ruck vor dem Haus, in dem ich wohnte.

»Sieht man dich mal wieder?« fragte er, zog die Brieftasche heraus und drückte mir einen Zehntausender in die Hand.

»Ich glaub's nicht«, antwortete ich.

Verblüfft und nervös knüllte ich den Schein zwischen den Fingern zusammen. Er war mein erstes selbstverdientes Geld.

»Die Liebe mit dir macht Spaß. Wo treffe ich dich, wenn ich mal ...«

»Ich wohne hier«, sagte ich. »Komm her, dann wirst du mich treffen.«

»Ich verstehe. Gut. Solltest du aber Geld brauchen, dann

denk daran, daß ich Giulio Guido heiße. Die Telefonnummer steht im Buch.«

»Ciao.« Ich reichte ihm die Hand.

»Ciao.«

Er brauste davon, kaum daß ich ausgestiegen war, und die heiße Luft aus dem Auspuff wehte gegen meine Beine.

In der Küche war Papa über seinem Käfig eingenickt. Er fuhr hoch, als ich hereinkam.

»Ach, du bist es ...«

»Soll ich dir etwas zu essen machen, Papa?«

Er schüttelte den Kopf.

»Aber wenn du willst, können wir heute mal in ein Restaurant gehen«, schlug er mit plötzlicher Begeisterung vor.

»Ich bin zu müde. Ich möchte ins Bett«, erwiderte ich.

Er betrachtete seine zerschundenen Finger. Auf dem Boden des Käfigs lag das Werkzeug: ein Pfriem, ein Hammer, eine Feile, dazu ein Häuflein Nägel, Bindfaden und Blechstückchen.

»Na, dann geh ich auch ins Bett«, sagte er und gähnte.

Die Wohnung war kalt und roch nach verfaulten Blumen. Es mußten die von Mama sein, die seit der Beerdigung in einer Vase standen.

Ich öffnete das Fenster. Der Kasernenhof war jetzt ein quadratischer Lichtfleck in der schwarzen Masse der umliegenden Häuser. Ich dachte an das Fenster des Anwalts Guido und beneidete ihn, der jederzeit auf den Tiber blicken konnte. Von meinem Fenster aus war nur ein Stück Himmel zu sehen, nicht größer als ein zum Trocknen aufgehängtes Handtuch, und darunter die rosarote Kaserne, die ich in allen Einzelheiten kannte.

Papa lag schon im Bett, als das Telefon klingelte.

»Bist du's, Enrica?«

»Wer ist da?«

Er schnaufte beleidigt. »Ich, Cesare. Erkennst du mich denn nicht?«

»Doch, natürlich.«

»Warum bist du heute nicht gekommen?«

»Ich bin ja gekommen«, sagte ich. »Hat's dir dein Vater nicht erzählt?«

»Nein.«

»Ich war um sechs Uhr da, aber du warst nicht zu Hause.«

»Du hättest ruhig auf mich warten können.«

Ich schwieg. Alles kam mir so absurd vor.

»Wo bist du gewesen? Ich habe schon dreimal angerufen.«

»Spazieren.«

Jetzt hätte er mit Fragen in mich dringen müssen. Aber er schien nichts Näheres wissen zu wollen. Er gab sich ohne weiteres mit meiner knappen Antwort zufrieden.

»Sehen wir uns morgen?«

Seine Stimme klang unwirklich. Ich sehnte mich nur noch nach Schlaf.

»Morgen kann ich nicht.«

»Dann also übermorgen?«

»Ja.«

»Um sechs?«

»Ja.«

»Ich erwarte dich. Gute Nacht.«

Ich legte auf, und nun konnte ich endlich schlafen gehen. Mein Kopf juckte; ich kratzte mich mit beiden Händen. Bestimmt hatte ich Seife in den Haaren. Beim Auskleiden suchte ich mich vergebens an Giulios heiteres Gesicht zu erinnern. Ich sah jeden seiner Züge vor mir, aber es gelang mir nicht, die Einzelheiten zu einem Ganzen zusammenzufügen. Eine schmale, gleichsam durchsichtige Nase, ein kleiner Mund mit vollen Lippen, listige blaue Augen, weiße Arme, auf denen die Adern bläulich durchschimmerten, sehnige Füße und knochige, mit Haaren bedeckte Schultern.

Ich legte den Zehntausendlireschein auf mein Kissen. Auch er war unwirklich. Je länger ich ihn anstarrte, desto sinnloser wurde er. Ich faltete ihn zusammen und steckte ihn in die Brieftasche, die Mama gehört hatte.

Dann schlüpfte ich unter die Decken und fiel sofort in tiefen Schlaf.

Am nächsten Morgen ging ich zur Schule. Ich war überhaupt nicht vorbereitet, und die alte Aiuti hielt mir eine Strafpredigt. Ihre Tochter hatte sich damit begnügt, mir einen verächtlichen Blick zuzuwerfen und mich mit einer müden Handbewegung auf meinen Platz zurückzuschicken.

»Wenn du so weitermachst, meine Liebe, schaffst du dein Diplom bestimmt nicht.« Die alte Aiuti setzte sich neben mich und strich mir liebevoll über den Kopf, obgleich sie mich eben noch einen Faulpelz genannt hatte.

Gabriella beobachtete Carlo, und Carlo beobachtete mich. Vielleicht wußte er von Giulio: Am Abend zuvor, als ich vor unserem Haus aus dem Wagen stieg, hatte ich geglaubt, ihn um die Ecke verschwinden zu sehen.

An diesem Morgen hatte er mich nur flüchtig gegrüßt, als ich die Klasse betrat, und während der Stunde fühlte ich seinen traurigen Blick unablässig in meinem Nacken.

Ich ging allein nach Hause, aber mir schien, daß Carlo mir von weitem folgte.

Papa hockte vor seinem Käfig; neben ihm, auf dem Boden, stand eine Weinflasche.

»Sag, wie gefällt dir diese Dachform?« empfing er mich und hielt ein Gewirr von Drähten hoch, in das kleine Stoffblumen eingefügt waren.

»Das ist eine Neuheit. Erinnert an eine Pergola, nicht wahr?« fuhr er hartnäckig fort.

Er schaute mich mit glänzenden Augen an. Zum erstenmal bemerkte ich, daß wir Ähnlichkeit miteinander hatten; der Schnitt der Augen und die breite Nase waren bei ihm und mir gleich. Aber er sah mich gar nicht. Wie er auch Mama nicht gesehen hatte, als sie noch lebte. Das Flattern seiner Lider verriet mir, daß er getrunken hatte. Die Flasche zu seinen Füßen war halb leer.

»Gibst du mir einen Schluck?« fragte ich und setzte die Flasche an den Mund.

Er riß sie mir aus der Hand.

»Das bekommt dir nicht«, sagte er, prüfte, wieviel ich übriggelassen hatte, und trank den Rest mit gerunzelter Stirn in langen Zügen aus.

Als er fertig war, dreht er die Flasche um. Er ließ die letzten Tropfen in seine Hand fallen und leckte auch dieses bißchen Wein gierig auf.

»Mein armes Kind!« stöhnte er plötzlich und nahm mich in die Arme.

Er hielt mich mit schmerzlicher Miene umschlungen und schmiegte den Kopf an meine Schulter. Ich streichelte seinen hageren Hals und den weißen Kragen mit den schwarzen Fingerabdrücken.

»Komm, ich mach dir ein warmes Bad zurecht«, sagte ich.

Er stieß einen tiefen Seufzer aus und wandte sich von mir ab.

»Häßlich ist er, dieser Käfig. Warum sagst du mir nicht, daß er häßlich ist? Ich stelle Sachen her, die keinerlei Nutzen haben, weder für mich noch für andere.«

Müde stützte er sich auf den Käfig. Dann griff er, wie um sich Mut zu machen, nach dem Hämmerchen.

»Und wenn ich ihn nun umbaue, Enrica?« fragte er plötzlich in verändertem Ton. »Wenn ich statt des Kuppeldachs ein spitzes Dach aufsetze und darunter eine durchbrochene Galerie anbringe?«

Er wartete meine Antwort nicht ab; der neue Plan nahm ihn gänzlich gefangen.

»Wo sind die Formulare für die Versicherung?« erkundigte ich mich.

Er deutete auf einen Stuhl. Dort lag die Mappe aus Kunstleder, vollgestopft mit Formularen, die kopiert werden sollten.

Ich setzte mich neben ihn und begann zu schreiben.

So arbeiteten wir schweigend bis gegen drei Uhr; dann kochte ich Spaghetti und rieb ein Stück Käse darüber, das am Abend zuvor übriggeblieben war.

Nach dem Essen lernte ich Buchhaltung, und gegen sechs beschloß ich, einen kleinen Spaziergang zu machen.

Unterwegs mußte ich daran denken, wie sich mein Vater in diesen Tagen verändert hatte. Er trank wieder wie in seiner Jugend, als er noch nicht mit Mama verheiratet war. Außerdem ließ er sich mehr denn je gehen. Er vergaß das Waschen und das Essen. Nachts schlief er in seinen Kleidern, und er verbreitete einen säuerlichen Schweißgeruch.

Meist stand er von früh bis spät über seinen Käfig gebeugt, und wenn er einmal aufblickte, dann nur, um mir eine neue Idee für das Dach oder die Innenausstattung mitzuteilen.

»Irgendwann werde ich in einen dieser Käfige kriechen und drinbleiben«, hatte er eines Abends gesagt, ohne den Kopf zu heben.

Am Dienstag kam ich mit Verspätung zu Cesare. Ich hoffte, sein Vater werde nicht zu Hause sein.

Ich wartete eine Weile, bevor ich auf die Klingel drückte. Natürlich öffnete mir der Vater. Er lächelte, als sei nichts geschehen, doch er vermied es, mich anzublicken.

Ich lief in Cesares Zimmer. Er lernte.

»Bei dir ist's aber heiß«, sagte ich.

Er klappte das Buch zu, stand auf und umarmte mich.

Ich schob ihn zurück. »Du, dein Vater hat mich neulich …« begann ich.

»Still!« unterbrach er mich und hielt mir den Mund zu. »Ich will nichts hören. In diesem Zimmer haben unsere Eltern nichts zu suchen. Versprich mir auch, daß du jetzt nicht an deine Mutter denkst. Das würde uns unnütz traurig stimmen.«

Ich legte den Kopf an seine Schulter und ließ mich von seinen ungeduldigen Händen entkleiden. Auf einmal war mir kalt. Ich empfand keinerlei Verlangen mehr. Auch er schien nicht recht bei der Sache zu sein, und als er befriedigt war, drehte er sich sofort auf die andere Seite.

Er konnte jedoch nicht einschlafen. Nach einiger Zeit wandte er sich mir zu und lächelte ebenso unaufrichtig wie sein Vater.

»Warum wollen wir uns eigentlich den Tag verderben?« meinte er und küßte mich sanft auf die Schläfen. Ich erschauerte unter der Berührung seiner Hand, die über die Wölbung meiner Hüfte strich. Er nahm meine Brustwarze in den Mund und biß darauf.

Plötzlich hörte ich das Keuchen seines Vaters hinter der Tür. Ich erstarrte.

»Was ist denn?«

»Dein Vater.«

»Laß ihn doch! Für uns existiert er nicht. Er darf nicht existieren.«

Ich schloß die Augen. Ich fühlte, wie sich Cesares Körper an den meinen preßte. Das Laken unter uns wurde immer wärmer. Das Bett begann zu quietschen. Cesare stieß einen Fluch aus. Die Schritte des Vaters entfernten sich, und erst da gab ich mich völlig hin.

Wir blieben in der Umarmung liegen, er das Gesicht im Kissen vergraben, ich den Mund an seiner Schulter.

Das Telefon läutete. Cesare meldete sich und sprach mit der gewohnten heuchlerischen Stimme.

»War das Ninì?« fragte ich, als er aufgelegt hatte.

»Ja. Warum?«

»Nur so. Wann heiratest du sie?«

»Müssen wir immerzu davon sprechen? Das ödet mich an.«

Ich betrachtete seinen Kopf auf dem schneeweißen Kissen, das Gesicht mit dem fliehenden Kinn und den fleischigen, halbgeöffneten Lippen, die seidenweichen blonden Haare.

»Wann bist du mit deinen Prüfungen fertig?«

»Kannst du keinen angenehmeren Gesprächsstoff finden?« Sein Gesicht hatte sich verfinstert.

Ich schwieg. Ich wußte nicht, worüber ich mich mit ihm unterhalten sollte.

Er stand auf, weil er etwas zu trinken holen wollte.

»Was möchtest du haben?« fragte er mich.

»Was da ist.«

»Coca-Cola?«

»Gut.«

Er warf den Schlafrock über und ging in die Küche. Ich hörte ihn mit seinem Vater sprechen.

Gleich darauf kam er mit zwei Flaschen Coca-Cola zurück. Die Gläser hatte er vergessen, und so tranken wir aus der Flasche. Nach ein paar Schlucken setzte ich sie ab und schnitt eine Grimasse: Der süßliche Medizingeschmack war mir zuwider.

Cesare leerte rasch seine Flasche, wischte sich dann den Mund und rülpste. Ich reichte ihm meine, die noch fast voll war.

»Schmeckt dir das nicht?«

»Nein.«

»Das hättest du auch gleich sagen können. Na, gib schon her.«

Er hob die Flasche an den Mund und trank sie auf einen Zug aus.

»So, und jetzt geh lieber. Ich muß noch lernen.«

Ich suchte meine Sachen zusammen, die überall herumlagen, und zog mich an.

Cesare betrachtete seine Beine, als hätte er sie noch nie gesehen. Er hatte dunkle Ringe um die Augen, und seine Haut war welk wie die eines alten Mannes.

Als ich fertig war, brachte er mich hinaus, wartete, bis ich die ersten Stufen hinuntergegangen war, und schloß dann die Tür.

Wie schon so oft stieg ich die glatte Marmortreppe hinab, und wie schon so oft fühlte ich mich enttäuscht.

Ohne Eile legte ich den Heimweg zurück. Als ich ins Haus trat und mich durch den dunklen Flur tastete, tauchte plötzlich das Bild meiner Mutter vor mir auf, die starr auf dem Totenbett lag, unnahbar, gleichgültig gegen alles. Und dann sah ich sie in der Küche am Herd stehen, breitbeinig, mit vor Müdigkeit gedunsenem Gesicht, in ihren verblichenen Schlafrock gehüllt.

Ich machte Papa etwas zu essen und sank erschöpft ins Bett.

Auf einmal fuhr ich aus dem Schlaf, und da war wieder das, was mich seit Tagen bedrückte: die Angst, schwanger zu sein. Ich erhob mich und ging in die Diele, um zu telefonieren, nachdem ich mich vergewissert hatte, daß Papa in seinem Zimmer schlief.

»Cesare?« flüsterte ich ins Telefon.

»Was gibt's?«

»Ich fürchte, ich kriege ein Kind.«

»Bist du wahnsinnig?« schrie er, und jetzt war er hellwach. »Seit wann wartest du denn?«

»Seit drei Wochen.«

»Warum hast du mir das nicht eher gesagt?«

»Ich hab nicht dran gedacht.«

»Du bist eine dumme Gans! Was machen wir jetzt nur?«

Cesare dachte nach und klopfte dabei mit den Fingernägeln auf den Hörer. Er seufzte.

»Nimm erst mal eine tüchtige Portion Bittersalz. Und dann bade so heiß wie möglich. Kennst du einen Arzt?«

»Nein.«

»Ich muß mit meinem Vater reden.«

»Nein, nicht mit deinem Vater!«

»Warum denn nicht?«

»Die Eltern haben hier nichts zu suchen, erinnerst du dich?«

»Aber allein bin ich doch aufgeschmissen.«

»Vielleicht kann Carlo mir helfen; er hat einen Onkel, der Arzt ist«, sagte ich.

»Wer ist Carlo?« Seine Stimme klang verschlafen und mißtrauisch zugleich.

»Ein Freund von mir.«

Cesare schien zu überlegen. Dann akzeptierte er den Vorschlag.

»Na schön, wenn du meinst, daß er dir helfen kann ... Du weißt, ich habe gerade jetzt sehr viel zu tun. Und eigentlich ist es ja deine Schuld: Wenn die Frau nicht daran denkt, wer denn sonst?«

»Gut, ich werde mit ihm sprechen.«

»Sieh zu, daß du etwas erreichst. Was die Kosten betrifft, die übernehme natürlich ich. So, jetzt bin ich müde, und morgen früh muß ich zur Uni. Gute Nacht.«

»Ciao.«

Ich legte mich ins Bett, hielt es dann aber für besser, die Unterredung mit Carlo gleich hinter mich zu bringen. Also stand ich wieder auf und wählte seine Nummer. Ich hoffte, er werde selbst am Apparat sein.

Der Hörer wurde abgenommen: Carlo meldete sich. Als er meine Stimme hörte, war er offenbar freudig überrascht.

»Was gibt's? Treffen wir uns morgen?«

»Nein. Aber ich brauche dich.«

»Wozu?« fragte er aufgeregt.

»Ich kriege ein Kind. Von Cesare. Du mußt mit deinem Onkel reden.«

Keine Antwort.

»Carlo!« rief ich.

»Seit wann bist du ...?« Er stockte und sprach dann mit Anstrengung weiter. »Selbstverständlich helfe ich dir. Aber mein Onkel ist gegen diese Dinge, das weiß ich. Er wird mich zum Teufel jagen.«

»Dann laß dir von ihm einen anderen Arzt nennen. Dabei riskiert er bestimmt nichts. Das ist doch eine private Angelegenheit, oder?«

»Ja, aber er hat nun mal Angst. Jedenfalls werde ich mit ihm reden. Gleich morgen.«

»Danke.«

»Gute Nacht.«

Ich ging in mein Zimmer zurück. Obwohl ich müde war, konnte ich nicht schlafen. Mir war entsetzlich kalt. Ich lag zusammengekrümmt, die Knie ans Kinn gezogen. Die Decke war dünn und zu kurz. Schließlich stand ich auf, hüllte mich in meinen Morgenrock und breitete den Mantel über das Fußende des Bettes. Dann kroch ich wieder unter die Decke. Mit weit offenen Augen, die Hände zwischen den Schenkeln, starrte ich ins Dunkel. Ich dachte an Mama und daran, daß ich im Alter so sein würde wie sie, müde und schmutzig und gleichgültig gegen alles.

Am nächsten Morgen verrührte ich Bittersalz in Wasser und leerte das Glas auf einen Zug. Es war, als tränke ich Galle, und der Ekel trieb mir Tränen in die Augen. In Papas Zimmer entdeckte ich eine Weinflasche, aus der ich zwei Schluck nahm. Es war ein prickelnder roter Wein, der nach Trauben schmeckte.

Neuerdings stand Papa sehr früh auf, um zur Versicherung zu gehen. Man hatte ihm die Heimarbeit entzogen, weil er immer nachlässiger wurde und sich weder um Fehler noch um Wein- oder Fettflecke kümmerte. Nun war er als Pförtner tätig, aber nur vormittags, von sieben bis zwei, und wenn er nach Hause kam, war er so müde, daß er nicht einmal die Kraft hatte, an dem Käfig zu arbeiten. Er saß stundenlang vor seinen Werkzeugen und dachte sich alle möglichen Stiländerungen und technischen Neuerungen aus. Mitunter leckte er an seinem Zeigefinger und strich über eine der kleinen Stangen, während er hingerissen die kunstvollen Wölbungen des Gitters betrachtete.

Wenn ich morgens aus meinem Zimmer kam, war er schon fort und hatte Küche und Bad in größter Unordnung hinterlassen. Einmal vergaß er, die Gasflamme unter dem Milchtiegel auszudrehen. Der Boden des Topfes hatte sich in eine weiche, silbrige Masse verwandelt, und der scharfe Geruch des geschmolzenen Aluminiums hing noch tagelang in der Luft.

Nachdem ich an jenem Morgen das Bittersalz geschluckt hatte, ließ ich die Badewanne halb vollaufen und stieg hinein. Das Wasser war so heiß, daß ich nur ganz allmählich, krampfhaft an den Rand der Wanne geklammert, bis zum Nabel eintauchen konnte. Der Dampf stieg in Schwaden auf, drang mir in Haare und Augen.

Schließlich war ich einer Ohnmacht nahe. Ich drehte das kalte Wasser auf und überschüttete damit mein Gesicht. Dann erhob ich mich. Mein Kopf war leer, als sei alles Blut in den Unterleib geflossen. Ich setzte mich auf den Schemel, ein Handtuch über den Schultern.

Wieder dachte ich an Mama, die jahrelang vergebens auf ein Kind gehofft hatte. Und als sie sich endlich damit abgefunden hatte, daß sie unfruchtbar war, wurde ich geboren. Wer weiß, vielleicht hatte auch sie eine Abtreibung versucht. Ich sah sie vor mir: Sie sitzt in dem kochendheißen Badewasser, die langen kastanienbraunen Haare mit einem weißen Handtuch umwickelt; ihr Körper ist schon fett und weist die ersten Anzeichen des Alters auf, der Bauch ist unförmig. Sie ruft mit lauter Stimme nach Papa. Damals baute Papa noch keine Käfige; er interessierte sich für Politik und verdiente ein wenig Geld bei der Versicherung. Aber sein Gesicht war wohl kaum anders als jetzt. Nur lebhaftere Augen hatte er, und die Haut war nicht so schmutzig. Mama sagt es ihm, und er geht mit einem Scherz darüber hinweg, er will es nicht glauben. Plötzlich aber, beeindruckt von ihrer ernsten Miene, setzt er sich auf den Rand der dampfenden Wanne. Er fährt sich mit der Hand durch das Haar, dann lacht er. Wie die Geburt des Isaak, sagt er, ganz genauso. Und sie zuckt die Achseln. Nun will auch sie es. Sie lächelt zärtlich, während sie ihren Körper abtrocknet.

Ich ertappte mich, wie ich in den Spiegel lächelte, eine Haarsträhne auf die Wange geklebt, die Haut krebsrot von dem heißen Wasser.

Beim Ankleiden schaltete ich in der Küche das Radio ein und tanzte barfuß durch die Wohnung, bis mir die Kälte in Beine und Rücken stieg. Ich schlüpfte in die grauen Pantoffeln, die Mama gehört hatten, und machte mir Kaffee warm. Es war schön, etwas in sich zu haben, das wachsen und eines Tages groß sein würde. Es war schön, schwanger zu sein.

Nach dem Unterricht, als ich das Schulgebäude verließ, kam Carlo auf mich zu, wie früher.

»Wie geht's?«

»Gut«, antwortete ich.

»Mußt du dich nicht übergeben?«

»Nein. Ich fühle mich großartig.«

»Ich habe mit meinem Onkel gesprochen. Er wollte mich nicht einmal anhören. Du sollst zusehen, wie du damit fertig wirst, hat er gesagt. Aber ich habe gebeten und gebettelt, und da hat er mir schließlich ein Mittel genannt. Er meint allerdings, daß es in deinem Fall nicht mehr helfen wird.«

»Ich. möchte es trotzdem versuchen.«

»Gut, wenn du willst. Hier, ich hab mir den Namen aufgeschrieben. Soll ich in die Apotheke gehen?«

»Nein, das mache ich schon. Gib her.«

Er reichte mir den Zettel und sah sich furchtsam um.

»Wovor hast du eigentlich Angst?«

»Vor gar nichts. Ich bin nur nervös.«

»Wieso denn? Du hast ja nichts damit zu schaffen.«

»Das sagst du so. Du weißt doch, wieviel mir an dir liegt.«

Ich nahm den Zettel fest in die Hand. Und ich dachte, Cesare werde gewiß zufrieden sein, wenn er erfuhr, daß ich mich mit allen Mitteln von jenem Kind zu befreien suchte, das ihm soviel Kopfzerbrechen bereitete.

Wir fanden eine Apotheke, und ich bat Carlo, auf mich zu warten. Ich ging hinein und gab die Hälfte von Giulios zehntausend Lire aus.

»Und wer spritzt mir jetzt das Zeug ein?« fragte ich, als ich zurückkam.

»Ich«, antwortete Carlo prompt.

»Kannst du das denn?«

»Ja, natürlich.«

Er beobachtete mich so aufmerksam, als wolle er sich keine meiner Bewegungen entgehen lassen.

»Irgendwo muß noch Mamas Spritze sein. Aber ich kann auch Cesare darum bitten.«

»Der wird's dir abschlagen«, sagte er mit einer Entschiedenheit, als kenne er ihn besser als ich.

»Du hast recht. Cesare muß dauernd lernen. Und außerdem will er keine Verantwortung übernehmen.«

»Wir könnten es gleich machen«, meinte er. »Wann kommt dein Vater?«

»Um zwei.«

»Jetzt ist es noch nicht mal halb eins. Wir haben reichlich Zeit. Also los.«

Wir beschleunigten unser Tempo. Zu Hause stürmten wir die Treppen hinauf, er voraus, ich hinterher.

Ich schloß die Wohnungstür ab und suchte dann überall nach der Spritze. Schon hatte ich mich entschlossen, eine neue zu kaufen, da fand ich sie, eingewickelt in Zeitungspapier, unter einem Wattepäckchen im Badezimmer.

Während ich die Spritze in einem Eiertiegel auskochte, stand Carlos am Fenster und wagte nicht, sich zu rühren. Er hatte die Stirn in Falten gelegt und sah sich mit vor Neugier und Sorge geweiteten Augen in der Küche um.

»Jetzt kocht's. Hast du dir die Hände gewaschen?«

»Nein«, sagte er und hielt sie sich vor die Nase.

»Na, dann beeil dich. Dort ist das Badezimmer.«

Steif wie ein Stock näherte er sich der Tür und versuchte, sie nach der falschen Seite zu öffnen.

»Wenn du noch lange ziehst, geht sie nie wieder auf«, rief ich ihm zu.

Er lachte. Ich auch. Beinahe hätte ich den Tiegel mit der Spritze fallen lassen. Ich nahm mich zusammen und ging mit vorsichtigen Schritten in mein Zimmer.

»Weißt du, was fehlt?« sagte ich, als Carlo nach der Spritze griff. »Alkohol.«

»Dann verzichten wir eben darauf«, erwiderte er, sichtlich bemüht, das Zittern seiner Hände zu unterdrücken.

»Das ist aber gefährlich«, wandte ich ein und überlegte, was man an Stelle von Alkohol nehmen könnte.

»Enthält Wein auch Alkohol?« fragte ich.

Carlo lächelte. »Ja, aber nur wenig.«

Er brach die kleine Ampulle mit zwei Fingern auf und zog Tropfen um Tropfen in die Spritze. Der Schweiß rann ihm über die Schläfen und die zusammengepreßten Lippen.

»Wein wäre immerhin besser als nichts. Oder?«

»Ja«, stimmte er zu, und ich holte rasch Papas Weinflasche.

Als ich zurückkam, stand Carlo kerzengerade da, die Spritze zwischen zwei Finger geklemmt, den Blick starr auf die Nadel gerichtet.

»Bist du soweit?« murmelte er.

»Trink einen Schluck, bevor du anfängst.« Ich reichte ihm die Flasche, und er tat mit geschlossenen Augen einen langen Zug.

»Wie geht's dir jetzt?« fragte ich.

»Ausgezeichnet.«

Ich legte mich auf den Bauch und hob den Rock. Carlo jagte mir die Spritze mit solcher Gewalt ins Fleisch, daß mich der Stoß mehr schmerzte als der Einstich. Aus den Augenwinkeln beobachtete ich sein vor Aufregung verkrampftes Gesicht. Die Nadel steckte jetzt tief drinnen, aber aus Angst, mir weh zu tun, wagte er nicht, auf den Kolben zu drücken.

»Du bist ein Komiker«, sagte ich.

»Bring mich bloß nicht zum Lachen«, brummte er.

Und dann fragte er in einem fort: »Tu ich dir weh?«

»Nein«, versicherte ich.

Als er endlich die leere Spritze herauszog, umarmten wir uns.

»Danke«, sagte ich.

Carlo zitterte. Er preßte mich leidenschaftlich an sich und drängte mich zum Bett.

»Ich mach mir nichts aus dir, das weißt du doch«, flüsterte ich. Dann aber fühlte ich die Wärme seines Körpers, der sich fest an den meinen schmiegte.

Er schüttelte den Kopf und packte mich noch fester.

Wir fielen aufs Bett und zogen uns die Decke über den Kopf.

Freitag. Die Injektion hatte noch keinerlei Wirkung gehabt. Ich zog mich nackt aus und stellte mich vor den Spiegel, um meinen Bauch zu betrachten. Ich sah mich von vorn an und von der Seite, konnte aber keine Veränderung entdecken.

Cesare telefonierte jeden Morgen mit mir.

»Gibt's was Neues?« fragte er mit tönender Stimme.

»Nein.«

Schweigen. Ich hörte einen Seufzer am anderen Ende, und dann sprach er weiter, eintönig, hart, ohne jegliches Mitgefühl:

Er hatte keine Zeit, mich zu sehen, er müsse lernen, das Examen rücke immer näher und er habe noch nicht die Hälfte des Pensums geschafft; außerdem sei er müde und vor allen Dingen nervös wegen dieser neuen Sorge, die ich ihm bereitet hatte.

»Und obendrein hat Ninì Verdacht geschöpft und unangenehme Fragen gestellt«, fügte er an jenem Freitag hinzu.

»Und was hast du ihr gesagt?«

»Ich habe sie überzeugt, daß alles ganz harmlos ist. Sie hat sich auch gleich beruhigt. Aber dafür ruft sie jetzt dauernd an, und manchmal taucht sie unter irgendeinem Vorwand unangemeldet bei mir auf. Ein Luder ist das!«

»Warum heiratest du sie denn?«

Auf diese Frage blieb er die Antwort schuldig. Er wechselte das Thema und legte dann mit einem kurzen Abschiedsgruß auf.

Ich hatte mich verspätet und betrat die Klasse erst, als der Unterricht schon im Gange war. Die Aiuti sah mit stumpfer Miene zur Tür, nur eine Sekunde lang. Sie schob die Unterlippe vor, machte eine resignierte Handbewegung, als wolle sie sagen, es sei zwecklos, sich über uns aufzuregen, und fuhr dann in ihren Erläuterungen fort, den Kopf in die Hände gestützt, die Lider halb geschlossen.

Carlo nickte mir zu. Gabriella saß steif, wie erstarrt auf ihrer Bank.

Obwohl ich zuhörte, konnte ich dem Vortrag der Aiuti nicht folgen. Die Worte kamen aus ihrem Mund wie Münzen aus einem Spielautomaten und fielen unter die Bänke, ohne eine Spur zu hinterlassen. Ab und zu unterbrach sie sich, schien irgendeinem geheimen Gedanken nachzuhängen und starrte uns mit blicklosen, glasigen Augen an. Dann zupfte sie an ihrem Haar, wie um sich aufzuwecken, und sprach weiter, immer in demselben Tonfall.

Meine Augen sahen sie, meine Ohren hörten ihre Stimme, doch meine Gedanken waren weit weg, in Cesares Zimmer, in dem noch die nächtliche Unordnung herrschte.

Das Bett zeigt den Abdruck seines schweren Körpers und das Kissen den Abdruck seines Kopfes, der breiter als lang ist. Auf dem Boden liegen die Pyjamahosen und die umgedrehten Pantoffeln, der eine hierhin, der andere dorthin geschleudert. Die Fensterladen sind angelehnt, und ein Strahl staubigen Lichts durchschneidet das Zimmer.

Cesare sitzt am Schreibtisch; der Schlafrock hat sich über seiner Brust geöffnet. In der Hand hält er einen Bleistift, mit dem er herumspielt, während er den ungeschickten Flug einer Winterfliege beobachtet, die immer wieder den Lichtstrahl kreuzt.

Und doch war er mir so fröhlich erschienen, als ich ihn am Strand von Maccarese das erste Mal sah und wir in einem alten Ruderboot aufs Meer hinausfuhren. Wir hatten uns eben erst kennengelernt.

Draußen, auf offener See, zog er die Ruder ein, küßte mich und warf mich dann ins Wasser. Das Salz brannte in meinen Augen und Nasenlöchern. Aber das Wasser war klar und von der Sonne angewärmt. Ich schluckte etwas davon herunter, weil ich so sehr lachen mußte. Cesare sprang mir nach und schwamm mit kräftigen Armbewegungen weit vom Boot weg.

Als ich ihn eingeholt hatte, umfaßte er mich. Wir küßten uns, Wasser schluckend, und bewegten dabei kräftig die Beine, um an der Oberfläche zu bleiben. Er versuchte, mir den Badeanzug abzustreifen, besann sich jedoch anders, schwamm ein paar Stöße, kam zurück und spritzte mir einen Mundvoll Salzwasser ins Gesicht. Wir umarmten uns von neuem, keuchend bemüht, den Wellen standzuhalten. »Na, kehren wir um?« fragte er mit vor Anstrengung veränderter Stimme, während er in das Boot kletterte. Dann half er mir hinein, und wir küßten uns, den Geschmack verkrusteten Salzes auf den Lippen.

»Komm ans Ufer«, murmelte ich.

Cesare drückte meine Hände, ergriff die Ruder und steuerte das Boot mit ungeduldigen Schlägen dem Strand zu.

»Gehen wir dorthin?« Er zeigte auf einen Streifen hinter den Dünen, wo das Gestrüpp dichter zu sein schien.

Ich antwortete nicht.

Während er ruderte, sah er mich schweigend an.

Von Zeit zu Zeit wandte er den Blick von mir ab, um nach einer einsamen Landstelle Ausschau zu halten.

Wenig später stieß das Boot auf sandigen Grund, und Cesare sprang ins Wasser.

»Steig aus«, rief er mir zu.

Ich gehorchte, und wir zogen das Boot gemeinsam ans Ufer. Cesares Hand lag schwer auf meinem Hals, und ich stapfte mit gesenktem Kopf neben ihm her.

Wir gingen auf die Büsche zu. Die Stranddisteln zerkratzten uns die Beine. Nach einer Weile verließen wir den Pfad, um in das Dickicht einzudringen. Die Sonne verstärkte alle Gerüche, besonders den der Minze und der vertrockneten Exkremente. Der von der Sonne ausgedörrte Ginster zerbröckelte unter unseren Füßen.

Plötzlich, auf einer kleinen Lichtung, warf mich Cesare zu Boden. Er zog mir den Badeanzug aus, der naß war und schwer von Sand, und im nächsten Augenblick war er über mir.

Für mich war er der erste Mann, und ich empfand dabei kaum Vergnügen. Ich gab mich ihm hin und weinte, ohne daß ich es wußte. Cesare küßte meine Tränen fort und hielt mich fest umschlungen. Er war stürmisch, aber zärtlich, und danach sprach er lange von sich und von mir, die Wange an meine Brust gelegt.

Ich erinnere mich nicht mehr, was er sagte. Ich hatte Schmerzen und war noch ganz benommen.

Plötzlich schüttelte ich mich. Meine Beine waren voller Ameisen.

»Ich möchte ins Wasser«, sagte ich.

Wir zogen unsere Badeanzüge an und liefen zum Strand.

Das Meer war jetzt ziemlich bewegt, aber noch immer klar und lau. Hand in Hand rannten wir hinein und tauchten in die Wellen.

Wir sahen uns nun oft, zuerst am Meer, dann in der Stadt, in seiner Wohnung. Ein, zwei Monate lang war er zärtlich und liebevoll, doch bald wurde er gleichgültig, und eines Tages beschlossen wir, uns zu trennen. Ein paar Wochen vergingen. Dann traf ich ihn zufällig auf der Straße, und von da an liebten wir uns wieder regelmäßig in seiner Wohnung.

Für ihn war es eine Gewohnheit, für mich nicht. Inzwischen lag jene erste Begegnung schon mehr als drei Jahre zurück, und im Frühjahr würde er heiraten.

Ich fuhr hoch, als ich Carlos Stimme hörte. Die Stunde war zu Ende, und die Aiuti hatte den Unterrichtsraum verlassen.

»Woran denkst du denn?«

Carlo strich über meine Hand, und wir gingen zur Treppe. Ich war müde und hatte wenig Lust, noch zwei Stunden hier zu verbringen. Ich sagte es ihm. Er preßte nur seine Lippen zusammen, die von dunklem Flaum überschattet waren.

Mittags traten wir mit einem Gefühl der Befreiung auf die Straße. Die Luft war kalt, aber die Sonne schien, und die Wolken jagten dahin, ohne sie zu verdunkeln.

Gabriella begleitete uns ein Stück. Sie klagte über ihre Eltern, die ihr keinerlei Abwechslung gönnten.

»Mein Vater ist furchtbar altmodisch«, erklärte sie und schüttelte dabei den Kopf, daß ihr die roten Locken um die Schultern flogen. »Er denkt, er lebt immer noch in Apulien. ›Was werden die Leute sagen, wenn du allein ausgehst!‹ predigt er mir. Als ob es in Rom Leute gäbe. Wer kümmert sich schon um ihn und um mich? Findest du nicht auch?«

Sie blickte Carlo unverwandt an, ärgerlich über sein Schweigen und in der Hoffnung, er werde wenigstens bemerken, wie schön ihr Haar in der Sonne glänzte. Doch Carlo schien sie überhaupt nicht zu sehen. Schließlich warf sie den Kopf mit einer heftigen Bewegung in den Nacken und ging beleidigt davon.

»Wie fühlst du dich?« fragte Carlo besorgt, sobald Gabriella fort war.

»Gut. Ich merke nichts.«

»Nicht einmal Übelkeit?«

»Nicht einmal Übelkeit.«

»Mein Onkel hat gesagt, du solltest deinen Urin untersuchen lassen, wenn du Gewißheit haben willst«

»Wie wird das gemacht?«

Er erklärte es mir gestikulierend und erbot sich, das Fläschchen ins Krankenhaus zu bringen, falls mir etwa der Mut dazu fehlte.

»Nein, ich gehe schon selbst«, erwiderte ich.

»Dann begleite ich dich aber«, sagte er in festem Ton.

Wir stiegen in eine überfüllte Straßenbahn, und Carlo tat alles, mich in dem Gedränge vor Stößen zu bewahren. Hoch aufgerichtet und mit ausgebreiteten Armen stand er schützend vor mir, als sei ich zerbrechlich.

Endlich konnten wir aussteigen, und er seufzte erleichtert auf. Er stützte mich, während ich mir den Fuß rieb, auf den jemand getreten hatte.

»Ich möchte ein Kind von dir«, sagte er unvermittelt und senkte den Kopf.

»Aber ich will keines, weder von dir noch von sonstwem«, versetzte ich.

Er sprach kein Wort mehr, bis wir uns vor meiner Wohnung mit einem Händedruck verabschiedeten.

Montag. Am Nachmittag holte ich mir den Untersuchungsbescheid. Er war positiv.

Aus der ersten besten Kaffeebar rief ich Cesare an.

»Mein Gott, so was Idiotisches!« rief er, als ich ihm von dem Test berichtete. Er schnaufte ärgerlich in den Hörer. »Paß auf, ich gebe dir jetzt die Adresse einer Freundin von mir, der Gräfin Bardengo. Geh zu ihr, sie wohnt in der Via Cassia. Ich weiß, daß sie auch mal so eine Geschichte hatte und gut davongekommen ist. Geh gleich hin, ich rufe sie inzwischen an. Hast du verstanden?«

»Was soll ich ihr sagen?«

»Muß ich dir denn alles vorkauen? Das solltest du doch wirklich selbst wissen. Sie ist eine nicht mehr ganz junge Frau, die einen Haufen Männer gehabt hat, also wird sie dir bestimmt keine Moralpredigt halten. Sie hat so ihre Schrullen, ist aber sonst sehr nett. Ihr augenblicklicher Liebhaber ist zwanzig Jahre jünger als sie. Sprich mit ihr; das ist die einzige Rettung. Sie wird dir schon helfen.«

Ich notierte mir die Adresse und ging zur Haltestelle des Autobusses, der durch die Via Cassia fuhr. Cesares gereizte Stimme klang mir noch in den Ohren.

Ich stieg in einen halbleeren Bus, der wie verrückt fuhr und jeweils so scharf bremste, daß die wenigen Fahrgäste das Gleichgewicht verloren. Eine alte Frau, die vor mir saß, rückte sich den Hut zurecht. Von hinten sah sie wie meine Mutter aus; sie hatte die gleiche müde und zugleich gierige Art, sich an die Haltestange zu klammern und an ihren Hut zu fassen, der auf dem dichten, gelb gefärbten Haar ins Rutschen geriet.

Ich starrte sie unverwandt an und vergaß darüber, rechtzeitig auszusteigen.

An irgendeiner Haltestelle sprang ich aus dem Bus und mußte nun auf einen anderen warten, der mich wieder zurückbrachte.

Im richtigen Viertel angelangt, ging ich zu der Villa, läutete am Gartentor und blieb stehen, bis die Pforte sich öffnete.

Ich schritt über einen Kiesweg, vorbei an weißen Rosen und hohen violetten Zypressen.

Die Villa war weiß, wie mit Zuckerguß überzogen; eine fächerförmige Freitreppe führte zu einer von polierten Marmorsäulen getragenen Veranda hinauf. Am Fuß der Treppe sah ich zwei steinerne Löwen, die ironisch zu grinsen schienen.

Ein schwarzgekleideter Mann machte mir auf und sah mich fragend an. Ich nannte ihm meinen Namen. Er trat mit einer Verbeugung zur Seite und ging dann schlurfend vor mir her. Durch zwei eiskalte Säle voller Vitrinen und Vorhänge geleitete er mich in ein rundes Zimmer, in dem sich ein Marmorkamin fast bis zur Mitte des Raumes vorwölbte.

»Nehmen Sie bitte Platz«, sagte er und verschwand.

Ich schaute mich um. Im Kamin brannte ein künstliches Feuer: Holzscheite aus Plastikmaterial, angeleuchtet von einem roten Lämpchen, das die Glut vortäuschen sollte. Schon der bloße Anblick ließ einen frösteln.

Ich setzte mich auf ein kleines Sofa, das mit blau und weiß gestreifter Seide bespannt war und vergoldete Armlehnen hatte. Meine Füße ruhten auf einem dicken Teppich, in den chinesische Figuren und Pfirsichblüten eingewebt waren. An dem Kristallüster über mir funkelten glitzernde Gehänge.

Bald darauf hörte ich das Klappern von Absätzen, und dann erschien die Gräfin. Sie trat auf mich zu und verzog ihr Gesicht, das weiß überpudert war wie ein Weihnachtsstollen, zu einem schwachen Lächeln.

»Ciao, liebe Kleine«, sagte sie und reichte mir eine schmale, mit Ringen bedeckte Hand.

»Zuerst werden wir etwas trinken, damit wir uns näherkommen«, schlug sie vor und ging zu einem Bücherregal. Wie sich herausstellte, war die Reihe von Büchern mit Lederrücken in Wirklichkeit eine Tür, hinter der sich eine Hausbar befand.

»Ein bißchen Cognac?« fragte sie und goß schon die gelbe Flüssigkeit in ein Glas, das aufgeblasen war wie ein Luftballon.

»Danke.« Ich nahm einen kleinen Schluck, der wie Feuer in meiner Kehle brannte.

Sie stand nun vor mir, und ich bemerkte, daß ihr Körper viel jugendlicher wirkte als ihr Gesicht. Um die runden Hüften und die schmale Taille spannte sich ein schwarzer, ins Rot changierender Stoff.

Als ich sie genauer betrachtete, entdeckte ich, daß sie schönes schwarzes Haar hatte und daß ihre Augen, groß und lebhaft hinter der goldgefaßten Brille, gerötet waren, als habe sie geweint. Wenn sie lächelte, zogen sich ihre Mundwinkel nach unten wie die einer Maske, und in die gepuderten Wangen gruben sich zwei dunkle Falten.

»Ich erwarte ein Kind«, sagte ich, zu ihr aufblickend. »Und Cesare meint, daß Sie mir helfen können.«

»Cesare ist durch und durch verdorben«, unterbrach sie mich.

»Hat er dir nicht erzählt, daß er vor Jahren ein paar Monate lang mein Geliebter war?«

»Nein«, antwortete ich.

»Na, es ist wohl nichts dabei, wenn du's erfährst. Aber das eine möchte ich dir raten: Laß ihn laufen. Er ist egoistisch und obendrein faul.«

»Er studiert doch«, sagte ich leise.

»Ja, er studiert. Aber weißt du eigentlich, wie alt er ist? Achtundzwanzig. Und er wird noch lange studieren. Vielleicht macht er wirklich mal seine Abschlußprüfung, das kann schon sein, aber er hat wenig Lust, zu arbeiten. Und erst recht nicht, seit er eine reiche Frau gefunden hat. Das weißt du doch, nicht wahr?«

Ich nickte. Trotz allem fand ich sie sympathisch, und ich spürte, daß sie ehrlich und uneigennützig war.

»Er hat mir Lügen über Lügen erzählt«, fuhr sie fort, während sie sich noch einen Cognac eingoß. »Nun, das ist jetzt unwichtig. Es war zu erwarten, daß er sich wegen dieser Sache an mich wenden würde. Wenn er in Schwierigkeiten ist, wendet er sich immer an andere, weil er allein mit so was nicht fertig wird. Seine Weibergeschichten bringen ihn dauernd in Kalamitäten, aber für die Folgen will er nicht aufkommen. Übrigens ist er seinem Vater sehr ähnlich. Wenn du dem Alten einmal begegnet wärst, würdest du mir zustimmen.«

»Ich kenne ihn«, warf ich ein.

»Ach, du bist ja noch ein Kind. Man sieht gleich, daß du Cesare liebst. Und wenn ich auch offen mit dir über ihn spreche, dein Gefühl für ihn wird sich deswegen nicht ändern. Es ist so, ich weiß es. Die Erfahrungen, die andere gemacht haben, nützen einem nie etwas. Erst später, wenn du ihn einmal mit klarem Blick siehst, wirst du begreifen, wie egoistisch und feige er ist.«

Ich leerte mein Glas bis auf den letzten Tropfen.

»Vielleicht liebst du ihn gerade deshalb, weil er sich nicht um dich kümmert. Genauso wie er dich vermutlich lieben würde, wenn du kühl zu ihm wärst. Aber was nützt es, das alles zu wissen? Ich rede hier klug, und dabei befinde ich mich in einer ganz ähnlichen Lage. Hat dir Cesare etwas darüber gesagt? Na, das dachte ich mir. Im Grunde freue ich mich sogar, daß er's getan hat, denn nun kann ich dir von Remo erzählen. Es tut mir so gut, mich ab und zu mal mit jemandem auszusprechen. Ich lebe hier ganz zurückgezogen und warte auf nichts als auf seinen Besuch. So alt und noch immer so dumm! Da hilft mir meine ganze Lebenserfahrung nichts. Sie gestattet mir allenfalls, über mich zu lachen.«

Sie stand auf, um sich noch einen Cognac einzugießen, und fragte, ob ich auch einen wolle. Als ich verneinte, setzte sie sich wieder neben mich und schlug die langen Beine übereinander, die in Netzstrümpfen steckten.

»Remo ist achtzehn. Ebenso alt wie du. Oder irre ich mich?«

»Ich bin siebzehn.«

»Stell dir vor, ich könnte seine Mutter sein. Aber ich liebe ihn. Ihn und alles, was mit ihm zusammenhängt, sogar seine dummen Freunde und seine habgierige Familie, die um meines Reichtums willen beide Augen zudrückt. Vielleicht nur aus Berechnung. Manchmal denke ich allerdings, daß er mich liebt, wenigstens ein bißchen. Aber er ist mir ein Rätsel. Er lügt mich mit einer solchen Natürlichkeit an, daß ich ihm nicht einmal böse sein kann. Mitunter ist er zärtlich und zuvorkommend, dann wieder hart wie ein Stein. Er verlangt kein Geld von mir. Ich schenke ihm welches, vielleicht, um ihn zu halten. Ja, siehst du, wenn ich nur von ihm spreche, werden mir schon die Hände feucht. Es gibt Augenblicke, da könnte ich ihn erwürgen, um dieser Qual ein Ende zu machen. Aber wenn ich mich nicht quälte, würde ich ihn dann noch lieben? Es ist unglaublich, mit welcher Klarheit ich das alles sehe, ohne daß es mir gelingt, meine Gefühle zu beherrschen. Er hat ein ganz gewöhnliches Gesicht, ich weiß, ein Gesicht wie viele andere, mit fliehenden Zügen und der hellen, zarten Haut eines Kindes. Seine Zähne sind spitz und stark, richtige Hundezähne. Aber ich liebe alles an ihm, sogar seine Fehler – ja, die vielleicht am meisten: Ich liebe seine Eitelkeit, seine Gleichgültigkeit, seinen Egoismus.

Und ich liebe auch seine Fingernägel, die immer schmutzig sind, seinen behaarten Rücken, seine pomadisierten Haare und dieses stumpfe, lüsterne Gesicht, das so unverschämt lächelt.«

Sie seufzte. Nachdem sie einen Schluck getrunken hatte, sprach sie weiter und klopfte dabei mit ihren Ringen an das Glas.

»Was glaubst du denn, womit ich mich den lieben langen Tag beschäftige? Ich sitze zu Hause und warte, daß er kommt oder anruft. Und wenn ich es nicht mehr aushalten kann, lege ich mich ins Bett, nehme die Cognacflasche mit und einen Stoß Zeitungen, und dann schaffe ich es manchmal, ihn für ein paar Minuten zu vergessen. Der Alkohol betäubt das Gedächtnis. Ich komme mir vor wie eine Katze, die eingeschlafen ist, während sie darauf wartet, daß sich die Maus aus ihrem Loch wagt. Und wenn er dann endlich anruft, weiß ich nicht, was ich sagen soll, weil ich Angst habe, ihn zu langweilen oder zu verärgern. Ich warte zitternd auf ein einziges nettes Wort von ihm, auf ein bißchen Zärtlichkeit in seiner Stimme. Aber das geschieht selten. Meistens schwindelt er mir alles mögliche vor, besonders, wenn's darum geht, wie er den Tag verbringen wird. Er erfindet mit wahrem Vergnügen die unglaublichsten und absurdesten Dinge. Und ich zwinge mich, ihm zu glauben, um ein wenig Frieden zu haben. Sowie es jedoch Abend wird, setze ich mich in den Wagen, um ihm nachzuspionieren. Ich muß herausfinden, wohin er geht: Ich verfolge ihn auf der Straße und lasse mich von seinen Freunden auslachen. Aber ich kümmere mich nicht mehr um das Gerede der Leute. Früher gab ich sehr viel darauf, weißt du. Ich hatte das Haus stets voller Gäste und veranstaltete jeden Abend ein großes Essen oder eine Cocktailparty. Ich liebte es, mich gut anzuziehen und mit dem Wagen hierhin und dorthin zu fahren. Jetzt sind sie mir alle zuwider, die eleganten Freunde mit ihren Frauen, ihren Autos und ihren Salongesprächen. Siehst du, dieser Kamin hier brannte immer. Neben ihm war das Holz bis an die Decke gestapelt, und ich warf die Scheite aufs Feuer, bot Likör an, legte Schallplatten auf, spielte die Gastgeberin. Dieses schauderhafte künstliche Feuer hat Remo gewollt. Ich weiß, daß es scheußlich ist. Und trotzdem liebe ich es, weil er es gekauft und so hergerichtet hat.«

Sie blickte zärtlich auf die bemalten Scheite, und ihre Augen füllten sich mit Tränen.

»Von der Zeit, als mein Mann noch da war, will ich gar nicht erst reden«, fuhr sie fort und wischte sich die Tränen mit den Fingern ab. »Das war ein Mensch, der wußte, wie man sich amüsiert. Er hatte dauernd neue Ideen – und neue Frauen«, fügte sie lächelnd hinzu, während sie ihre Brille am Unterrock blank rieb. »Bis er eines schönen Tages auf Nimmerwiedersehen verschwand. In die Schweiz, mit einem sechzehnjährigen Mädchen. Immerhin war er anständig. Nicht eine Lira hat er von mir verlangt. Ich weiß gar nicht, wie er es anstellt, seine Geliebte auszuhalten. Dieses Haus gehört mir. Mein Vater war Pelzhändler, hat Cesare dir das erzählt? Zwischen den beiden Weltkriegen wurde er in wenigen Jahren ein reicher Mann. Das Haus ist häßlich, noch dazu mit diesen beiden Löwen, die mir immer so vorkommen, als lachten sie über mich, und die mein Vater aus einem kleinen umbrischen Dorf mitgebracht hat. Er dachte, er hätte wer weiß was für ein Kunstwerk erworben. Du hast sie doch gesehen? Sind sie nicht komisch? Auch Remo lacht über sie; ihre Mäuler sind wie Briefkästen, sagt er, und er steckt die Hand hinein, um zu fühlen, ob sie Zähne haben. Weißt du, er ist ja noch ein Kind, kaum älter als du. Und wie er herumläuft – also das müßtest du sehen! Er will unbedingt zum Film, und er kleidet sich ganz in Leder, mit Cowboystiefeln, nach denen sich die Leute auf der Straße umdrehen. Und doch schäme ich mich nicht, mit ihm zu gehen. Ich bin sogar stolz auf ihn. Denn auf seine Art ist er schön. Er hat intelligente, schräg geschnittene Augen wie die Loren und eine hohe, freche Stirn. Ein prachtvoller Junge! Du müßtest ihn wirklich sehen.«

Sie hatte das Glas hingestellt und spielte mit den schneeweißen Perlen ihrer Kette, die so groß wie Weinbeeren waren.

»Aber ich langweile dich ja«, sagte sie plötzlich und sah mich an.

Ich schüttelte den Kopf.

»Doch, doch. Außerdem bist du in eigener Angelegenheit hier und nicht nur, um mich reden zu hören. Natürlich werde ich dir helfen. Ich gebe dir die Adresse einer Frau, einer sehr tüchtigen Hebamme. Zuerst wird sie sich wohl ein bißchen sträuben. Aber sag ihr nur, daß ich dich geschickt habe. Und gib ihr nicht mehr als zwanzigtausend Lire, hörst du? Sie ist gierig wie ein Fuchs. Sie arbeitet Tag und Nacht, um jeden Monat hunderttausend Lire zusätzlich zu verdienen, die sie dann ihrer Tochter gibt, einem dummen, launischen Mädchen. Aber sie ist zuverlässig. Außerdem hat sie eine leichte Hand. Hier, das ist ihre Adresse.« Sie reichte mir eine Zigarettenschachtel, die mit Augenbrauenstift beschrieben war. »Die Telefonnummer steht auch dabei.«

Ich nahm die Schachtel und steckte sie in meine Handtasche.

»Danke, Frau Gräfin«, sagte ich.

»Ich bin keine Gräfin«, verbesserte sie mich. »Mein Vater hat den Titel gekauft. Bis vor kurzem legte ich noch großen Wert darauf. Der Titel gehörte eben zu meinem gesellschaftlichen Leben. Aber jetzt ist er mir zuwider. Ich würde ihn gern hergeben, wenn ich dafür zehn Jahre jünger sein könnte und mich nicht schämen müßte, sooft Remo mich ansieht.«

Sie stand auf und rückte ihre Brille zurecht. Bevor sie mich hinausbegleitete, warf sie einen kurzen Blick in den trüben Spiegel, der neben der Tür hing.

Ich folgte ihr, und bei jedem Schritt versank mein Fuß in den schwellenden Teppichen. Die hohe, bemalte Decke wölbte sich über mir wie das Dach einer Kathedrale, voller Widerhall und Spinnweben.

»Alles Gute, Enrica«, sagte die Bardengo und nahm meine beiden Hände.

»Danke.«

Ich schaute noch einmal in ihre tränenfeuchten Augen hinter der goldenen Brille, wandte mich um und stieg die Stufen hinab.

Draußen blieb ich stehen, um die Löwen zu betrachten, die

auf grüngeäderten Marmorsockeln ruhten, mit gemeißelten Locken hinter den Ohren und breitem, geschwungenem, zahnlosem Maul.

Der Gartenweg lag schon im Dämmerlicht. Ich schritt an den Zypressen vorbei, um deren Stämme sich Rosen rankten; dann trat ich auf die Straße hinaus und ging zur Autobushaltestelle.

Noch an demselben Abend rief ich die Hebamme an, die sich nach langem Hin und Her und vielen mißtrauischen Fragen schließlich bereit fand, mich für den kommenden Donnerstag zu bestellen.

Dann ging ich in die Küche, um unser Essen zu kochen.

Papa kniete auf dem Fußboden. Er hatte die Hosenbeine hochgekrempelt und schabte mit seinen leimverschmierten Händen Holzbrettchen glatt. Neben ihm stand die Weinflasche, die er ab und zu mit einer mechanischen Bewegung zum Mund führte, ohne den Blick von dem Käfig zu wenden. In den letzten Tagen hatte er das Dach mehrmals abgebaut und neu gestaltet, aber er war noch immer nicht zufrieden damit. Er knipste mit der Zange ein Stück Draht ab und lötete es irgendwo an – er hatte sich vor kurzem ein Lötgerät gekauft, das sein ganzer Stolz war.

Als er mit dem in Zeitungspapier gewickelten Lötkolben nach Hause gekommen war, hatte er ihn mir gezeigt wie eine Kostbarkeit.

»Gefällt er dir?« hatte er gefragt, mich dann, ohne meine Antwort abzuwarten, auf die Wange geküßt und sich die Jacke ausgezogen, um sofort mit dem neuen Gerät an die Arbeit zu gehen.

Manchmal vergaß er, die Flamme zu regulieren, und dann hörte man plötzlich den Ziegelstein knacken, der unter dem glühenden Kolben zersprang. Er hatte schon zwei Brandwunden an der linken Hand, und von Zeit zu Zeit steckte er die Finger in den Mund, um den Schmerz zu lindern.

»Was hast du dafür bezahlt?« hatte ich mich erkundigt.

»Ziemlich viel.«

»Für das Geld hättest du lieber Fleisch kaufen sollen.«

»Du sprichst wie deine Mutter«, hatte er geknurrt und einen Schluck Wein getrunken.

»Oder ein Hemd. Die drei, die du hast, sind alle kaputt. Bei jeder Wäsche habe ich Angst, daß sie auseinanderfallen.«

Er hatte nur die Achseln gezuckt und sich verbissen mit einer Lötstelle beschäftigt, wobei er sich die Fingernägel versengte.

An das alles dachte ich, während ich am Herd stand und hinter mir das monotone Rauschen der Lötflamme hörte.

»Das Essen ist fertig«, rief ich.

Ich fühlte mich wie zerschlagen. Im Geist sah ich noch immer das heitere, aber vom Kummer gezeichnete Gesicht der Bardengo vor mir, sah ihre Tränen, durch die Brille vergrößert, unter den geröteten Lidern hervorquellen.

Mein Kopf schmerzte. Ich schloß die Augen. Der penetrante Kaffeegeruch widerte mich an.

Ich stellte zwei tiefe Teller mit Reis auf den Tisch und streute Käse darüber. Dann spülte ich zwei Gläser für den Wein und holte die Bestecke aus der Schublade.

Papa saß mit krummem Rücken am Tisch und rührte, ohne aufzublicken, den Reis um.

»Willst du dir nicht die Hände waschen?« fragte ich angeekelt.

Er betrachtete seine lackverkrusteten Hände, schüttelte den Kopf und begann zu essen, die Ellbogen auf den Tisch gestützt.

Ich hielt die Augen auf meinen Teller gerichtet und zwang mich, ein paar Löffel Reis herunterzuschlucken. Aber ich hatte keinen Hunger. Ich war müde, alle Glieder taten mir weh, und ich fühlte Übelkeit in mir aufsteigen.

Papa trank nach jedem Löffel Reis einen Schluck Wein. Den Mund wischte er sich mit dem Handrücken ab.

»Könntest du nicht die Serviette nehmen?« fragte ich.

Er sah mich erstaunt an und aß dann weiter, den Kopf noch tiefer zwischen die knochigen Schultern ziehend, als wolle er ihn verbergen.

»Möchtest du Eier?«

Er winkte ab.

»Du mußt mehr essen«, redete ich ihm zu.

»Nein«, sagte er schroff. »Gib mir einen Apfel.«

Ich räumte die Teller weg und holte die Obstschale, in der drei gelbe Äpfel lagen.

Er nahm einen davon in die Hand, rieb so lange an ihm herum, bis er glänzte, hob ihn zum Mund und biß hinein. Im nächsten Augenblick aber griff er sich an seine schadhaften Zähne und warf den Apfel an die Wand.

»Verfluchte Zähne!« schimpfte er. »Ich muß mir ein Gebiß machen lassen.«

Der Apfel war unter das Waschbecken neben der Tür gerollt. Papa sah ihn wütend an. Dann stand er auf und zog sich die zu weite Hose hoch, deren Sitzfläche blank war.

»Kaffee!« sagte er nur, während er an seinen Zähnen sog und nach dem Lötkolben griff.

Ich wärmte den Kaffee, füllte die kleine blaugemusterte Tasse, die Mama von ihrer Mutter geerbt hatte, und reichte sie ihm.

Er schlürfte das heiße Getränk und schnalzte mit der Zunge.

»Gut!« brummte er und stellte die Tasse neben sich auf den Boden.

Als ich mich nach ihr bückte, war mir plötzlich, als verlöre ich das Gleichgewicht. Mein Kopf schien aus Blei zu sein. Der Kaffeegeruch drang mir in die Nase, und ich glaubte, ich müßte mich übergeben. Ich öffnete das Fenster und lehnte mich hinaus. Draußen war es wärmer geworden, der Schirokko wehte. Ich atmete tief.

Mir fiel ein, daß Carlo bestimmt auf meinen Anruf wartete. Er wird sich Sorgen machen, dachte ich. Aber ich hatte keine Lust, mich bei ihm zu melden.

Ich hatte nicht einmal Lust, mit Cesare zu sprechen. Was sollte ich ihm auch sagen?

Ich schloß das Fenster und machte mich ans Geschirrspülen. Die Nachbarn hatten den Fernseher eingeschaltet, aus dem eine heisere, aufdringliche Stimme kam. Dazwischen erklang Musik, die mich jedesmal, wenn sie einsetzte, zusammenfahren ließ. Ich summte ein Liedchen vor mich hin, das ich von Mama gelernt hatte, und suchte damit jene heisere Stimme zu überdecken.

»Ich geh schlafen«, sagte ich, als ich fertig war.

Papa nickte. Er hielt den Lötkolben wie einen Dolch umklammert und starrte unverwandt auf seinen Käfig.

Ich schloß die Küchentür hinter mir und zog mich so schnell wie möglich aus, um mich endlich im Dunkeln zwischen den frischen Bettüchern ausstrecken zu können. Ich legte den Kopf auf das Kissen und fiel augenblicklich in tiefen Schlaf.

Donnerstag. Am Himmel trieben rauchfarbene Wolken, die sich immer wieder vor die Sonne schoben. Die Luft war bewegt und warm: Schirokko.

Ich erwachte mit Kopfweh, und meine Glieder waren so schwer, als wäre ich die ganze Nacht auf den Beinen gewesen.

Carlo wußte, daß ich an diesem Tag zu der Hebamme bestellt war. Am Abend zuvor hatte er angerufen und darauf bestanden, mich zu begleiten.

»Du kannst unmöglich allein gehen«, hatte er energisch gesagt.

»Ich will aber allein gehen.«

»Und ich komme trotzdem mit.«

»Untersteh dich«, hatte ich gedroht, dann aber resigniert nachgegeben, weil ich wußte, daß er mir ohnehin von weitem gefolgt wäre. Am Dienstag hatte sich Cesare telefonisch erkundigt, wie es bei der Bardengo gewesen war, und mein Bericht hatte ihn anscheinend befriedigt.

»Du gehst also zu der Hebamme. Wann denn?«

»Donnerstag.«

»Die Kosten übernehme ich, verstehst du?«

»Gut.«

»Wird es weh tun?«

»Das weiß ich nicht.«

»Schön, am Nachmittag werde ich jedenfalls an dich denken. Wann sollst du da sein?«

»Um halb vier.«

»Um halb vier werde ich an dich denken. Wenn ich nicht so viel zu tun hätte, würde ich dich begleiten.«

»Ist schon gut.«

»Na, dann viel Glück.«

»Ciao.«

»Und daß du zu niemandem über die Sache sprichst, hörst du? Vor allem darfst du meinen Namen nicht nennen. Auf gar keinen Fall, verstanden?«

»Du brauchst keine Angst zu haben.«

»Was heißt hier Angst? Ich sag das ja nur, weil man nie wissen kann. Mit unsauberen Geschichten will ich nichts zu tun haben.«

»Ich werde kein Wort sagen.«

»So ist's recht. Wenn alles vorbei ist, schenke ich dir auch was Schönes. Damit du deine Schmerzen vergißt.«

»Danke.«

»Deine Stimme klingt heute so komisch. Als ob du mich nicht mehr leiden könntest. Liebst du mich?«

Ich mußte lachen.

»Warum lachst du?«

»Ach, nur so.«

»Also ciao«, hatte er noch gesagt, und dann hallte das Knakken der unterbrochenen Verbindung in meinem Kopf wider. Ich blieb wie betäubt stehen, den Hörer ans Ohr gepreßt, und lauschte auf das Summen in der Leitung.

Ein Tag und noch einer waren unendlich langsam dahingeschlichen; ich hatte mich nicht dazu aufraffen können, in die Schule zu gehen, und war ruhelos in der Wohnung umhergelaufen. Ein einziges Mal verließ ich das Haus, um nicht dauernd Papa vor Augen zu haben, der an seinen Käfigen bastelte und sich um nichts anderes kümmerte. Ich schlenderte durch die Straßen, betrachtete zerstreut Passanten und Auslagen und fand mich schließlich vor Cesares Haustür wieder, von dem spontanen Verlangen erfüllt, ihn zu sehen.

Nachdem ich eine Weile auf und ab gewandert war, in der Hoffnung, ihm zu begegnen, wurde mir so übel, daß ich schleunigst nach Hause zurückkehrte.

So war der Donnerstag gekommen, und ich hatte nur den einen Wunsch, daß er schnell vorübergehen möge.

Mittags bekam ich keinen Bissen herunter, und um Viertel vor drei war ich schon aus dem Haus.

Papa hatte seine Portion Spaghetti verschlungen, zwischendurch unablässig getrunken, sich dann mit Schuhen aufs Bett gelegt und sofort angefangen zu schnarchen.

Ich ging unter den Bäumen der Via Nomentana; auf dem Fahrdamm sausten Autobusse und Autos geräuschvoll an mir vorbei.

Bevor ich in den Viale Regina Margherita einbog, trank ich in einer Kaffeebar ein Glas Wasser. Der Kaffeegeruch war mir widerlich, und ich atmete auf, als ich ins Freie trat.

Vor dem Haus angekommen, vergewisserte ich mich, daß es das richtige war, und stieg dann ins oberste Stockwerk hinauf.

Ich klingelte. Ein Mädchen in meinem Alter öffnete mir. Sie trug hautenge schwarze Hosen, hatte blondes, bis auf die Schultern fallendes Haar und einen blaßrosa geschminkten Mund.

»Ach, Sie sind's!« Sie musterte mich von Kopf bis Fuß, drehte sich um und rief in den Korridor hinein: »Mama, sie ist da!«

Aus dem Dunkel, dem ein unangenehmer Geruch nach Gebratenem entströmte, tauchte eine winzige Frau auf, kauend, in der Hand eine Serviette.

»Entschuldigen Sie, ich war gerade beim Essen«, sagte sie, krampfhaft schluckend. »Ich hab immer so viel zu tun, daß keine Zeit für die Mahlzeiten bleibt.« Sie wischte sich die Hände an der Schürze ab und fuhr ihre Tochter an: »Na los, worauf wartest du denn? Bring sie rein.« Das Mädchen öffnete eine Glastür.

An der hinteren Wand des quadratischen Zimmers stand ein Bett mit röhrenförmigen vernickelten Beinen und weißem Wachstuchbezug, wie man es in Operationssälen findet. Am Fenster hing eine geblümte Gardine. Unter dem Fensterbrett, in einem weiß emaillierten Schränkchen, waren chirurgische Instrumente, zwei umgestülpte Schüsseln und ein Stoß Frottiertücher aufgereiht.

»Nehmen Sie Platz, ich komme gleich«, rief mir die Frau zu und schloß die Tür von draußen.

An der anderen Wand sah ich ein unordentlich gemachtes Bett, dessen weiße Decke einige Rostflecke aufwies. Eine Kommode, die nur drei Beine hatte, füllte den Raum zwischen Tür und Bett. Auf der Kommode lag ein Spitzendeckchen, und darauf thronte eine Madonna aus buntem Glas.

Ich setzte mich auf den Bettrand und wartete.

In einer Ecke stand ein kleiner elektrischer Ofen, der wohl erst kürzlich gekauft worden war, denn es hing noch der Fabrikzettel daran, vergilbt von der Hitze.

Ich hörte das Mädchen am Telefon sprechen. Sie sagte, im Augenblick sei sie beschäftigt, aber in einer Stunde werde sie frei sein. Als ihrem Partner das nicht recht zu passen schien, knallte sie den Hörer mit einem ärgerlichen Prusten auf die Gabel. Gleich darauf begann sie in einem anderen Zimmer zu singen.

»Mama, beeil dich, ich muß fort!« schrie sie mit scharfer, gebieterischer Stimme.

»Ja, ja«, antwortete die Mutter geduldig, »ich koche nur noch die Instrumente aus.«

Sie kam herein und gab mir eine Pille. »Hier, das beruhigt die Nerven«, sagte sie und rief: »Patrizia, bring ein Glas Wasser!« Dann ging sie wieder hinaus.

Patrizia erschien mit dem Wasser und sah belustigt zu, wie ich mich abmühte, die große grüne Pille zu schlucken.

»Fertig?« fragte sie und blinzelte dabei mit ihren langbewimperten Augenlidern. Als ich nickte, verließ sie das Zimmer und schlug die Tür hinter sich zu.

Einige Minuten später trat die Mutter ein, mit aufgekrempelten Ärmeln, in der Hand eine kleine Schüssel mit heißem Wasser.

»Ziehen Sie Mantel und Schlüpfer aus.«

Ich warf den Mantel auf das Bett. Dann lehnte ich mich an die Wand, hob meinen Rock ein wenig und zog den Schlüpfer aus. Die Frau stellte die Schüssel hin, band eine weiße Schürze um, die ihr bis zum Hals reichte, und streifte durchsichtige Gummihandschuhe über.

»Legen Sie sich hin«, befahl sie.

Ich betrachtete ihre kleinen, sehnigen Hände in den zu weiten Handschuhen, das harte ausdruckslose Gesicht mit den tiefen Falten, die von Tabakrauch fleckigen Zähne, das weiße Haar, das von einem hauchdünnen Netz zusammengehalten wurde.

Ich spürte, wie sich ein langes Instrument in mich hineintastete. Anfangs tat es nicht weh. Die Pille hatte mich schläfrig gemacht. Plötzlich aber, als die Hebamme mit kurzen, präzisen Bewegungen zu schaben begann, durchzuckte mich wie ein elektrischer Schlag ein stechender Schmerz. Alles zerriß in mir. Ich schrie auf.

»Sie müssen still sein, um Gottes willen! Wenn die Nachbarn Sie hören, komme ich in Teufels Küche. Bitte, seien Sie still!«

Ich biß verzweifelt auf meine Hand. Der eiserne Reif in mir dehnte sich aus, zog sich zusammen, peinigte mich unablässig.

»Gleich ist es vorbei«, murmelte sie.

Ich hielt den Atem an. Mein Hals, meine Haare, meine Achselhöhlen trieften von Schweiß.

»Fertig«, sagte sie und huschte mit der vollen Schüssel hinaus, bevor ich einen Blick darauf werfen konnte.

»Legen Sie sich ein Weilchen aufs Bett. Sie können bald nach Hause gehen.«

Ich streckte mich mit einem Gefühl des Wohlbehagens aus. Der Schmerz war verflogen.

Die Frau brachte wieder eine Pille und ein Glas Wasser. Sie beobachtete mich, während ich die Pille schluckte, und in ihren Augen leuchtete inmitten eines Meeres von Gleichgültigkeit ein Schimmer des Mitleids und des Verstehens auf. Mit einem Lächeln, das ihre gelben Zähne enthüllte, strich sie mir über das nasse Haar.

»Die zwanzigtausend Lire kriegen Sie in ein paar Tagen«, sagte ich.

»Gut.« Jetzt war ihre Miene wieder ausdruckslos.

Die Tochter kam mit einer Tasse heißer Milch.

»Danke.« Ich trank die Milch, ohne etwas zu schmecken, und verbrannte mir dabei die Zunge.

Sie breiteten mir die Decke über die Beine und ließen mich eine halbe Stunde allein. Die Frau hatte den Heizofen eingeschaltet, und ich sah, wie die Drahtspirale in der Mitte der runden Metallscheibe immer röter wurde. Ich hörte die Tochter von einem Zimmer ins andere laufen, zuerst in Pantoffeln, dann in Stöckelschuhen; schließlich rief sie der Mutter einen Gruß zu und ging fort.

»Jetzt werden Sie wohl soweit sein«, meinte die Hebamme bald danach und half mir beim Aufstehen. Sie hatte die Schürze abgebunden; ihr Rock war mit einer Sicherheitsnadel zusammengesteckt. Draußen reichte sie mir ihre von der scharfen Seife gerötete Hand.

»Heute nacht wird's vielleicht etwas weh tun, aber das hat nichts zu bedeuten. Nehmen Sie ein Schlafmittel. Morgen werden Sie nichts mehr spüren. Und lassen Sie bis zum Sonntag von sich hören, sonst wende ich mich an die Gräfin Bardengo. Nur weil Sie von ihr geschickt sind, berechne ich ein Ausnahmehonorar. Auf Wiedersehen.«

Die Tür schloß sich hinter mir. An das Geländer geklammert, stieg ich langsam die Treppe hinunter.

Als ich auf die Straße trat, richtete sich Carlo, der an der Hausmauer lehnte, mit einem Ruck auf.

»Wie geht's?« fragte er und nahm meinen Arm.

»Gut.«

»Hat's weh getan?«

»Ein bißchen.«

»Willst du noch irgendwo etwas trinken, oder möchtest du gleich nach Hause?«

»Nach Hause.«

»Gut«, sagte er und stützte mich, als sei ich nicht imstande, allein zu gehen. Wir schlugen den Weg nach Hause ein.

»Wir wollen lieber ein Taxi nehmen«, meinte er.

»Unsinn, mir fehlt doch gar nichts. Wir können ruhig laufen.«

»Nein, wir fahren«, beharrte er und schob mich mit sanfter Gewalt in ein grün-schwarzes Auto, das an der Straßenecke stand.

In unserer Wohnung wurde gesprochen. Ich glaubte Mama zu hören, die mit Papa zankte. Einen Augenblick blieb ich wie erstarrt stehen, dann öffnete ich die Küchentür und merkte, daß die Stimme aus dem Radio kam.

Ich schaltete den Apparat aus. Papa hob den Kopf und sah mich mit unsicher flackernden Augen an. Die Flasche neben ihm war leer. Hinter dem Käfig stand eine zweite, die bereits angebrochen war.

»Ich wette, du hast wieder mal deinen ganzen Wochenlohn ausgegeben«, sagte ich. »Und Mamas Geld wird auch bald zu Ende sein.«

»Ich verdiene genug«, prahlte er. »Solange ich da bin, wirst du keine Not leiden.«

»Du bist ja betrunken.«

»Was sagst du da?« empörte er sich und fuhr mit erhobener Stimme fort: »Ich betrinke mich nie. Ich trinke nur ab und zu einen Schluck, um mich zu wärmen. Ich muß diesen Käfig so schnell wie möglich fertigmachen. Damit ich ihn verkaufen kann. Ich brauche Geld, verstehst du? Ich will dir einen neuen Mantel kaufen. Du sollst nicht so abgerissen herumlaufen. Und ein Paar Schuhe. Dieser Käfig ist sehr groß, der größte, den ich je gebaut habe. Zwanzig Papageien könnten darin Platz finden.

Oder ein Adler. Ich weiß auch schon, wer ihn mir abkauft. Der Zoo höchstpersönlich. Ist das nicht ein guter Gedanke? Sie könnten auch eine Reihe von Käfigen für Tropenvögel bei mir bestellen. Dann hänge ich die Versicherung an den Nagel und kümmere mich nur noch um die Käfige. Damit läßt sich bestimmt ein Haufen Geld verdienen, meinst du nicht?«

Ich schwieg. Mich wunderte, daß ich keine Schmerzen mehr hatte.

Es war Zeit, das Abendessen zu bereiten. Ich setzte Wasser auf, schnitt Zwiebeln und Kartoffeln hinein und holte aus dem Fensterschrank ein Stück Pferdefleisch, das schon seit zwei Tagen in Zeitungspapier eingewickelt dalag. Es roch faulig. Ich warf es in das kochende Wasser, dem ich eine Handvoll Salz und einen Schuß Essig beifügte.

Während ich damit beschäftigt war, dachte ich an Cesare; als ich das Telefon läuten hörte, trocknete ich mir die Hände am Rock ab und lief in die Diele.

»Wie ist's gegangen?« fragte er aufgeregt, kaum daß ich mich gemeldet hatte.

»Gut.«

Er stieß einen Seufzer der Erleichterung aus.

»Dann besteht also keine Gefahr mehr. Du bist jetzt genauso wie vorher, nicht wahr?«

»Ja.«

»Das freut mich. Weißt du, der Gedanke, daß du soviel leiden mußtest, hat mich entsetzlich bei der Arbeit gestört.«

»Wann sehen wir uns?«

»Ich habe dir doch gesagt, daß Niní so aufdringlich geworden ist. Dauernd kommt sie zu mir, bald unter diesem, bald unter jenem Vorwand. Außerdem tut dir die Liebe im Augenblick bestimmt nicht gut. Du hast immerhin eine Operation hinter dir, vergiß das nicht.«

»Aber wann können wir uns denn sehen?«

»Ich weiß nicht. Laß uns erst mal zehn Tage warten, das Weitere findet sich dann. Ruh dich inzwischen aus, iß viel, schlaf lange und pflege dich.«

»Kann ich dich morgen anrufen?«

»Morgen? Nein, da bin ich den ganzen Tag bei einem Freund. Wir arbeiten zusammen. Übermorgen, wenn du willst.«

Ich legte auf und kam gerade noch rechtzeitig in die Küche, um die Suppe vor dem Überkochen zu retten.

Ich streute Nudeln ins Wasser und stellte das Gas klein. Dann ging ich in mein Zimmer, zog den Rock aus, den Pulli, die Schuhe und die Strümpfe mit den Laufmaschen und legte die Kleidungsstücke sorgsam auf den Stuhl, bevor ich in Mamas Morgenrock schlüpfte.

Im Bad kühlte ich mein heißes Gesicht. Als ich vor den Spiegel trat, erblickte ich Mama. Tiefe schwarze Ränder unter den Augen und ein müder, gedunsener, schwitzender Körper unter dem Morgenrock mit dem speckigen Kragen. Ich war wie sie. Ich machte die gleichen Bewegungen.

Schließlich kehrte ich in die Küche zurück. Papa zuckte zusammen, als sähe er seine Frau, und griff hastig zur Flasche.

»Das Essen ist fertig«, sagte ich.

Durch die Fensterritzen drang ein kalter Luftzug, der meine Beine traf.

Wir aßen schweigend und horchten auf das ferne Geräusch der Autobusse, die kreischend bremsten. Die Nachbarn waren wohl ausgegangen; der Fernsehapparat schwieg. Der Wind brachte die Fensterscheiben zum Klirren.

Als ich aufstand, um den Tisch abzuräumen, nahm Papa meine Hand.

»Armes Kind«, murmelte er.

»Was ist denn?« fragte ich ärgerlich. Ich wollte nicht mit ihm reden. Ich wollte ins Bett.

»Armes Kind«, wiederholte er und ließ meine Hand los, um nach der Flasche zu greifen.

»Du bist betrunken«, sagte ich.

Er hob die Flasche an den Mund und trank, ohne abzusetzen, als sei es Wasser. Dann zog er ein zusammengeknülltes Taschentuch aus der Hose und wischte sich Mund und Stirn ab.

»Es ist Schwäche«, erklärte er und sah mich grinsend an. Sein Gesicht war das eines alten Affen.

»Ich geh ins Bett«, murmelte ich.

»So früh?«

»Ich bin müde.«

Er machte Miene, mich zu umarmen, besann sich dann aber anders und grüßte nur mit der Hand.

In meinem Zimmer war es kalt, die Luft roch stickig. Ich öffnete für einen Augenblick das Fenster. Die Kälte ließ mich erschauern. Ich riegelte das Fenster zu und kroch ins Bett, nachdem ich den Mantel und den Morgenrock über die Decke gebreitet hatte.

Ich fror so sehr, daß ich nicht einschlafen konnte, und schließlich überwand ich mich, stand auf und zog mir Wollsocken an.

Zusammengekrümmt lag ich unter den Decken. Vom Hof her hörte ich Frauenstimmen und das Rattern eines Motorrads, das nicht anspringen wollte.

Allmählich wurde mir wärmer. Ich streckte die Beine aus und fiel in eine Art Halbschlaf. Mitunter war ich wach und lauschte auf die Geräusche von draußen; dann wieder schlief ich ein, und die Träume überstürzten sich in meinem Gehirn wie Wasser in einem Wildbach.

Ich sah mich mit Cesare im Boot: Unter uns bewegten sich unruhig die Wellen, und um uns herum wurde es immer heller und wärmer. Cesare küßte mir das Salz von den Lidern. Die Sonne brannte, verzehrte uns. Plötzlich war ich in Cesares Mund, im Schatten, während seine Augen mich ringsum suchten. Ich machte mich klein und ließ mich von ihm wie ein Hostie herunterschlucken. Ich hatte irgend etwas Glühendes im Leib. Cesare steckte die Hand in meinen Bauch und zog einen langen Wattestreifen heraus. Die Hebamme sagte, jetzt sei es vorbei. Aber das Ding brannte noch immer wie Feuer in mir. Ich sagte es Cesare, und er nahm mich in die Arme. Er bedeckte mich mit seinen blonden Haaren, bis ich fast erstickte. Das Ding in meinem Bauch stach und biß, drohte mich zu zerreißen. Ich schrie es Cesare zu, der mir vorschlug, zu der Bardengo zu gehen. Aber die Bardengo erkannte mich nicht. Sie hatte ihre Brille verlegt. Ein Junge in schwarzer Lederjacke lachte mir ins Gesicht. Ich trank einen Cognac, der mir die Kehle verbrannte. Cesare war spurlos verschwunden. Ich war allein im Boot, mit der sengenden Sonne im Bauch.

Der Schmerz ließ mich aus dem Schlaf fahren. Ich stand auf, machte Licht und trank Wasser.

Die Wohnung war dunkel. Papa lag wohl schon im Bett.

Ich tastete mich ins Badezimmer. Die Hand auf die Stirn gedrückt, beugte ich mich über die Toilette. Ich erbrach mich. Dann blieb ich lange im Dunkeln stehen. Mir schwindelte, ich war nicht fähig, mich zu rühren. Schließlich schleppte ich mich zum Waschbecken, drehte den Hahn auf und hielt meinen Kopf unter den Wasserstrahl, ohne daß ich Erleichterung verspürte. Ich kehrte in mein Zimmer zurück, kroch ins Bett und preßte die Faust auf den Mund. Der Schmerz überflutete mich wie eine Welle, dann ebbte er ab und ließ mich entkräftet zurück.

Zitternd erhob ich mich, um nach einem Beruhigungsmittel zu suchen. Im Bad fand ich Belladonna und goß einige Tropfen davon in ein Glas Wasser.

Ich legte mich wieder hin, die Hände in den Bauch gekrallt. Plötzlich wurde ich von Krämpfen geschüttelt. So was Dummes, dachte ich, dieses Weib hat mich bestimmt infiziert.

Langsam, fast unmerklich wich der Schmerz, und ich sank von neuem in jenen Zustand zwischen Wachen und Schlafen.

Irgendwann öffnete ich die Augen. Vor mir stand Papa im Pyjama, mit verschlafenem Gesicht.

»Was ist?« fragte ich.

»Du hast gestöhnt. Bist du krank?«

Draußen war es jetzt still. Es mochte drei oder vier Uhr sein. Ich hörte den Wasserhahn in der Küche tropfen.

»Bist du krank?« wiederholte er besorgt und beugte sich über mich.

»Nein«, antwortete ich und drehte mich zur Wand.

»Ich bin dir nie ein guter Vater gewesen«, sagte er mit ruhiger Stimme.

»Laß mich schlafen, Papa.«

»Nein, ich muß dir das einmal sagen. Du hast kein Glück gehabt. Deine Mutter und ich, wir haben dich ohne Liebe gezeugt. Du warst mir ganz gleichgültig. Außer meinen Käfigen hat mich nie etwas interessiert. Ich bin ein Idiot. Kein Künstler, wie ich es hätte sein wollen, und kein Vater, wie ich es hätte sein sollen.«

Papa sprach leise und tonlos, als sei es ihm einerlei, ob ich ihn hörte oder nicht. Ich wollte ihn ins Bett schicken, aber ich blieb regungslos liegen, das Gesicht zur Wand gekehrt, die Hände auf den Bauch gepreßt und mit einem gallebitteren Geschmack im Mund.

Er stand da und sah mich an. Vielleicht wartete er, daß ich einschlief. Dann hörte ich plötzlich das Tappen seiner nackten Füße neben dem Bett. Sein Gesicht streifte mein Haar, als er mich auf die Wange küßte, und einen Augenblick lang roch ich seinen weingeschwängerten Atem.

»Gute Nacht, Kleine«, flüsterte er und ging, nachdem er mir die Decken über die Schultern gezogen hatte.

Ich blieb ein paar Tage im Bett und stand nur auf, wenn das Telefon klingelte. Aber meine Hoffnung, Cesares Stimme zu hören, erfüllte sich nicht.

Carlo besuchte mich jeden Nachmittag. Er saß am Fußende meines Bettes, die Hände zwischen die Knie geklemmt, und sah mich an. Manchmal brachte er mir Zeitungen mit.

Mein Vater stand morgens eine halbe Stunde früher auf, um mir eine Tasse Milch warmzumachen. Immer verließ er die Wohnung in größter Eile, mit offener Hose, die Krawatte in der Hand. Und immer roch er nach Wein.

Gegen zwei Uhr kam er zurück, müde und mißgestimmt. Mit schlurfenden Schritten betrat er mein Zimmer.

»Wie geht's dir?« fragte er, den Blick auf das Fenster gerichtet.

»Gut.«

»Hast du Hunger?«

»Nein.«

»Ich habe Bratwürste gekauft. Ist dir das recht?« Er deutete auf das Päckchen in Pergamentpapier, das er unter den Arm geklemmt hatte.

Ich hörte, wie er in der Küche hin und her ging, Töpfe fallen ließ und Wasser verschüttete. Nach einer halben Stunde brachte er mir ein Tablett mit dem Eierpfännchen und einem Stück Brot.

»Es schmeckt«, sagte ich, und er sah mich mißtrauisch an, als glaube er mir nicht.

»Magst du einen Schluck Wein?« fragte er, vergaß aber, die Flasche zu holen.

Nachmittags arbeitete er an seinem Käfig, bis Carlo kam. Dann ging er in die Osteria und betrank sich.

Eines Tages erschien der Hauswirt. Ich öffnete ihm im Morgenrock.

Der magere Mann mit dem gelben Schnurrbart hatte eine Leichenbittermiene aufgesetzt.

»Ich komme wegen der Miete«, sagte er. »Vier Monate sind Sie jetzt im Rückstand. Ihr Vater hatte versprochen, das Geld gleich nach dem Begräbnis zu bringen. Ich wollte Sie nicht mahnen. Ich wollte Sie in Ihrer berechtigten Trauer nicht stören, aber jetzt ...« Er hielt inne und rieb sich verlegen die Lippen.

»Ich werde mit meinem Vater reden«, erwiderte ich.

»Das ist nicht nötig. Ich bin ihm eben auf der Treppe begegnet. Nur, sehen Sie, ich hatte den Eindruck – entschuldigen Sie, wenn ich das sage –, daß er nicht ganz bei sich war. Es ist ja verständlich, daß der Schmerz über das Hinscheiden eines geliebten Menschen einen Mann zu gewissen Schwächen verleitet. Vor allem einen Mann, der, wie Ihr lieber Vater, keine Position hat und somit nicht die ihm gebührende Achtung genießt.«

Er heftete den Blick auf seine glänzenden schwarzen Schuhe, hüstelte zwei-, dreimal und trat unbehaglich von einem Fuß auf den anderen. Plötzlich hob er seine kleinen, hellen Augen und erklärte in entschiedenem Ton, daß er uns exmittieren müsse, falls wir nicht binnen drei Wochen unsere Schulden bezahlten.

»Sie müssen das einsehen, Signorina«, fügte er mit gedämpfter Stimme hinzu, bedauernd, fast reumütig. »Ich will Sie bestimmt nicht schikanieren. Aber Sie wissen ja, daß ich von diesen Einkünften lebe. Wenn nun ein Mieter mit den Zahlungen in Rückstand gerät, kommt mir in der Buchhaltung alles durcheinander. Und obendrein muß ich Schulden machen. Sie werden verstehen, daß ich mir so etwas nicht erlauben kann. Weil ich keine ausreichenden Sicherheiten zu bieten habe.« Er zog ein frisches, schwarz gerändertes Taschentuch heraus und betupfte dezent seine Nase. Dann lächelte er und zeigte dabei eine Reihe kleiner, ebenmäßiger Zähne.

»Möchten Sie eine Tasse Kaffee?« fragte ich und deutete auf die Küche.

»Nein, nein«, lehnte er hastig ab, als fürchte er, sich eine Blöße zu geben.

»Nun gut. Aber was habe ich denn damit zu tun?« erkundigte ich mich.

»Wissen Sie, Signorina, Töchter haben manchmal großen Einfluß auf ihre Väter oder können ihn zumindest haben. Sie sind schon erwachsen, Sie sind kein Kind mehr. Also, ich meine, wenn sich Ihr Vater entschließen könnte, auf gewisse kostspielige... nun ja, sagen wir Liebhabereien zu verzichten, dann wäre er fähig, diese Probleme in aller Ruhe mit klarem Kopf zu durchdenken und sie zu lösen. Kurz und gut, Sie müssen an sein Verantwortungsbewußtsein appellieren. Natürlich, er verdient nicht viel. Aber wenn er das Geld sparte, das er für Alkohol ausgibt, und auch das Geld, das er für jene Konstruktionen aufwendet, ich weiß nicht, wie ich sie nennen soll...«

»Käfige«, warf ich ein.

»Ach so, Käfige. Nun, er könnte sich doch gewiß einer ertragreicheren Tätigkeit widmen. Ich bin mir durchaus im klaren, daß es nicht meine Sache ist, Ratschläge zu erteilen, das heißt, mich in Privatangelegenheiten zu mischen. Wenn ich es trotzdem tue, dann nur, damit ich nicht zu brutaleren Methoden greifen muß. Ich möchte Sie nicht aus dem Haus jagen, wirklich nicht, glauben Sie mir. Ihre Eltern haben hier zehn Jahre gewohnt und haben immer, wenn auch manchmal etwas verspätet, die Miete bezahlt. Jetzt ist die Lage schwieriger geworden. Verstehen Sie, ich sehe mich gezwungen, gegen meinen Willen, gegen die Stimme meines Herzens zu handeln, weil ich ja schließlich auch an mich selbst denken muß und an meine Familie, die doch ...«

Ich unterbrach ihn. Ich sei krank, sagte ich, und könne nicht länger stehen, aber ich würde über seine Worte nachdenken. Mit einem kurzen Gruß machte ich ihm die Tür vor der Nase zu.

Hüstelnd eilte er mit kleinen, leichten Sprüngen die Treppe hinab.

Meine Füße waren eiskalt. Ich kroch ins Bett, und als Papa nach Hause kam, sprach ich sofort mit ihm.

»Was fällt denn diesem Idioten ein, dich zu belästigen«, knurrte er ärgerlich.

»Wir müssen innerhalb von drei Wochen die Miete bezahlen, sonst wirft er uns raus.«

»Reg dich nicht auf, das Geld beschaffe ich schon«, meinte er.

»Wie denn?«

»Ich arbeite doch, nicht wahr? Ich könnte um einen Vorschuß bitten. Und wer sagt denn, daß ich meinen Käfig nicht rechtzeitig fertigstellen und verkaufen kann?«

Ich beobachtete, wie er, an die Wand gelehnt, seine Schuhe aufband. Die Anstrengung des Bückens trieb ihm das Blut ins Gesicht. Er hob den Fuß und zeigte lachend auf seine Ferse: Der Strumpf hatte ein Loch, so groß wie ein Hühnerei.

»Ich müßte dein Hemd waschen, es ist schmutzig«, stellte ich fest.

Er betrachtete sich aufmerksam in dem kleinen Spiegel, den ich an einen Nagel gehängt hatte, und schnitt eine Grimasse.

»Sieh bloß die vielen weißen Haare«, sagte er. »Mir fällt das heute zum erstenmal auf.«

Unschlüssig stand er da und kratzte sich am Hals. Dann ging er hinaus, die Schuhe in der Hand, tolpatschig in seiner zu weiten Hose, die sich über dem Gesäß beulte.

Er machte mir etwas zu essen, vergaß dann, wie jeden Tag, die Teller abzuwaschen, und brachte mir eine Birne auf einem Teller mit Bratwurstresten.

Am Nachmittag kam Carlo und erzählte von der Schule. Die Aiuti hatte nach mir gefragt, und er hatte gesagt, ich sei krank.

»›Was fehlt ihr denn?‹ hat sie mich gefragt. Und da bin ich schwer in Verlegenheit geraten. Gabriella hat mich so komisch angesehen. Als ob sie genau Bescheid wüßte, dieses Mädchen.«

»Und was hat die Aiuti gesagt?«

»Nichts. Gegähnt hat sie. Aber ihre Mutter wollte wissen, wo du wohnst und bei wem und ob du sehr krank wärst und so weiter. Zum Glück hat sie dann gleich wieder angefangen, von ihren Töchtern zu erzählen. Ich war müde, und irgendwann bin ich wohl eingeschlafen.«

»Du, wir müssen vielleicht aus dieser Wohnung raus.«

»Warum?«

»Weil wir seit vier Monaten die Miete schuldig sind und kein Geld mehr haben.«

»Ich denke, dein Vater arbeitet?«

»Mein Vater verdient vierzigtausend Lire im Monat. Und die Wohnung kostet zwanzigtausend. Das Geld von der Lebensversicherung meiner Mutter haben wir schon verbraucht.«

Carlo wußte nicht, was er sagen sollte. Er streichelte meine Hand und sah mich traurig an.

»Und was soll nun werden?«

»Keine Ahnung. Ich werde mir Arbeit suchen. Das muß ich sogar gleich tun. Und mein Vater? Ja, das ist eine schwierige Sache...«

Carlo erhob sich und ging im Zimmer auf und ab.

»Enrica, ich muß dir etwas gestehen ...« begann er unvermittelt und verstummte dann, als habe er den Mut verloren.

Ich wandte mich ihm zu. »Was denn?«

Er hielt den Kopf gesenkt und schien aufmerksam seine Schuhe zu betrachten.

»Was denn?«

Nun sah er mich an. »Gestern abend bin ich bei Gabriella gewesen«, stieß er hervor.

Er setzte sich auf den Bettrand und nahm meinen Fuß in die Hand.

»Ich bin mit ihr ins Bett gegangen«, sprach er hastig weiter. »Ärgert dich das?«

»Nein.«

»Ich hatte gar keine Lust dazu. Das ist mir aber erst hinterher klargeworden.«

»Du kannst doch tun, was du willst. Mir ist das egal.«

»Ich hoffte, du würdest dich darüber ärgern. Wenigstens ein bißchen.«

»Hast du's deswegen getan?«

»Nein. In dem Moment gefiel's mir ja. Aber in Wirklichkeit wollte ich dich. Ich habe die ganze Zeit nur an dich gedacht.«

Er drückte meinen Fuß und beugte sich vor, um ihn zu küssen.

In diesem Augenblick läutete das Telefon, und ich sprang so rasch aus dem Bett, daß ich mich in die Decke verwickelte. Carlo sah mir bekümmert nach. Aber es war nicht Cesare.

Ich legte mich wieder hin. Carlo umklammerte mit beiden Händen die Bettwand. Er war kreidebleich.

»Laß mich allein. Ich möchte schlafen«, sagte ich.

Er stand auf und ging hinaus, wortlos, mit hängenden Schultern.

Ich schloß die Augen und versuchte zu schlafen. Papa war nicht da. In der Wohnung war es still. Ich hörte den Regen an die Scheiben klatschen; das Fernsehgerät der Nachbarn war auf höchste Lautstärke eingestellt. Jetzt hatte ich keine Schmerzen mehr, ich fühlte mich nur sehr schwach, sehr zerbrechlich. Ich dachte an Cesare: In seinem Zimmer ist die Luft blau von Rauch; er sitzt mit gespreizten Beinen am Schreibtisch, der große Aschenbecher ist voller Kippen, hinter seinem blonden Kopf hängen die Fotos aus Holland.

Der Wunsch, mit ihm zu sprechen, wurde so übermächtig, daß ich zum Telefon ging und seine Nummer wählte.

»Was gibt's?«

Es war seine Stimme. Gewiß hatte er eine Frau bei sich. Die Stimme klang satt und war heiser vom Schlaf.

»Nichts. Ich wollte dir nur guten Tag sagen.«

»Du weißt doch, daß ich beim Lernen nicht gestört werden will.«

»Entschuldige«, sagte ich leise.

Ich kehrte ins Bett zurück. Aber das ewige Stilliegen war unerträglich. Ich stand auf und zog mich an.

In der Küche herrschte eine fürchterliche Unordnung: schmutzige Teller auf dem Tisch, fettige Pfannen im Spülbecken, vertrocknete Brotstücke über den Fußboden verstreut.

Ich krempelte die Ärmel auf und machte mich verbissen daran, das Geschirr in heißer Seifenlauge zu waschen, in klares Wasser zu tauchen und dann mit einem Tuch abzutrocknen.

Als das erledigt war, ließ ich die Badewanne vollaufen und warf Papas Hemden, die gebrauchten Tischtücher und ein paar Wäschestücke hinein.

Ich rieb und spülte, bis meine Hände anschwollen und weh taten, meine Augen brannten, mein Rücken schmerzte und ich ganz in Schweiß gebadet war.

Schließlich ging ich fort, um frische Luft zu schöpfen. Unterwegs betrat ich eine Kaffeebar. Ich bestellte Kaffee, steckte eine Münze in den Musikautomaten und klopfte, während ich trank, mit der Fußspitze den Takt des lustigen Liedchens.

Dann verließ ich das Lokal und schlug den Weg zu Cesares Wohnung ein. Der nasse Asphalt reflektierte das Scheinwerferlicht der Autos.

Ich bog um die Ecke und blieb links von Cesares Haustür auf dem gegenüberliegenden Bürgersteig stehen. Ich wartete zehn Minuten und ging dann auf dem Bürgersteig weiter, bis ich mich rechts von der Haustür befand.

Nachdem wiederum zehn Minuten verstrichen waren, stellte ich mich so, daß ich die Tür genau vor mit hatte.

Diesmal brauchte ich nicht lange zu warten. Schon nach ein paar Minuten sah ich ihn herauskommen, begleitet von einem zierlichen, dunkelhaarigen Mädchen in einem Regenmantel mit hochgeschlagenem Kragen.

Cesare stieg in den Wagen und öffnete ihr die rechte Tür. Als sie sich hinsetzte, hob sie ein wenig den Rock, und ich konnte den Spitzenvolant ihres weißen Unterkleides sehen. Sie zog die Tür zu. Cesare ließ den Motor an und fuhr davon, ohne mich bemerkt zu haben.

Vormittags ging ich nun wieder regelmäßig zum Unterricht Nachmittags suchte ich Arbeit. Das war viel schwieriger, als ich gedacht hatte. Ich antwortete auf Zeitungsannoncen. Ich stand mit vielen anderen Mädchen bei allen möglichen Firmen nach einem Sekretärinnenposten an, wurde aber stets abgewiesen, weil ich noch kein Diplom besaß.

Oft unterhielt man sich eine halbe Stunde mit mir, nur um mir dann mitzuteilen, daß im Augenblick leider niemand gebraucht werde.

Eines Tages beschloß ich, mit der Bardengo zu sprechen. Vielleicht konnte sie mir helfen.

Als sie mich sah, nahm sie ihre Brille ab und reichte mir lächelnd die Hand.

Ich erzählte ihr von meiner mißlichen Lage.

»Armes Kind«, sagte sie. »Und Cesare?«

»Wir sehen uns kaum noch.«

»Ist bei der Hebamme alles gutgegangen?«

»Ja.«

»Schön, das freut mich. Wir wollen mal überlegen, was ich für dich tun kann. Setz dich doch, steh nicht so steif da. Komm, wir trinken etwas.«

Sie goß sich ein halbes Glas Cognac ein, trank langsam und blickte dabei auf das künstliche Kaminfeuer.

»Ich weiß wirklich nicht, was ich dir raten soll. Sieh mal, ich habe gar keinen Umgang mehr. Und die Freunde, die ich habe fallenlassen, kann ich ja nicht gut um einen Gefallen bitten. Hast du dich schon auf Zeitungsanzeigen gemeldet?«

»Ja, ich war bei vier oder fünf Firmen«, berichtete ich. »Sie suchten Sekretärinnen. Aber es hatten sich sehr viele beworben. Und ich habe ja noch kein Diplom.«

»Du siehst so zart, so zerbrechlich aus, als wärst du der körperlichen Anstrengung nicht gewachsen. Vielleicht liegt's daran.«

»Vielleicht.«

»Es tut mir leid, daß ich dir nicht helfen kann. Aber ich weiß wirklich nicht, wie.«

Sie war zerstreut. Sie dachte an andere Dinge. Offensichtlich wollte sie mich loswerden.

»Dann gehe ich also«, sagte ich.

Sie erhob sich augenblicklich und begleitete mich hinaus. Ein Händedruck, und die Tür fiel ins Schloß.

Ich ging unlustig die Freitreppe hinunter und blickte auf einen der höhnisch grinsenden Löwen, der friedlich zu schlafen schien, das Lockenhaupt auf die gekreuzten Tatzen gelegt.

»Hör mal!« rief eine ungeduldige Stimme hinter mir.

Ich drehte mich um. Die Bardengo stand hoch aufgerichtet da. Das schwarze Kleid spannte sich eng um den schönen Körper, die Perlen schimmerten an ihrem Hals, und die Augen hinter den Brillengläsern lächelten vage.

»Willst du hierbleiben?«

Ihre Stimme klang unsicher und doch gebieterisch. Sie winkte mir, und ich stieg die Stufen wieder hinauf, über die welken, vom Regen aufgequollenen Blätter.

Sie zog mich ins Haus und machte die Tür zu.

»Hättest du Lust, meine Sekretärin zu sein? Ich würde dir ein monatliches Fixum geben, dazu Verpflegung und Unterkunft. Meine letzte Sekretärin habe ich vor einigen Monaten fortgejagt, weil sie eine Schwätzerin und obendrein raffgierig war. Ich kenne dich zwar kaum, aber du scheinst ein ruhiges, zuverlässiges Mädchen zu sein. Die Arbeit ist nicht sehr anstrengend. Du mußt einmal, mitunter auch zweimal täglich in die Stadt gehen, um Briefe einzuwerfen, ein paar langweilige Dinge mit meinem Anwalt zu regeln und Besorgungen zu machen. Was hältst du davon?«

Ich wußte nicht, was ich sagen sollte. Ich blickte auf die Tapete mit den feuchten Flecken und auf die Treppe mit dem roten Teppich, die ich viele Male am Tag hinauf- und hinunterlaufen würde.

»Dein Vater könnte in ein Heim gehen. Du hast mir erzählt, daß er alt ist und sich nicht selbst erhalten kann. Dann wärst du doch diese Sorge los. Wenn er auch zuerst protestiert, mit der Zeit gewöhnt er sich schon. Das ist immer so.«

Sie hatte das Glas geleert und füllte es von neuem mit Cognac.

»Versuchen wir's«, meinte sie und streichelte mir die Wange. »Geht's nicht gut, können wir uns immer noch trennen. Wir brauchen ja keinen Vertrag zu machen. Ich vertraue dir, und du vertraust mir. Überleg dir die Sache, und wenn du dich entschieden hast, ruf mich an. Ich habe keine Eile.«

Damit ging sie zum Telefon, das gerade läutete.

Ich verließ die Villa. Auf dem Heimweg dachte ich über den Vorschlag der Bardengo nach.

Zu Hause fand ich Papa vor dem Käfig stehen. Freudestrahlend betrachtete er sein Werk, umkreiste es, trat zwei Schritte zurück, dann wieder zwei Schritte vor, kniff die Lider zusammen, streckte die Hand aus, um über die bemalte Blechkuppel zu streichen.

»Er ist fertig«, rief er und breitete die Arme aus.

»Ein schöner Käfig.«

»Sieh mal, wie gut die beiden Farben zusammenpassen. Sieh dir das an. Und wie findest du die Idee, dieses Motiv hier unten zu wiederholen? Großartig, was? Auf den Gedanken bin ich eines Abends beim Essen gekommen. Ich saß zwar mit dem Rücken zum Käfig, aber es war, als hätte ich ihn vor meinen Augen. Und plötzlich merkte ich, wie er hinter mir schöner und lebendiger wurde. Was habe ich dir gesagt? Er ist vorzeitig fertig geworden. Jetzt kann ich ihn verkaufen.«

»Selbst wenn du ihn verkaufst, vier Monate Miete können wir davon doch nicht bezahlen.«

»Ach was, das sind Dinge, von denen du nichts verstehst. Da steckt ja schließlich meine Arbeit drin, meine Mühe. Und die Arbeit wird bezahlt. Dieser Käfig ist keine Dutzendware, das weißt du doch. Er ist ein Kunstwerk. Und die Kunst wird bezahlt.«

Der Käfig sah aus wie eine durchsichtige Burg. Ein großes Bauwerk mit Zinnen, Türmen, Nischen und Kuppeln, das innen mit bunten Schaukeln aus Holz und Schnüren ausgestattet war.

»Komm, trink zur Feier des Tages ein Schlückchen mit mir«, sagte Papa begeistert und goß mir einen Fingerbreit Wein ein. Dann füllte er sein eigenes Glas, leerte es auf einen Zug und schnalzte mit der Zunge.

»Weißt du, was wir heute abend machen?« fuhr er fröhlich fort. »Wir essen auswärts, du und ich. Was hältst du davon?«

Er umarmte mich zärtlich und zog mich an der Hand zur Wohnungstür.

Auf der Treppe blieb er plötzlich stehen und lief dann zurück. »Ich zieh mir ein frisches Hemd an«, rief er, und gleich darauf hörte ich ihn im Bad den Wasserhahn aufdrehen.

Nun kehrte auch ich um und zog das einzige gute Kleid an, das ich besaß. Es war zu eng und zu kurz, aber damit mußte ich mich eben abfinden. Ich holte Schuhcreme und putzte meine Schuhe.

Papa wusch sich Gesicht und Hals, bevor er in das Hemd schlüpfte, das ich am Vormittag gebügelt hatte. Pfeifend band er sich vor dem Spiegel die Krawatte.

»Hast du Geld?« erkundigte ich mich.

»Ja, aber nicht viel. Ein bißchen. Wir gehen in ein einfaches Lokal. Ich kenne eines, wo man billig, aber sehr gut ißt.«

»Na, dann los«, sagte ich.

Wir schlossen die Wohnungstür ab und stiegen Arm in Arm die Treppe hinunter.

Papa sah richtig jung aus. Er hielt sich kerzengerade, erzählte von seinem eben fertiggestellten Käfig und betrachtete sich mit leuchtenden Augen in den Schaufensterscheiben.

Wir gingen in eine Trattoria. Eine Familie, die an einem der Tische in dem rauchigen, mehr langen als breiten Raum saß, blickte sich nach uns um, als wir hereinkamen. Papa griff an seine Krawatte, als wolle er sich vergewissern, daß sie richtig gebunden war.

Ein Kellner brachte einem Gast einen Teller dicker Bohnen.

»Das riecht ja herrlich!« Papa schnupperte gierig.

»Für zwei Personen?« fragte der Kellner ungeduldig.

»Ja, für zwei. Wir gehen dorthin«, erwiderte Papa und zeigte auf einen freien Tisch.

Wir setzten uns, nachdem wir unsere Mäntel an den Kleiderständer neben der Tür gehängt hatten.

Es roch durchdringend nach frittiertem Fisch und Röstzwiebeln. In einer Vitrine an der Rückwand lagen große, blutige Fleischstücke, Selleriestangen und frischer Fenchel.

»Ich habe einen Mordshunger«, verkündete Papa.

Der Kellner kam, um die Bestellung aufzunehmen. Er wurde nervös, als wir uns nicht gleich entscheiden konnten.

»Ich möchte Bandnudeln mit Käse.«

»Gut. Also einmal Bandnudeln.«

»Nein, warten Sie, ich esse doch lieber Bohnen mit Schwarte.«

»Einmal Bohnen mit Schwarte. Und Sie, Signorina?«

»Ich möchte ... Was rätst du mir, Papa?«

»Nimm doch auch Bohnen.«

»Ich mag aber keine Schwarte.«

»Dann nimm die Bandnudeln.«

Der Kellner brummte etwas vor sich hin und eilte zu einem anderen Tisch. Wir lachten.

»Weißt du was? Wir essen beide Spaghetti mit Fleischsauce. Ich habe Appetit auf eine anständige Portion Spaghetti.«

Wir aßen also Spaghetti, und hinterher gab es für jeden ein großes Stück Fleisch.

»Obst können wir uns nicht mehr leisten«, stellte Papa mit einem Blick in seine Brieftasche fest. »Aber zu einem Kaffee langt's noch. Willst du auch einen?«

»Ja.«

»Also zwei Kaffee, Herr Ober. Und die Rechnung.«

Neben uns aßen schweigend zwei junge Leute, die von Zeit zu Zeit einen Händedruck tauschten. Hinter uns sprach eine dicke Frau mit süßlichem Lächeln auf einen mageren, nervösen Jungen ein, der offenbar gar nicht zuhörte. Ab und zu hielt sie ihm einen Löffel Bohnen hin, aber der Junge schüttelte jedesmal angewidert den Kopf und sah verstört um sich.

Die Familie saß nahe der Tür, und sooft jemand hereinkam, gab der Vater seinem Jüngsten einen Puff, damit er hinging und die Tür zumachte. Vater und Mutter stritten sich über die Köpfe der Kinder hinweg, die gierig an Hühnerbeinen nagten und sich dabei Finger und Kinn beschmierten.

Ein blonder Mann trat ein. Ich schrak zusammen. Aber es war nicht Cesare. Er blickte mit müden Augen umher. Dann zog er seinen Regenmantel aus und setzte sich neben das schweigende Paar.

»Der eben reingekommen ist, hat Ähnlichkeit mit Cesare«, bemerkte Papa.

»Stimmt.«

»Er ruft gar nicht mehr an. Und dabei hat Mama immer davon geredet, daß du ihn heiraten sollst. Wie oft hab ich ihr gesagt: Laß sie in Frieden! Aber sie wollte ja nicht hören.«

Ich betrachtete den blonden Mann, der mir den Rücken zuwandte. Wenn ich die Augen halb schloß, konnte ich ihn für Cesare halten. Es war schön, Cesare in einem Raum mit uns zu wissen.

»Ich habe Arbeit gefunden«, sagte ich.

»Was für eine?«

»Als Sekretärin bei einer Dame in der Via Cassia. Ich werde bei ihr wohnen. Außer Unterkunft und Verpflegung gibt sie mir auch noch ein festes Gehalt.«

»Und was soll aus mir werden?« Papa starrte auf seine fleckigen Hände und dann auf das mit rosa Blümchen gemusterte Plastiktischtuch, das an mehreren Stellen eingerissen war. »Ach was«, fuhr er nach einer Weile fort, »ich komme auch allein zurecht. Sehr gut sogar. Ich werde ein Zimmer vermieten. Deines. Schön, daß du es jetzt besser hast. Und daß du Geld verdienst. Vielleicht findest du auch einen Mann. Ich verkaufe den Käfig. Von dem Geld schaffe ich mir ein bißchen Kleidung an und bezahle die rückständige Miete. Außerdem habe ich ja noch meine Arbeit bei der Versicherung.«

Er lächelte mich an, zog zwei neue Tausendlirescheine heraus und winkte dem Kellner. »Der Wein war jedenfalls in Ordnung«, sagte er. »Wie heißt denn diese Dame?«

»Elena Bardengo.«

»Klingt gut. Ist sie reich?«

»Ja.«

»Lebt sie allein?«

»Ja.«

»So was! Na, um so besser für dich, dann hast du nicht soviel zu tun. Was zahlt sie dir denn?«

»Ich weiß nicht. Das hat sie mir nicht gesagt. Aber hör mal, Papa, was machst du, wenn man dir deinen Käfig nicht abkauft?«

Plötzlich entmutigt, stützte er den Kopf in die Fäuste; gleich darauf aber antwortete er zuversichtlich: »Da habe ich gar keine Angst. Weißt du, ich habe schon jemanden an der Hand. Einen Antiquitätenhändler. Er meint, mit einem bißchen Firnis könnte er den Käfig so hinkriegen, daß er aussieht wie aus dem achtzehnten Jahrhundert. Damals schwärmten die Leute für solche komplizierten und unnützen Dinge. Verlaß dich drauf, er findet bestimmt einen Käufer.«

»Und wenn es trotzdem nicht klappt?«

»Du bist wie deine Mutter. Immer pessimistisch. Warum glaubst du mir nicht? Ich sage dir doch, der Händler war ganz begeistert.«

Ich zuckte die Achseln.

Der blonde Mann hielt beim Essen den Kopf über den Teller

gebeugt. Ich hatte Lust, seinen vom Kragen rot gescheuerten Hals zu berühren.

Wir standen auf, zogen unsere Mäntel an und traten hinaus auf die dunkle Straße, in den feinen, lautlosen Regen, der sich wie Dunst auf die Haut legte.

Montag. Mit einem großen Pappkoffer, der meiner Mutter gehört hatte, machte ich mich auf den Weg zu der Bardengo.

Papa, der mich begleitete, war starr vor Staunen über die hohen Säle, die Brokattapeten, die Perserteppiche, die Vitrinen voller Porzellan und Silber.

Er nickte mir zu, um anzudeuten, daß ich es gut getroffen hätte.

Der Majordomus führte uns in den Salon mit dem künstlichen Kaminfeuer und zog sich wortlos zurück, nachdem er angewidert Papas speckigen Mantel und den Pappkoffer gemustert hatte.

»Schön ist es hier«, meinte Papa mit einem Blick in die Runde.

»Sehr schön.«

»Und du sagst, sie wohnt hier allein?«

»Ganz allein.«

»Wie schade!«

Er kratzte sich am Nacken, unterdrückte ein Gähnen und streckte vorsichtig die Beine aus, die er nicht übereinanderzuschlagen wagte.

»Hältst du's für möglich, daß sie mir einen meiner Käfige abkauft?«

»Nein.«

»Warum nicht?« fragte er verwundert.

»Weil sie sich nicht dafür interessiert. Sie hat mir gesagt, daß ihr an nichts mehr etwas liegt. Sie lebt im Dunkeln, damit sie die Dinge, die ihr unsympathisch sind, nicht zu sehen braucht.«

»Wieso unsympathisch?«

»Was weiß ich? Vielleicht, weil sie häßlich sind. Oder weil sie Erinnerungen an früher wecken.«

»An ihre Jugend?«

»Ja, an die Zeit, als sie noch jung war.«

»Ich verstehe.«

Er erhob sich, denn er hatte Schritte gehört.

Die Bardengo trat ein, auch diesmal in dem eng anliegenden schwarzen Kleid und mit stark gepuderten Wangen; die Brille war ihr ein wenig nach vorn gerutscht.

»Guten Tag«, grüßte sie, gab meinem Vater die Hand und lächelte freundlich.

Papa begann sofort, über seine Käfige zu sprechen, und sie hörte ihm amüsiert zu, sagte jedoch weder ja noch nein. Nach einer Weile stand sie auf, um sich einen Cognac einzuschenken.

Papa sah auf ihre weißen, mit Ringen geschmückten Finger.

»Möchten Sie auch etwas?« fragte sie und reichte ihm ein ballonförmiges Glas.

Papa nickte. Er nahm das Glas und führte es mit halbgeschlossenen Augen an die Lippen. Dann beobachtete er staunend, wie sie die Türchen des Bücherregals schloß, das in Wirklichkeit eine Hausbar war.

»Sie haben also nichts dagegen, daß Ihre Tochter zu mir kommt?« erkundigte sich die Bardengo, nachdem sie an ihrem Cognac genippt hatte.

»Nein, bestimmt nicht, ganz bestimmt nicht, ich freue mich sogar darüber«, erwiderte Papa und verschluckte sich, weil er zu hastig getrunken hatte. Er hustete.

Sie lachte. Er sah beschämt in sein Glas.

»Dann sind wir uns also einig?«

»Ja.« Er nickte ernsthaft.

»Enrica ist minderjährig. Aber sie wird sich nicht zu beklagen haben«, fuhr sie fort.

»Bestimmt nicht, bestimmt nicht«, meinte er unterwürfig.

Nun nahm er allen Mut zusammen, ergriff ihre Hand und sprach noch einmal von seinen Käfigen. Sie erwiderte, daß sie keine Lust habe, irgend etwas Neues für das Haus anzuschaffen.

»Außerdem machen mich Käfige traurig«, fügte sie mit erhobener Stimme hinzu. »Ich habe Vögel sehr gern, aber nicht in Gefangenschaft, nur wenn sie frei in meinem Garten herumfliegen. Ich fühle mich ja selbst wie im Käfig. Warum sollte ich da noch andere Geschöpfe einsperren?«

Sie beugte sich weit zurück, um das Cognacglas bis auf den letzten Tropfen zu leeren.

Papa ließ betroffen ihre Hand los. Seine Miene hatte sich plötzlich verdüstert; er blickte zu Boden und erklärte, er müsse gehen, es sei höchste Zeit für ihn.

Die Bardengo rief den Majordomus, damit er ihn hinausgeleitete. Papa entfernte sich ohne Gruß. Erst als er an der Tür war, fiel ihm ein, daß er sich nicht von mir verabschiedet hatte. Er kehrte um und küßte mich auf beide Wangen. »Ich werde dich manchmal anrufen«, sagte er. Dann richtete er sich auf, machte eine steife Verbeugung vor der Bardengo und ging mit unsicheren Schritten davon.

Die Bardengo legte den Kopf an die Lehne des Sofas. »Er tut mir leid«, murmelte sie.

Dann stand sie auf, um ihr Glas von neuem zu füllen.

»Magst du?« fragte sie und hob die Flasche.

»Nein.«

»Ist auch besser, wenn du dir das gar nicht erst angewöhnst. Du wirst sehen, ich trinke zu jeder Tageszeit. Es beruhigt meine Nerven. Kümmere dich nicht darum, wenn sie dir hier im Hause erzählen, daß ich mich betrinke. Das geschieht nie. Manchmal schreie ich sie an, und dann geben sie dem Alkohol die Schuld, aber da irren sie sich. Ich bin immer ganz klar im Kopf, leider.«

Sie strich glättend über ihr weiches, dunkles Haar. Dann nahm sie die Brille ab, hauchte auf die Gläser und putzte sie mit dem Unterrock.

Ohne Brille hatte ihr Gesicht etwas Ängstliches, Unentschlossenes. Auf der schmalen Nase hatte der goldene Steg einen rosa Abdruck hinterlassen, und die Augen wirkten nackt in ihren zu breiten, dunkelgeränderten Höhlen. Sie blinzelte kurzsichtig mit den faltigen Lidern, und ihre Pupillen weiteten sich.

»Freust du dich, daß du hier bist?«

»Ja.«

»Gut. Komm jetzt, ich zeige dir dein Zimmer. Und wenn du Lust hast, kannst du nachher in der Stadt einiges für mich erledigen.«

Sie ging voraus zu der Marmortreppe und stieg Stufe um Stufe hinauf, auf ihren zu hohen Absätzen balancierend, die Hand am Treppengeländer, das mit roter Seide bespannt und mit goldenen Quasten verziert war.

Oben führte sie mich durch einen langen Korridor voller Bilder und Spiegel an einer Reihe von Türen vorbei, die alle gleich aussahen und bronzene Klinken hatten. Am Ende des Ganges machte sie vor einer offenen Tür halt.

Im Hintergrund des Zimmers, unter dem Fenster, entdeckte ich meinen Koffer. An der einen Wand stand ein Bett, an der anderen ein kleiner Schreibtisch. Die schweren pflaumenfarbenen Fenstervorhänge waren halb geschlossen, und ein unwirkliches, staubiges Licht erfüllte den Raum.

»So, das ist dein Zimmer«, sagte sie und ließ mich allein.

Ich setzte mich auf das Bett. Der Kopf tat mir weh. Die Stille überfiel mich wie etwas Neues, Unerwartetes. Außerhalb dieser vier Wände schien eine noch tiefere Stille zu herrschen, die Stille eines großen Hauses voller Möbel und eines weiten, dichtbewachsenen Gartens.

Ich streckte mich aus und schloß die Augen. Alles um mich herum war mir fremd und unbegreiflich. Ich hatte das Gefühl, eine andere liege an meiner Stelle auf dem Bett, während ich selbst in einem Winkel der Decke kauerte und staunend auf mich herabblickte.

Die manierierte Stimme des Majordomus Francesco riß mich aus meinen Grübeleien: Das Essen war angerichtet.

Ich schlüpfte in die Schuhe, fuhr mir mit dem Kamm durch

das Haar. Auf der Treppe wunderte ich mich bei jedem Schritt, wie lautlos ich ging. Der rote Teppich schlängelte sich glatt und weich über die Stufen.

Das Speisezimmer war mit Möbeln vollgestopft. Durch die zugezogenen Vorhänge sickerte schwaches, fahles Licht.

»Vormittags wirst du auch weiterhin deinen Lehrgang besuchen«, sagte die Bardengo und hob die Suppentasse zum Mund.

Hinter ihr hingen an der Wand Porzellanteller mit blauen Malereien auf weißem Grund.

»Was betrachtest du denn? Ach so, die Teller«, sagte sie und schnitt eine Grimasse. »Die hat mir mein Mann mal zu Weihnachten geschenkt. Gefallen sie dir? Sie sind wertvoll. Aber ich setze mich immer hierher, damit ich sie nicht zu sehen brauche. Findest du nicht auch, daß es beklemmend ist, diese Teller vor sich zu haben? Einer neben dem anderen, und alle gleich.«

Sie blickte über ihre Schulter und schüttelte den Kopf.

»Hier im Haus steht überhaupt viel zuviel herum. Wenn ich mich von einem Gegenstand abwende, habe ich schon den nächsten vor der Nase. Da gibt's einfach kein Entrinnen. Ich hasse dieses Haus. Nur mein Schlafzimmer gefällt mir, weil es mich an Remo erinnert. Weißt du, daß er verreist ist? Wundere dich nicht, wenn ich in diesen Tagen etwas nervös bin. Solange er nicht in Rom ist, finde ich keine Ruhe. Ich habe immer Angst, daß er nicht mehr zurückkommt.«

Aus dem Nebenzimmer drang gedämpft das Klingeln des Telefons. Die Bardengo zuckte zusammen. Sie ließ den Löffel auf den Teller fallen und lauschte. Hinter der gepolsterten Tür sprach Francesco, aber seine Worte waren nicht zu verstehen. Gleich darauf kam er langsam und mit ausdruckslosem Gesicht herein. Ich glaubte, ein schadenfrohes Aufleuchten in seinen dunklen Augen wahrzunehmen, als er meldete, daß Signora Berci am Apparat sei.

»Schick sie zum Teufel!« rief die Bardengo und zerknüllte die Serviette in ihrer Hand.

»Sie stellen mir nach«, fuhr sie zu mir gewandt fort und

trank einen Schluck Wein. »Sie wollen wissen, wer schuld daran ist, daß ich leide, daß ich mich hier vergrabe. Diese Idioten mit ihren vor Neugier verzerrten Gesichtern! Sie wollen ja nur meine eingefallenen Wangen und meine geschwollenen Augen sehen, um sich über mich lustig zu machen.«

Sie spießte ein blutiges Stück Fleisch auf die Gabel und aß hastig, kaute wütend Fleisch und Kartoffeln, Fleisch und Salat.

Ich fühlte das silberne Besteck schwer in meiner Hand liegen, und zum erstenmal glaubte ich zu verstehen, was es bedeutet, reich zu sein.

»Willst du Obst?« fragte die Bardengo schroff.

»Ja.«

»Ich esse nie welches. Entschuldige, ich muß jetzt aufstehen und mir einen Tropfen Cognac einschenken. Francesco, hol die Zigaretten aus meinem Zimmer!« rief sie mit schriller Stimme.

Francesco machte sich ohne Hast auf den Weg; er strich mit dem Finger über die holzgetäfelte Wand, um zu sehen, ob sie staubig sei.

Ich folgte der Bardengo in den Salon. Sie saß vor dem Kamin, in der einen Hand das Glas, in der anderen einen ihrer Schuhe.

»Mir tut der Fuß weh«, erklärte sie und massierte ihre Zehenspitzen, während sie weitersprach. »Francesco bringt mich mit seiner Langsamkeit zur Verzweiflung. Und immer stellt er sich taub, damit er sich nur nicht soviel zu bewegen braucht. Eines schönen Tages werde ich ihn doch wegschicken. Aber weißt du, er ist schon seit fünfzehn Jahren hier, seit mein Vater das Haus gekauft hat. Ich müßte ihm also auch noch eine hohe Abfindung geben. Scheußlich ist das.«

Sie zog ein Buch aus dem Regal neben dem Sofa, schlug es auf und begann zu blättern. Ich dachte, sie wolle lesen, aber sie suchte einen Brief, den sie darin versteckt hatte.

»Den hat mir Remo vor ein paar Monaten geschrieben.« Sie nahm den Brief zwischen zwei Finger und hielt ihn an ihre Nase. »Da ist etwas von seinem Geruch haftengeblieben«, sagte sie und entfaltete den weißen Bogen. »Er schreibt schlecht. Wie ein Junge im ersten Schuljahr.« Sie lachte. »So einen Brief möchte ich jeden Tag bekommen. Dann würde ich mich wohlfühlen. Vielleicht würde es mich sogar verjüngen. Sieh dir diese Kinderschrift an. Aber er spricht von sich, er erzählt, wie er lebt. Das hat er manchmal getan. Jetzt zieht er es vor, überhaupt nicht mehr zu schreiben.«

Sie las den Brief noch einmal aufmerksam durch, bevor sie ihn mit einem Seufzer zwischen die Seiten des Buches schob.

»Du gefällst mir, weil du schweigen kannst«, sagte sie plötzlich zu mir. Eine Sekunde lang blickte sie mich forschend an, als wolle sie in mich hineinsehen. Dann warf sie den Kopf zurück, daß die Ohrringe klirrten.

»Heute mußt du in die Stadt. Zu meinem Anwalt. Ich schreibe dir die Adresse auf. Sag ihm, daß du meine neue Sekretärin bist. Er wird dir einige Papiere zur Unterschrift mitgeben. Kannst du Auto fahren?«

»Nein.«

»Na, du wirst es lernen. Und dann mußt du am Bahnhof einen Brief aufgeben. Ich möchte, daß er möglichst schnell ankommt. Erkundige dich bitte, ob er auch bestimmt heute abend noch fortgeht und wie lange er nach Neapel braucht. Ich möchte nur wissen, was Remo eigentlich in Neapel will. Er hofft immer, eine Filmrolle zu erwischen. Diese Leute versprechen ihm wer weiß was, setzen ihm Dummheiten in den Kopf, und er läuft ihnen nach wie ein Gimpel. Wenn er dann merkt, daß alles nur Schwindel war, ist die Enttäuschung groß. Um so schlimmer für ihn. Ich sage ihm dauernd, daß er sich nicht für den Film eignet. Er kann nicht spielen. Und fotogen ist er auch nicht. Geld kann er doch von mir haben, soviel er will. Was will er denn mehr?«

Sie trank hastig ihren Cognac aus. Wenn sie laut sprach, schwollen ihre Halsadern an, und die etwas heisere Stimme, die für gewöhnlich weich klang, wurde unangenehm scharf.

Sie gab mir die Adresse des Anwalts und den Brief, den ich einwerfen sollte, und stand dann auf, um in ihr Zimmer zu gehen.

»Bis heute abend«, verabschiedete sie sich, kam aber noch

einmal zurück und drückte mir zwei Zehntausendlirescheine in die Hand.

»Das ist ein Vorschuß auf dein Gehalt. Kauf dir was zum Anziehen. Ich mag dich nicht immer in denselben Sachen sehen, das langweilt mich.«

Ich bedankte mich, lief nach oben, holte meine Tasche und verließ dann das Haus.

Unterwegs sah ich mir den Zettel mit dem Namen des Rechtsanwalts an und hätte beinahe laut aufgelacht, als ich feststellte, daß es sich um Giulio Guido handelte.

Ich stieg die Treppen zu seiner luxuriösen Wohnung im Viale dei Parioli hinauf, klingelte an der Tür und versuchte dabei, mich an sein Gesicht zu erinnern.

Ein hochgewachsenes Mädchen öffnete mir. Ihre kunstvoll aufgebauschte Frisur glich einer Pyramide. Sie grüßte freundlich und ließ mich eintreten.

»Möchten Sie nicht den Mantel ablegen?« fragte sie mit einem raschen Blick auf den abgewetzten Kragen und die fadenscheinigen Ärmel meines alten Mantels.

»Ich behalte ihn lieber an«, erwiderte ich.

»Wie Sie wünschen«, meinte sie lächelnd und führte mich zu dem Anwalt hinein.

Giulio Guido schrieb, und ich mußte ein paar Minuten warten, bevor er sich entschloß, den Kopf zu heben. Er erkannte mich sofort.

»Was machst du denn hier?« rief er und brach in schallendes Lachen aus. »Das ist ja komisch, wirklich komisch.«

Er deutete auf einen Sessel. Ich setzte mich, ohne den Blick von seinem sonnengebräunten Gesicht mit den belustigten blauen Augen und den vielen Fältchen zu wenden.

»Bist du etwa bei dieser verrückten Bardengo?«

»Ja.«

»Na, jedenfalls freue ich mich, dich wiederzusehen. Wir werden noch zusammensein, denke ich.«

Er öffnete eine Schublade, holte einen blauen Aktendeckel heraus und blätterte in den maschinegeschriebenen Seiten.

»Hier, gib ihr das. Und richte ihr aus, daß wir die Sache, an der ihr soviel liegt, nie zu Ende bringen können, wenn sie sich nicht dazu aufrafft, persönlich herzukommen. Hast du verstanden? Aber jetzt sag mir, wo hat dich die Bardengo denn aufgelesen? Auf der Straße etwa, wie ich?« Er schüttelte vergnügt den Kopf. »Na, ist ja auch egal. Ein bißchen schmal siehst du aus. Gibt sie dir genug zu essen? Bei so einer Verrückten kann man nie wissen. Nein, so was«, fuhr er fort und lehnte sich zurück, »ich hätte nie gedacht, daß du mal als Klientin bei mir erscheinen würdest. Aber schlau bist du. Die Frau ist reich, und wenn ihr jemand sympathisch ist, scheut sie keine Kosten.«

Er bot mir eine Zigarette an. Ich lehnte ab.

»Nun, wenn du jetzt auch als Dame auftrittst, einen kleinen Zuschuß könntest du vielleicht trotzdem gebrauchen. Das Geld reicht ja nie. Willst du mich nicht ab und zu mal besuchen?«

»Nein.«

»Warum nicht?«

»Weil ich keine Lust habe.«

»Ich würde mich aber freuen. Ich erinnere mich noch sehr gut an gewisse weiße Schenkelchen.« Er lachte, warf den Kopf in den Nacken und blies den Rauch durch die Nase.

»Ich muß gehen«, sagte ich und stand auf. Alles an ihm stieß mich ab. Ich nahm die Papiere, die er mir reichte, rollte sie zusammen und wandte mich zur Tür.

»He, nicht so eilig!« rief er und stand ebenfalls auf.

»Ich muß gehen.«

»Jetzt spielst du die Spröde, was? Aber damals hat's dir Spaß gemacht, wenn mich nicht alles täuscht.«

Ich stürzte hinaus und ließ die Tür hinter mir offen. Das Mädchen mit der Pyramidenfrisur lief mir nach.

»Signorina, Ihre Tasche!«

Ich riß ihr die Tasche aus der Hand und rannte Hals über Kopf die Treppen hinunter.

Von einer Kaffeebar aus rief ich Cesare an.

»Wie ich höre, hast du Arbeit gefunden«, sagte er, und seine Stimme klang erfreut.

»Ja, bei der Bardengo.«

»Na bitte, das verdankst du nur mir. Sag mir Bescheid, wenn sie dich etwa nicht anständig behandelt. Ich habe einen gewissen Einfluß auf sie. Auf mich wird sie hören.«

»Wann sehen wir uns?«

Er antwortete nicht gleich. Er überlegte und seufzte dann blasiert. »Ich hab sehr viel zu tun.«

»Das weiß ich.«

»Ach, sieh mal an! Wenn du es weißt, warum nimmst du dann keine Rücksicht darauf?«

»Ich hab dich mit einem Mädchen gesehen. Sie hatte einen roten Regenmantel an.«

»Die?« Er lachte. »Das ist meine Kusine, großes Ehrenwort. Du brauchst nicht eifersüchtig zu sein; du weißt doch, daß ich dich mag. Ich hab dir schon hundertmal gesagt: Wir bleiben zusammen, bis ich heirate, und das Weitere findet sich dann.«

»Magst du mich wirklich noch?«

»Aber natürlich! Wenn ich's dir sage!«

»Wann sehen wir uns also?«

»Am Samstag. Paßt dir das?«

»Ja.«

Mit hochrotem Gesicht verließ ich das Lokal. In dem Autobus, der mich zum Bahnhof brachte, mußte ich stehen, eingepfercht zwischen warmen Körpern. Die Füße taten mir weh. Schade, daß ich kein Auto und keinen Führerschein habe, dachte ich. Die Stadt lief an den beschlagenen Scheiben vorbei. Schaufenster, Häuser, Menschen, Wagen. Alles lief eilig vorbei.

Am Bahnhof warf ich den Brief ein. Ich zögerte, die geheizte, taghell erleuchtete Halle zu verlassen. Auf den Steinbänken saßen Reisende und warteten; die Züge standen inmitten eines Durcheinanders von Paketen und Koffern.

Ich sah mir die Illustrierten an, die im Kiosk ausgehängt waren. Die hagere, nervöse Zeitungsfrau strich immer wieder eine Haarsträhne zurück, die ihr über die Augen fiel. Sie schien todmüde zu sein. Während sie die Zeitungen ausgab und das Wechselgeld zusammensuchte, bewegten sich ihre Lippen, als rechne sie unaufhörlich.

Ich setzte mich auf eine Bank, neben einen Mann, der weit vorgebeugt dahockte und ein Paket zwischen den Knien hielt wie ein Ei, das ausgebrütet werden sollte. Neben ihm kritzelte ein Alter mit der Spitze seines Regenschirms Figuren auf den Boden. Ein Säugling weinte verzweifelt in den Armen seiner Mutter.

Der Alte betrachtete mich einen Augenblick ohne Neugier und wandte sich dann wieder mit zusammengepreßten Lippen seinen Regenschirmzeichnungen zu.

Ich lauschte dem Grölen der Lautsprecher, dem Rollen der Elektrokarren und dem Fauchen der ankommenden Züge.

Von Zeit zu Zeit blickte ich auf eine der zahlreichen, von Neonlicht erhellten Uhren, die alle wie kleine Monde aussahen, und wartete auf das Vorrücken des Minutenzeigers.

Kurz vor acht Uhr stand ich auf, um zu der Bardengo zurückzukehren.

Als ich in die Klasse kam, spürte ich, wie Carlo mich förmlich mit den Blicken durchbohrte. Er bewegte die Lippen. Ich verstand nicht, legte meine Bücher auf die Bank und setzte mich. Hinter mir hörte ich ihn hin und her rutschen – offenbar wartete er ungeduldig auf das Ende der Stunde.

Die Aiuti schrieb mit dünnen, kaum erkennbaren Kreidestrichen irgend etwas an die Tafel. Sie machte ein paar erklärende Armbewegungen, ließ sich dann schwerfällig hinter dem Pult nieder, holte die Feile aus der Handtasche und feilte an ihren Fingernägeln herum.

Gabriella schüttelte so heftig den Kopf, daß alle aufmerksam wurden. Ihre roten Locken sandten kupferne Blitze aus. In ihrem Gesicht war keine Veränderung zu erkennen. Nur als sie sich nach Carlo umwandte, bemerkte ich, daß sie ihn mit dem Ausdruck selbstzufriedenen Besitzerstolzes betrachtete.

»Wo bist du gewesen? Ich habe in einem fort versucht, dich anzurufen«, überfiel mich Carlo, sobald wir draußen waren.

»Ich bin umgezogen. Du weißt doch, daß ich mir Arbeit suchen wollte. Und ich habe auch welche gefunden.«

»Was für Arbeit?«

»Ich bin Sekretärin bei einer steinreichen alten Dame, die in der Via Cassia wohnt.«

»Warum hast du mir das nicht gesagt? Ich dachte, ich würde verrückt, als sich am Telefon niemand meldete.«

»Papa hat mich hingebracht. Ihr Haus ist sehr vornehm eingerichtet. Aber dunkel wie eine Höhle. Und sie trinkt ununterbrochen.«

»Kann ich dich anrufen? Und dich besuchen?«

»Ich glaube, ja.«

Er seufzte erleichtert auf. »Komm, wir trinken was«, schlug er vor.

Wir bestellten zwei Tassen Schokolade, die wir, Auge in Auge mit unseren Spiegelbildern, an der Theke tranken.

»Ich begleite dich«, sagte Carlo.

»Die Autobusfahrt dauert aber sehr lange«, wandte ich ein. »Und umsteigen muß ich unterwegs auch noch.«

»Das macht nichts. Ich begleite dich trotzdem. Ich will sehen, wo du wohnst.«

»Gut, gehen wir also.«

Während wir auf den Autobus warteten, erzählte er mir, seine Mutter habe eine Stellung für ihn gefunden. Bei einem Teppichhändler. »Ich hab ihn gesehen. Du, das ist vielleicht ein drolliger Kerl. Er hat eine platte Nase und ist dick wie ein Nilpferd. Außer Italienisch spricht er noch Arabisch und Französisch. Und in einem Tempo, sage ich dir, wie eine kleine Maschine; er nimmt sich kaum Zeit, die Lippen zu bewegen. Für den Anfang will er mir vierzigtausend im Monat geben. Was hältst du davon?«

Ich antwortete nicht. Der Autobus kam gerade; wir stiegen ein und konnten uns sogar setzen. Carlo erzählte weiter.

»Er heißt Capuano und stammt aus Neapel, aber weißt du, sein Gesicht wirkt ganz orientalisch. Vor allem die Nase und die Backenknochen. Wie ein Chinese sieht er aus. Das kann aber auch daran liegen, daß man ihm die Nase beim Boxen zerschlagen hat. Wirklich ein drolliger Kerl! Ich mußte mein Gesicht zwischen Stöße von Teppichrollen stecken. ›Riech mal, wie gut!‹ hat er gesagt. Er meint, man muß lernen, die Teppiche an ihrem Geruch zu erkennen.«

Wir stiegen aus. Der Teppichhändler blieb unser Gesprächsthema, bis wir vor dem Tor der Villa standen.

»Villa Letizia«, las Carlo. »Na, hier draußen ist aber nicht viel von *letizia* [Freude; A. d. Ü.] zu sehen.«

»Drinnen auch nicht.«

»Ich kann dich also anrufen, Enrica?«

»Ja.«

»Und wann?«

»Morgen.«

»Geht's nicht schon heute?«

»Nachmittags bin ich nicht da. Ich muß am Bahnhof einen Brief einwerfen und vorher noch Briefpapier und Handtücher kaufen.«

»Was denn, dazu hält sie sich eine Sekretärin?«

»Vorläufig habe ich jedenfalls nichts anderes zu tun.«

»Ist sie nett?«

»Nicht immer.«

»Ich würde sie gern kennenlernen.«

»Ciao. Ich muß hinein. Sie ist bestimmt schon zu Tisch gegangen.«

»Ciao. Wann wirst du denn am Bahnhof sein?«

»Keine Ahnung. Kommt ganz darauf an, wie lange ich zum Einkaufen brauche.«

»Ciao.«

Ich nickte ihm zu und ging den Gartenweg entlang. Der Kies knirschte unter meinen Füßen, die nassen Zypressen dufteten angenehm nach Harz, und die Rosen auf den Rabatten senkten ihre welkenden Blüten.

Die Bardengo saß schon bei Tisch. Sie bedeutete mir, ihr gegenüber Platz zu nehmen.

»Hast du den Brief eingeworfen?« fragte sie besorgt.

»Ja, gestern abend schon«, antwortete ich.

»Ach richtig, das hatte ich vergessen. Heute gebe ich dir wieder einen. So ein Kerl! Ich habe noch immer kein Lebenszeichen von ihm. Und dabei hat er mir fest versprochen, wenigstens einmal zu schreiben. Aber kein Wort, keine Zeile. Jetzt ist er schon eine Woche in Neapel, und ich weiß nicht einmal, in welchem Hotel er wohnt. Er hat nur gesagt, daß ich postlagernd schreiben soll.«

Sie aß hastig, ohne darauf zu achten, was sie auf dem Teller hatte. Francesco, der uns ohne jede Eile bediente, balancierte würdevoll die schweren silbernen Platten. Wenn er sich über mich beugte, roch ich seine Haarpomade und ein süßliches Eau de Cologne. Von Zeit zu Zeit wischte er sich die Stirn mit einem parfümierten Taschentuch.

»Heute gehe ich zur Schneiderin«, teilte mir die Bardengo mit und stützte das Kinn auf die Fäuste. »Ich ziehe mich gern gut an, Remo zuliebe. Aber er merkt überhaupt nicht, ob ich nackt bin oder angezogen. Ich weiß eigentlich gar nicht, was ich bei der Schneiderin soll. Wenn er fort ist, scheint die Zeit stillzustehen.«

Nach dem Essen gab ich ihr die Papiere des Anwalts und berichtete, was er gesagt hatte.

»Dieser Trottel!« rief sie und zündete sich eine Zigarette an. »Willst du?« Sie hielt mir das Päckchen hin.

Ich nahm eine der langen, dünnen Zigaretten. Die Bardengo ließ ihr Feuerzeug aufflammen. Ich sog den Rauch tief ein; er schmeckte nach Honig und gegerbtem Leder. Im ersten Augenblick war mir das unangenehm, aber dann gewöhnte ich mich an den weichlichen Geschmack. Ich rauchte die Zigarette mit Genuß zu Ende und trank dazu meinen Kaffee.

»Was hat dieser Idiot gesagt? Wie war das doch gleich?«

»Wer?«

»Rechtsanwalt Guido.«

Ich wiederholte seine Worte. Sie lachte, preßte die schmalen Lippen zusammen und blies den Rauch durch die Nase.

»Du kennst diesen Mann ja nicht. Er würde alles darum geben, in gewisse Kreise zu kommen. Was glaubst du wohl, weshalb er mir seine Dienste angeboten hat, noch dazu für ein sehr geringes Honorar? Weil er hofft, daß ich ihn meinen Freunden vorstellen werde. Diesem Haufen von adligen Idioten, mit denen ich schon seit Jahren nicht mehr verkehre.«

Sie streckte sich auf dem Sofa aus, warf die Schuhe ab und legte die Beine auf die Kissen. Der Cognac, der neben ihr stand, war bereits der zweite. Ihre Augen funkelten hinter den dicken Gläsern.

»Er hat Antoinetta auch nur geheiratet, weil sie die Tochter eines Barons ist. Jetzt hassen sie einander.«

»Wer ist Antoinetta?«

»Sie war mal meine Freundin. Ein bildhübsches Mädchen. Sie verbrachte ihr Leben teils bei der Schneiderin, teils beim Friseur, im Sommer in Fregene und im Winter in Cortina. Außer Skifahren und Kartenspielen hat sie nichts gelernt. Jetzt ist sie ein mageres, hysterisches altes Weib. Sie gibt Unsummen für Kleider und Schmuck aus. Ihr einziger Trost. Der Mann treibt es mit Prostituierten, das weiß jeder. Eine besondere Vorliebe hat er für Minderjährige. Manchmal liest er sie vor der Schule auf. Und dieses Schwein wagt es, mir Moralpredigten zu halten!«

Sie lachte, während sie von Giulio Guido erzählte, und runzelte dabei zuweilen die Stirn, wie von plötzlicher Rachgier erfaßt.

»Als er Antoinetta heiratete«, fuhr sie fort, »war er froh über den gesellschaftlichen Aufstieg, den er ihr verdankte. Bald aber merkte er, daß es noch etwas Besseres gab, noch exklusivere Kreise, zu denen weder er noch seine Frau Zutritt hatten. Er ließ nichts unversucht, sich hineinzudrängeln, machte den Frauen seiner Klienten den Hof, war zu den niedrigsten Diensten bereit. Ich muß zugeben, er hat es geschafft. Jetzt ignorieren sie ihn nicht mehr. Sie empfangen ihn, wenn sie in ihm auch ausschließlich den Anwalt, den Berater sehen. Diese vorübergehende und bedingte Anerkennung ist vor allem darauf zurückzuführen, daß er es meisterhaft versteht, die Annullierung von Ehen durchzusetzen und mit Frauen in reiferen Jahren zu flirten.«

Das Telefon läutete. Sie richtete sich auf und lauschte. Als Francesco nicht kam, um sie zu rufen, sank sie in sich zusammen, füllte ihr Glas zum drittenmal und legte die Beine wieder aufs Sofa.

»Er soll ja ein guter Liebhaber sein. Na, wer weiß! Für mich wäre er jedenfalls nichts. So ein eitler und scheinheiliger Kerl!«

Sie seufzte, ließ den Kopf auf die Armlehne sinken und schloß die Augen. Ihr Gesicht bekam einen gelösten Ausdruck, die Halsmuskeln entspannten sich.

Ich betrachtete ihr faltiges Mädchengesicht mit den geschwollenen Lidern und den wie in kindlichem Unwillen vorgeschobenen Lippen. Als ich merkte, daß sie eingeschlafen war, stand ich auf und ging in mein Zimmer.

Montag. Prüfungstag.

Alle sechs Lampen im Klassenzimmer brannten. Da der Raum im Kellergeschoß lag, konnte man nur an sehr hellen Tagen auf künstliche Beleuchtung verzichten. Von den Leuten, die draußen vorbeigingen, waren lediglich die Beine zu sehen. Damit die Jungen nicht abgelenkt wurden, hatte die Direktorin Vorhänge anbringen lassen, die jedoch stets offenblieben.

Im allgemeinen achteten wir nicht sonderlich auf die Passanten. Hin und wieder aber machte einer der Jungen eine Bemerkung, und dann wandten sich alle zum Fenster, um die Beine irgendeiner kurzberockten Frau anzustarren.

Die Aiuti, übelgelaunt wie immer, ging durch die Bankreihen. Sie trug ein blaues Kleid mit einer künstlichen Blume im Knopfloch.

Gabriella kaute an ihrem Federhalter. Die Aiuti streifte sie mit einem Blick. Dann stellte sie sich ans Fenster und betrachtete eine große Fliege, die verzweifelt ins Freie zu entkommen suchte.

Kurz bevor die Glocke ertönte, gaben wir unsere Blätter ab. Die Aiuti hob ihre glatte weiße Stirn und seufzte erleichtert auf. Sie warf den Mantel über die Schultern und drängte sich an den Schülern vorbei, die im Korridor lachten und schwatzten.

Carlo ging neben mir die Treppe hinauf. Bevor wir den Saal betraten, in dem uns die Schreibmaschinen erwarteten, drückte er kurz meinen Arm.

Der Lautsprecher begann zu diktieren, und das ohrenbetäubende Klappern der Maschinen setzte ein. Gabriella biß sich auf die Lippen: Sie hatte sich vertippt. Mit zitternden Händen griff sie nach dem Gummi und radierte so hastig, daß sie das Blatt zerriß. Sie war den Tränen nahe.

»Mach weiter, halte dich nicht damit auf!« rief Carlo hinter ihr, und sie tippte drauflos, mit vor Aufmerksamkeit verkrampftem Gesicht.

»Ein Mensch, den ich nie vergessen werde«, diktierte die metallische Stimme über unseren Köpfen. »Punkt.«

»Hat sie Punkt gesagt?«

»Ja doch.«

»Eines Tages, als ich gerade dabei war, mein Fernglas zu säubern, sah ich, wie jemand auf mich zukam…« Die Stimme sprach monoton weiter, während Hunderte von Fingern über die Tasten eilten.

»Zwanzigster Mai neunzehnhundertsechsundfünfzig. Sehr geehrte Herren, wir danken Ihnen für Ihr Schreiben vom sechzehnten dieses Monats…«

Ich vertippte mich ebenfalls, überhörte das nächste Wort, schrieb jedoch weiter.

Als es klingelte, gaben wir die unterzeichneten Blätter ab. Unsere Finger schmerzten von der Anstrengung.

»Steno, das Gräßlichste vom Gräßlichsten«, sagte Carlo auf dem Weg ins Nebenzimmer.

Die alte Aiuti empfing uns mit einem Federhut auf dem Kopf und in einem weiten Mantel mit Pelzkragen.

»Da sind also meine Kinder, bereit zur Prüfung«, rief sie und blickte einen nach dem anderen an. »Ihr seid doch nicht aufgeregt? Ich habe einen ganz leichten Text ausgesucht. Habt ihr linierte Blätter und einen Bleistift zur Hand? Braucht jemand einen Anspitzer? Ich muß doch einen in meiner Tasche haben.« Sie förderte ein zerrissenes Buch zutage, einen abgenutzten Radiergummi, einen Nylonstrumpf, Gummiband, ein grünes Fläschchen und schließlich einen Bleistiftanspitzer aus farbigem Kunststoff, den sie triumphierend zwischen zwei Fingern hochhielt. »Da ist er ja endlich«, sagte sie und stopfte all die anderen Dinge in die Tasche zurück, die sie auf das Pult gelegt hatte.

Niemand brauchte einen Anspitzer. Sie war sichtlich enttäuscht, gab sich dann aber zufrieden.

»Macht nichts, macht nichts. Seid ihr soweit? Gut, dann fangen wir an. Also ... Aber schreibt nicht etwa ›also‹. Habe ich euch eigentlich schon von der Schülerin erzählt, die während der Stunde ...«

Mir fiel auf, daß ihre Stimme ganz anders klang als die ihrer Tochter. Die beiden waren überhaupt sehr verschieden, und doch hatten sie manchmal die gleichen Bewegungen. Wie mag wohl die andere Tochter sein, fragte ich mich, ohne auf die Geschichte zu achten, die ich schon mehrmals gehört hatte.

»Firma Spanni und Venci, Rom, einundzwanzigster November neunzehnhundertsechsunddreißig. Sehr geehrte Herren«, begann sie zu diktieren.

Gabriella saß schräg vor ihrem Blatt. Sie stenographierte schneller als ich. Wenn sie einen Satz fertig geschrieben hatte, neigte sie den Kopf zur Seite und stocherte zerstreut mit dem Bleistift in ihren Haaren herum.

Die Aiuti beendete das Diktat. Während sie von ihrem Mann erzählte, der morgens nie aus dem Bett fand, stützte ich das Kinn in die Hände und ruhte mich aus.

Carlo, Gabriella und ich verließen gemeinsam die Klasse.

»Wann kann man das Diplom abholen?« fragte Gabriella.

»In drei Tagen, hat die Aiuti gesagt.«

»Carlo, begleitest du mich?« Gabriella hängte sich bei ihm ein und legte den Kopf an seine Schulter.

Carlo sah mich verlegen an.

»Also macht's gut«, sagte ich.

»Nein, warte«, rief er und riß sich von Gabriella los.

»Begleitest du mich nicht?« bettelte sie.

»Na, geh doch schon mit«, ermunterte ich ihn.

Gabriella blickte ihn flehend an, und er ließ sich von ihr fortziehen.

Ich beobachtete, wie die beiden davongingen: sie siegessicher und fröhlich, er beschämt, mit gesenktem Kopf, die Hände in den Hosentaschen.

Ich beschloß, meinen Vater zu besuchen, bevor ich zu der Bardengo zurückkehrte. In der Via Moroni klingelte ich an der Wohnungstür, aber niemand öffnete. Ich klingelte noch einmal, wieder vergebens, und wollte schon kehrtmachen, als ein Mann mit einem Schlüssel in der Hand die Treppe heraufkam.

»Suchen Sie jemand?« fragte er.

»Ich will zu meinem Vater. Zu Signor Battini«, erklärte ich.

»Der ist weggezogen.«

»Wohin denn?«

»Das weiß ich nicht. Ich habe die Wohnung vor ein paar Tagen gemietet.«

»Hat er nichts hinterlassen?«

»Bei mir nicht. Vielleicht bei meinem Freund. Wir wohnen zusammen. Möchten Sie nicht eintreten?«

»Nein. Und Sie wissen wirklich nichts?«

Er zuckte die Achseln und breitete die Arme aus, um anzudeuten, daß er gänzlich ahnungslos sei.

»Schon gut, danke.«

Ich murmelte einen Gruß und wandte mich zum Gehen. Wo konnte mein Vater nur sein?

»Vielleicht weiß die Frau von oben Bescheid«, hörte ich den Mann rufen.

Ich drehte mich um und sah, wie er mit größter Selbstverständlichkeit den Schlüssel ins Schloß steckte.

»Wer?«

»Die Frau, die über mir wohnt. Kennen Sie sie nicht? Sie spricht immer von der verstorbenen Signora Battini, als wäre sie ihre Schwester gewesen.«

Ich schüttelte den Kopf und lief rasch die Treppe hinunter.

Draußen ging ich eine Weile ratlos auf und ab; dann kam mir der Gedanke, den Weinhändler an der Piazza Bologna aufzusuchen.

»Guten Tag, Signorina«, begrüßte er mich über eine Reihe von Flaschen hinweg.

»Haben Sie meinen Vater gesehen?« fragte ich.

»Der hat sich seit Tagen nicht mehr blicken lassen. Er ist doch nicht etwa Antialkoholiker geworden?«

Der Mann musterte mich neugierig von Kopf bis Fuß.

»Sie werden ja immer hübscher«, bemerkte er. »Möchten Sie Wein?«

»Nein. Ich hab's eilig. Wenn Sie meinen Vater sehen, sagen Sie ihm bitte, er soll sich bei mir melden. Er weiß schon wo.«

»In Ordnung. Alles Gute!« schrie er mir nach, während ich zum Autobus rannte.

Ich kam gerade noch rechtzeitig zum Essen.

»Ihr Vater hat angerufen«, teilte Francesco mir mit, als ich mich an den Tisch setzte.

»Und was hat er gesagt?«

»Er hat mir eine Adresse gegeben. Sie sollen hinkommen, wenn Sie ihn sprechen wollen.«

Ich aß zerstreut und ließ die Monologe der Bardengo über mich ergehen. Sie redete, um die Zeit totzuschlagen; hin und wieder verstummte sie plötzlich und starrte ins Leere, mich und das Essen vergessend.

Francesco näherte sich ihr geräuschlos und berührte ihren Arm mit dem Rand des Tabletts. Sie schrak zusammen.

»Ach ja, dieser Nudelauflauf ist gut; sag's der Germana. Aber ich mag nicht mehr.«

In der vergangenen Nacht war ich Francesco auf dem Korridor begegnet, als er gerade das Zimmer des jungen Dienstmädchens Pina verließ. Er hatte sich würdevoll verneigt und dabei ein Gähnen unterdrückt. Jetzt warf er mir ängstliche Blicke zu. Wahrscheinlich fürchtete er, daß ich der Bardengo davon erzählen könnte.

Während wir im Salon Kaffee tranken, läutete die Türglocke und ich sah, wie die Bardengo erbleichte. Eine junge Stimme fragte nach ihr.

»Das ist er«, sagte sie und eilte mit einem geflüsterten »Ich bin gleich wieder da« in ihr Zimmer.

Ich blieb stocksteif sitzen und wußte nicht, was ich tun sollte. Kurz darauf kam Remo herein. Er sah mich neugierig an und reichte mir eine trockene Hand.

»Ciao«, grüßte er.

Sein Blick suchte die Bardengo.

»Sie kommt sofort«, sagte ich.

Er nahm neben mir Platz, dort, wo eben noch sie gesessen hatte. »Wie heißt du?«

»Enrica.«

»Wie ist sie denn gelaunt?« erkundigte er sich leise.

»Nervös ist sie.«

Er schnitt eine Grimasse. Dann betrachtete er mich.

»Mein Gott, ist das hier dunkel!« rief er plötzlich und stand auf, um die Vorhänge zurückzuziehen.

»Sie will das nicht«, sagte ich.

»Ich weiß. Sie hat Angst, daß ich ihre Runzeln zähle. Dabei sind mir die Runzeln völlig egal. Ich sehe sie gar nicht. Denkst du etwa dauernd daran, daß du jung bist? Ich nicht. Aber sie erzählt mir in einem fort, daß ich jung bin. Ich finde, jeder Mensch ist so alt, wie er sich fühlt. Stimmt's?«

Ich nickte. Er setzte sich wieder aufs Sofa, holte aus der Tasche seiner Lederjacke ein winziges Transistorgerät und drehte es an.

»Gefällt's dir?« fragte er und legte es mir auf den Schoß.

»Ja, sehr.«

»Sie hat's mir zum Geburtstag geschenkt, vor zwei Monaten. Achte mal auf den Klang.«

Eine schrille Stimme sang mit Orchesterbegleitung.

»Großartig, was?«

»Ja.«

»Wo bleibt sie denn nur?« rief er unvermittelt, denn er hatte ihre Schritte gehört.

Die Bardengo trat ein, mit gepuderten Wangen und grellrot geschminkten Lippen. Das dunkle Haar war in lockere Wellen gelegt, und sie trug eine Brille mit weißen, straßbesetzten Bügeln, die ich noch nie an ihr gesehen hatte.

Sie umarmten sich. Remo packte sie an den Schultern und krallte ihr die Finger ins Fleisch. Sie überließ sich ihm willenlos.

Ich erhob mich und ging hinaus. Bevor ich die Treppe hinaufstieg, drehte ich mich um und sah, wie sich die beiden im Salon leidenschaftlich küßten.

Ich ging in die Schule, um mein Diplom abzuholen. Die Direktorin empfing mich im Sekretariat. Vor ihr auf dem Schreibtisch lag ein Stoß Diplome. Sie fragte nach meinem Namen und blätterte so lange, bis sie mein Zeugnis entdeckte.

»Jetzt wirst du bestimmt eine Stellung finden«, sagte sie und überreichte es mir. »Unsere Schule ist eine sichere Garantie dafür.« Sie lächelte mütterlich und wandte sich dann sogleich ab, um irgend etwas in den Regalen zu suchen. Ich verließ das Zimmer. Mit der zusammengerollten Urkunde unter dem Arm begab ich mich zu meinem Vater, der im Vicolo del Cinque wohnte.

Die Bäume am Tiber waren beschnitten worden, und die abgesägten Äste lagen aufgeschichtet am Rande des Bürgersteigs. Es roch herb nach frischem Holz und zertretenen Blättern. Der Tiber führte gelbes Hochwasser. Wir hatten Ende März.

Ich trat in einen engen, dunklen Hausflur, wo es nach Schimmel und Kohl roch. Von den feuchten Wänden bröckelte die

Farbe ab. Ich stieg die hohen Steinstufen zum obersten Stockwerk hinauf.

Eine junge Frau mit einem Kind auf dem Arm öffnete mir. »Wohnt hier Annibale Battini?«

»Wer?«

»Bat-ti-ni«, wiederholte ich laut.

»Ach, der Alte mit den Käfigen?«

»Ja, der mit den Käfigen.«

Sie lächelte und bedeutete mir, hereinzukommen.

»Wissen Sie, der spinnt aber wirklich. Hier nennen ihn alle nur Käfig. Und überall läßt er seinen Draht herumliegen. Jetzt bastelt er auf dem Balkon, weil Mama ihm gesagt hat, daß sie in ihrer Wohnung keine schmutzigen Fußböden duldet. Sie verstehen, man wird mit dem Saubermachen einfach nicht fertig.«

Das Kind begann zu plärren; sie drückte es an ihre Brust und strich ihm zärtlich über den Kopf.

»Ich wundere mich nur, daß er da draußen nicht friert«, fuhr sie fort und wies auf eine angelehnte Tür. »Na, jedenfalls ist er ein guter Kerl. Man hört und sieht kaum etwas von ihm.«

»Arbeitet er denn nicht mehr?« fragte ich.

»Ich glaube doch. Ist er nicht Pförtner bei der Versicherung?«

Ich öffnete die Balkontür und sah ihn, Nägel zwischen den Lippen haltend, über einen neuen, noch größeren und noch schöneren Käfig gebeugt. Er war im Mantel und hatte den Schal zweimal um den mageren Hals geschlungen. Die Nase war von der Kälte gerötet. Er bemerkte mich nicht. Den Blick unverwandt auf den Käfig gerichtet, arbeitete er weiter, und neben ihm stand in einem Geranienkasten die unvermeidliche Flasche.

»Papa!«

Er zuckte zusammen, hob den froststarren Kopf, nahm die Nägel aus dem Mund und kam zu mir, um mich zu umarmen.

»Ist dir nicht kalt?« fragte ich ihn.

»Nein, wieso denn?«

»Du wirst dir eine Lungenentzündung holen.«

»Ganz deine Mutter.« Er schob mich von sich.

»Das würde jeder sagen, Papa.«

»Mag sein. Mir geht's aber ausgezeichnet. Das hier ist gerade der richtige Platz für mich. Ich bin allein, und außerdem habe ich viel lieber den Himmel über mir als eine Zimmerdecke.«

»Und wenn's regnet?«

Er hob die Schultern.

»Dann arbeite ich eben nicht. Oder ich nehme mir etwas zum Feilen mit hinein.«

»Hat dich der Hauswirt rausgeworfen?«

»Ich habe selbst eingesehen, daß ich's nicht durchhalten konnte«, erklärte er und betrachtete dabei seinen Käfig. »Hier kostet mein Zimmer nur achttausend Lire im Monat, da bleibt mir sogar etwas fürs Essen übrig.«

»Du gehst also noch zur Versicherung?«

»Natürlich, warum denn nicht? Die schicken mich doch nicht weg. Jetzt haben sie sich daran gewöhnt, mich zu sehen. Und hier fühle ich mich wohl. Die Leute sind nett. Immer lustig und vergnügt. Das Kind schreit ein bißchen viel, aber sonst gibt's überhaupt nichts auszusetzen.«

»Hast du deinen Käfig verkauft?«

»Und wie gefällt's dir bei dieser Gräfin?«

»Gut. Hier, sieh dir mal das an.« Ich reichte ihm die Papierrolle.

Papa las den von Lorbeerblättern und Ähren eingerahmten Text, der besagte, daß Enrica Battini, Tochter des Annibale Battini, das Diplom für Stenographie und Maschineschreiben erworben hatte.

»Bravo«, murmelte er, bückte sich nach der Flasche und hielt sie mir hin. »Gläser habe ich nicht. Nimm einen Schluck, um dein Diplom zu begießen. Trink nur, trink, ich mach sie dann leer.«

Ich setzte die Flasche an den Mund, hatte aber kaum einen Schluck genommen, als Papa sie mir aus den Händen riß, so daß der Wein über meinen Mantel lief.

»Was ist denn?«

»Entschuldige. Ich hatte Angst, daß du sie austrinken würdest. Heute habe ich nämlich kein Geld mehr für Wein.«

Ich rieb mit dem Taschentuch an meinem Mantel herum. Papas Gesicht hatte sich verdüstert. Er stand am Geländer und blickte auf einen anderen Balkon hinab, der dem seinen glich.

»Was dieses Mädchen alles wäscht!« brummte er.

Ich beugte mich vor. Ein dickes junges Mädchen mit aufgekrempelten Ärmeln hob die runden roten Arme zu einem Draht, der mit nassen Wäschestücken vollgehängt war.

»Aber sie singt gut, wenn sie singt«, sagte Papa.

Das Mädchen befestigte das letzte Paar Socken mit zwei Klammern, setzte dann den Korb auf die Hüfte und schob sich durch die schmale Tür.

»Schön, so ein Balkon«, meinte ich.

»Siehst du, dir gefällt er auch.«

»Ja.«

»Wenn ich müde bin von der Arbeit am Käfig, schaue ich mich gern ein bißchen um. Ich kenne schon alle Katzen in der Nachbarschaft. Und die Menschen auch. Dort drüben zum Beispiel, in der Küche, die auf die Straße hinausgeht, wohnen zwei Frauen, Mutter und Tochter, die sich von morgens bis abends streiten. Die Tochter erwartet ein Kind, und die Mutter beschimpft und bedroht sie in einem fort. Alle hören sie: Die einen lachen, die anderen schlagen die Fenster zu. Und dort, die Kellerwohnung: Da leben sechs Personen in zwei kleinen Zimmern. Der Vater und der älteste Sohn haben zum Glück Arbeit. Die Kleinen spielen den ganzen Tag auf der Straße. Zu Hause bleibt nur eine alte Bucklige. Ab und zu kommt sie mit einem Topf in der Hand heraus und spuckt aufs Pflaster.«

Papa lachte. Er holte ein Päckchen Zigarettenpapier hervor, legte ein Blatt auf die Steinbrüstung, kratzte aus seiner Tasche etwas Tabak zusammen, drehte eine Zigarette und beleckte sorgfältig den gummierten Rand.

»Willst du mal ziehen?«

»Nein.«

»In dem Tabak ist alles mögliche drin. Eisenspäne, Fadenenden und wer weiß was sonst noch.« Er atmete den Rauch ein und blies ihn hustend aus.

Wir hatten uns nichts mehr zu sagen. Papa war wohl in Gedanken schon wieder bei seiner Arbeit.

Ich blieb noch ein Weilchen neben ihm stehen, völlig erstarrt vor Kälte, und betrachtete die tropfende Wäsche auf dem Balkon unter uns, die im Wind flatterte.

»Dann gehe ich also.«

»Ciao. Laß dich mal blicken, wenn du Zeit hast«, sagte er.

Ich kehrte in die Wohnung zurück. Die junge Frau saß am Tisch und schälte Kartoffeln; zwischen den ausgestreckten Armen hielt sie das Kind auf dem Schoß, das sich weinend an ihre Brust klammerte. »Immerzu hat er Hunger«, beklagte sie sich. Sie legte das Messer und die Kartoffel weg, knöpfte ihre Bluse auf und zog mit zwei Fingern eine weiße Brust hervor, die schwer von Milch war. Der Kleine suchte mit geschlossenen Augen, wo er saugen konnte. Seine Händchen tasteten gierig über die Brust der Mutter. Schließlich fand er die Brustwarze und biß sich heißhungrig daran fest. Er trank und trank, ohne auch nur Atem zu holen.

Die Frau sah mich lächelnd an, als ich an ihr vorbeiging.

»In der Diele ist es dunkel. Passen Sie auf, daß Sie nicht stolpern. Immer geradeaus, dann kommen Sie zur Tür. Sie müssen den Riegel zurückschieben. Auf Wiedersehen, guten Abend.«

»Guten Abend«, erwiderte ich.

Auf der untersten Treppenstufe saß Carlo und wartete auf mich.

»Woher wußtest du denn, daß ich hier bin?«

»Ich bin dir von der Schule aus nachgegangen. Ich hab auch gerufen, aber du hast mich nicht gehört.«

»Warum bist du nicht raufgekommen?«

»Ich wollte lieber hier warten. Ich wußte, daß es nicht lange dauern würde.«

»Mein Vater wohnt jetzt da oben.«

»Ich weiß.«

»Du weißt aber auch alles.«

Carlo lächelte. Er hatte sein Diplom fest zusammengerollt und schlug sich damit auf die Knie.

»Ich begleite dich«, sagte er.

»Na, dann los.«

»Du, ich habe noch mal mit Capuano gesprochen. Er will mich tatsächlich einstellen. Ich bin ihm sympathisch. Dumm ist nur, daß ich dann den ganzen Tag im Geschäft sein muß und dich nicht sehen kann. Ich weiß gar nicht, wie ich ohne dich auskommen soll. Bis jetzt gab's wenigstens die Schule, und ich wußte, daß ich dich jeden Tag treffen würde, aber von nun an wird das schwieriger sein.«

»Man gewöhnt sich an alles. Das hast du selbst gesagt.«

»Vielleicht gewöhnt man sich. Aber leicht wird es mir bestimmt nicht fallen.«

»Was sagen deine Leute?«

»Sie freuen sich, weil ich dann selbständig bin.«

»Komm, wir gehen in das Lokal hier. Ich möchte etwas Warmes trinken.«

Es war eine Kaffeebar, ein großes Zimmer mit Sägemehl auf dem Fußboden und Reklameschildern für Bier und Coca-Cola an den Wänden. Ein Kellner gähnte hinter der Theke. Wir bestellten zwei Tassen Kaffee. Carlo blickte in den hinteren Raum, wo vor dem Fernsehapparat drei Reihen Stühle standen.

»Wollen wir uns nicht hinsetzen? Du bist doch sicherlich müde. Herr Ober, bringen Sie uns den Kaffee hierher.«

Wir saßen Seite an Seite, wie in einer Kirche. Vor uns hing an Drahtseilen das Fernsehgerät mit seinem vorgewölbten Bildschirm, blind und grau.

»Hier stinkt's nach Toilette.«

Carlo drückte meine Hände. Er öffnete den Mund, um etwas zu sagen, brachte aber zunächst keinen Ton heraus. Seine Lippen zitterten.

»Willst du mich heiraten?«

Ich sah ihn an. Er war bleich geworden.

»Ich habe jetzt eine Stellung, und wenn wir dein und mein Gehalt zusammenlegen ...« fuhr er unsicher fort.

»Ich heirate dich auf keinen Fall«, unterbrach ich ihn.

»Warum nicht?«

»Weil's mir nicht paßt.«

Carlo ließ den Kopf hängen und biß sich auf die Lippen.

»Wollen wir gehen?« fragte ich.

»Aber ich muß dich wenigstens noch einmal lieben. Kommst du?«

»Nein.«

»Bitte, Enrica. Wenn du willst, werden wir uns danach nicht mehr sehen. Aber ein einziges Mal mußt du noch kommen.«

Ich senkte den Blick. Carlo war erregt, sein Atem ging keuchend.

»Wirst du kommen?«

»Ja.«

Er ließ augenblicklich meine Hand los und stand auf, um den Kaffee zu bezahlen.

Während ich ihm zur Tür folgte, zog ich die neuen Handschuhe an, die mir die Bardengo geschenkt hatte.

Die Gräfin ist in ihrem Zimmer und will keinen Menschen sehen«, teilte Francesco mir mit.

»Hat sie schon gegessen?«

»Nein. Sie hat ihr Zimmer heute noch gar nicht verlassen. Nicht mal das Dienstmädchen durfte zu ihr, um aufzuräumen.«

»Was ist denn passiert?«

»Keine Ahnung. Aber bestimmt hängt es mit diesem Taugenichts zusammen – Sie wissen schon, wen ich meine.«

Er warf mir einen vielsagenden Blick zu und streifte dann mit langsamen, präzisen Bewegungen die weißen Servierhandschuhe über.

Ich setzte mich zu Tisch und aß ohne Appetit. Vor mir lag ein freier Nachmittag, aber ich wußte nicht, wie ich mich verhalten sollte. Mußte ich warten, bis sie mich rief, oder konnte ich ausgehen?

Nachdem ich Kaffee getrunken hatte, ging ich in mein Zimmer. Ich zog die Vorhänge zurück, um mehr Licht zu haben, und kämmte mich vor dem Spiegel. In der Villa herrschte tiefes Schweigen. Ich sah hinaus in den windzerzausten Garten: hin- und herschwankende Zypressen, zusammengedrückte, durcheinandergerüttelte Rhododendren, Oleanderbäumchen mit zerschlissenen Blüten und mitten auf dem Rasen ein großer Magnolienbaum, der als einziger dem Sturm zu trotzen schien.

Mir war kalt. Ich drehte die Dusche auf und wärmte mich unter dem heißen Wasser. Dann zog ich meinen Bademantel an und ging im Zimmer umher. Ich hätte gern Cesare angerufen. Aber das Telefon wurde ja von Francesco bewacht. Wenn er nichts anderes zu tun hatte, setzte er sich neben den Apparat, holte seine Brille hervor und las die Zeitung. Er fing mit der letzten Seite an: Zuerst studierte er die Anzeigen, dann die Skandalchronik, die Heiraten, die Unfälle, die vermischten Nachrichten. War er auf der ersten Seite angekommen, so ließ er das Blatt auf seine Knie sinken, und manchmal nickte er ein.

Ich zündete mir eine Zigarette an, die aber bereits nach dem ersten Zug erlosch. Da ich keine Streichhölzer mehr hatte, ging ich hinaus, um welche zu suchen. Meine Augen mußten sich erst an die Dunkelheit im Hause gewöhnen. Ich erinnerte mich, in dem kleinen Salon neben dem Zimmer der Bardengo ein Tischfeuerzeug gesehen zu haben.

Ich öffnete die Tür. Durch die geschlossenen Fensterläden drang so gut wie kein Licht in den Raum. Ein Blumenstrauß, der in eine Vase gestopft war, verbreitete einen starken Duft. Ich ging zu dem Tischchen, auf dem das Feuerzeug stand, aber als ich danach griff, stieß ich mit dem Knie an die Glasplatte.

Erschrocken blieb ich stehen. In dem stillen Zimmer dröhnte das schwache Geräusch wie ein Glockenschlag. Ich zündete mir eilig die Zigarette an und wollte hinausgehen.

»Bist du's, Enrica?« rief sie aus dem Nebenzimmer.

»Ja.«

»Komm herein.«

Ich drückte auf die Klinke. Im ersten Augenblick konnte ich

nichts erkennen als die dunklen Schatten der Möbel und einen helleren Gegenstand, der das Bett sein mußte.

Ihr Arm hob sich weiß von der schwarzen Wand ab.

»Setz dich dorthin«, sagte sie.

Ich nahm in einem Sessel am Fußende des Bettes Platz. Nach und nach erkannte ich die zurückgeschlagenen Decken und die Umrisse ihres Körpers unter den Falten eines durchsichtigen Nachthemdes.

Auf dem Nachttisch standen zwei Cognacflaschen, eine leere und eine, die noch fast voll war. Daneben sah ich ihre Brille, ein Zahnputzglas und eine Schachtel mit Schlaftabletten.

»Ich habe fürchterliches Kopfweh.« Ihre Stimme klang matt und leidend.

»Warum essen Sie nichts?«

»Ich mag nicht.«

Sie richtete sich ein wenig auf, streckte die Hand aus, an der zwei Brillanten funkelten, und ergriff meinen Arm.

»Remo ist fort«, hauchte sie und sank auf das Kissen zurück. Nun sah ich auch ihr Gesicht, das ohne Puder viel jugendlicher wirkte. Die Augenlider waren geschwollen.

»Er wird wiederkommen«, versicherte ich, um irgend etwas zu sagen.

»Nein, er wird nicht wiederkommen. Er hat jemand anderen gefunden, der ihn aushält.«

»Wen?«

»Einen Mann. Einen amerikanischen Regisseur.«

Von neuem krallte sie ihre eiskalten Finger in meinen Arm. Die Haare hingen ihr in wirren Locken um den Kopf, ihr Atem roch unangenehm nach Cognac und Zigarettenrauch.

»Die Hauptsache ist, daß ich heute und morgen durchhalte; dann werde ich's schon schaffen. Die ersten Tage sind die schlimmsten.«

Sie goß Cognac in das Glas, an dem noch rosa Zahnpasta klebte, und verschüttete die Hälfte auf das Bett. Ihre Hand zitterte.

»Warten Sie, ich schenke Ihnen ein.«

Ich nahm ihr die Flasche ab und füllte das Glas.

»Bleib hier. Ich muß reden«, sagte sie und näherte ihren Mund meinem Ohr. »Es brennt wie Feuer in mir«, flüsterte sie und wischte sich die Augen. »Ich habe so großes Verlangen nach ihm.«

Sie preßte die Hand auf den Mund, um ein Schluchzen zu ersticken. Ihre Runzeln verdichteten sich zu einer schmerzlichen Grimasse.

»Ich werde dieses Haus verlassen«, fuhr sie fort und stieß die Decken wütend zurück. »Ich hasse dieses Bett, und ich hasse die Tür dort. Stundenlang habe ich sie heute angestarrt, in der Hoffnung, daß er hereinkommen würde. Ein amerikanischer Regisseur, ich bitte dich! Wie kann ich nur auf einen amerikanischen Regisseur eifersüchtig sein! Das ist ja lächerlich. Es würde mich gar nicht stören, wenn ich Remo mit ihm teilen müßte. Was mich quält, ist nur der Gedanke, ihn vielleicht nie mehr wiederzusehen.«

Ich zündete mir eine zweite Zigarette an. Der Cognacgeruch war widerlich. Ich betrachtete die Bardengo, ihre mädchenhaft kleinen Brüste und die weißen Hüften unter dem hauchdünnen Hemd.

»Ein amerikanischer Regisseur, Enrica. Kannst du dir einen amerikanischen Regisseur vorstellen? Ob er groß ist? Und blond? Ich weiß, daß er älter ist als ich. Wahrscheinlich hat er Goldzähne und ist wie viele alleinstehende Männer darauf versessen, sich die Körper junger Burschen zu kaufen. Ich begreife das nicht. Ein Regisseur! Am Geld kann es nicht liegen, nein, gewiß nicht. Ich habe ihm doch gegeben, soviel er nur wollte. Vielleicht hat dieser Mann versprochen, einen Filmstar aus ihm zu machen. So etwas genügt schon, Remo herumzukriegen. Er ist ja so gutgläubig. Bestimmt läßt er sich jetzt wegen irgendwelcher dummer Versprechungen von seinem Regisseur den Hals küssen. Willst du nicht auch ein bißchen Cognac? Weißt du, Cognac belebt das Herz, bringt es zum Klopfen, macht es heiter und leicht. Ich fühle mich schwach, aber heiter. Du ahnst gar nicht, wie heiter ich bin. Zum Heulen.«

Das Telefon klingelte. Ich fuhr zusammen, denn der Apparat war unter den zerwühlten Decken verborgen, so daß ich ihn nicht bemerkt hatte.

»Antworte du«, befahl sie. »Ich bin für niemand zu sprechen. Außer wenn er es ist.«

»Hallo«, meldete ich mich. »Sie ist ausgegangen«, sagte ich dann und unterbrach die Verbindung.

»Ich antworte erst gar nicht«, erklärte sie. »Ich nehme nur ab, und wenn ich höre, daß es nicht seine Stimme ist, lege ich wieder auf.«

Sie tastete nach ihrem Zigarettenpäckchen.

»Zündest du mir eine an?«

Ich atmete den Rauch der nach Melasse schmeckenden Filterzigarette ein.

Sie hob die Hand zum Mund. Die Zigarette blieb an ihren Lippen kleben. Als sie den Kopf zurückbog, schien ihr Hals mit den blauen Adern unter der glatten weißen Haut aus Wachs zu sein.

Wir rauchten schweigend. Das Zimmer war stark geheizt, und ich fühlte mich ganz benommen. Ich lehnte mich in den bequemen Sessel zurück und streckte die Beine aus. Sie drehte sich auf die Seite und lag unbeweglich, mit dem Rücken zu mir, den Kopf in die Hand gestützt.

Ich war gerade eingenickt, als ihre rauhe Stimme mich hochfahren ließ.

»Geh!« rief sie mir zu, ohne sich umzuwenden.

Ich stand auf, rieb mir die schläfrigen Augen.

»Geh! Ich muß allein sein«, drängte sie.

»Ich gehe schon.«

»Ein Regisseur, verstehst du. Es ist idiotisch, daß ich hier liege und mir über ihn den Kopf zerbreche. Ich muß ihn sehen. Ich muß wissen, wie er aussieht. Ist das nicht lächerlich? Sag Francesco, er soll den Wagen fertigmachen; wenn es dunkel wird, fahre ich in die Stadt. Ich weiß, wo ich sie finde. Geh!«

Behutsam öffnete und schloß ich die Tür. Auf dem Korridor

traf ich Francesco, der mich mit spöttischer Neugier musterte. Ich richtete ihm den Auftrag der Bardengo aus.

In meinem Zimmer riß ich das Fenster weit auf. Die kühle Luft kam stoßweise herein und ließ mich erschauern. Der Tag ging zur Neige. Hinter dem Magnolienbaum färbten sich die Ränder der Wolken rot.

Am nächsten Tag war Remo wieder da, lächelnd, das kleine Radio in der Tasche seiner schwarzen Lederjacke. Ich sah ihn die Treppe hinauflaufen. Ihn und seine Taschenmusik, die ihn in das Zimmer der Bardengo begleitete.

»Dieser Dummkopf! Dieser Hurensohn!« empörte sich Francesco und blickte ihm mit haßerfüllten Augen nach. »Das Grüßen hat er auch nicht gelernt. Wir werden's noch erleben, daß er hier der Herr im Hause ist«, fügte er hinzu. Murrend schlurfte er in die Küche und schloß die Tür hinter sich.

Ich nahm die Gelegenheit wahr und rief Cesare an.

»Ciao. Was ist denn mit dir los, daß du dich so lange nicht gemeldet hast?« Seine Stimme klang ehrlich erstaunt.

»Wann sehe ich dich?«

»Weißt du, daß ich bestanden habe? Natürlich gut.«

»Dann hast du jetzt also Zeit.«

»Ach was, Zeit! Ich muß doch die Hochzeit vorbereiten.«

»Wann heiratest du?«

»Bald.«

»Wann?«

»In zehn Tagen.«

Mir kamen die Tränen. Ich schluckte.

»Na, was ist denn?« fuhr er mich an. »Du hast es doch gewußt, oder?«

»Das schon. Aber ich habe nicht geahnt, daß es so bald sein wird.«

»Ninì hat darauf bestanden. Es eilt ihr, ich weiß nicht warum. Als ob ich ihr davonlaufen würde.« Er kicherte. »Tut's dir sehr leid?« fragte er dann.

»Ja. Das weißt du doch.«

»Dann hängst du also an mir. Schade, daß ich schon verlobt bin. Vielleicht wären wir als Mann und Frau glücklich geworden. Was meinst du?«

»Wann sehen wir uns?«

»Hm, ob ich das einrichten kann ...«

»Du hast mir's versprochen. Wir müssen uns ein letztes Mal sehen, bevor du heiratest.«

»Ja, du hast recht. Sagen wir ... Na, sagen wir Dienstag nächster Woche. Gut?«

»Gut.«

»Ciao.«

»Ciao.«

Im Spiegel sah ich, wie sich Francescos traniges Gesicht zu einem ironischen Lächeln verzog.

»Jetzt soll ich auf einmal Essen für zwei herrichten. Nachdem sie einen Tag lang überhaupt nichts gegessen hat. Um diese Zeit! Wenn der verdammte Idiot schon zurückkommen mußte, hätte er sich's doch früher überlegen können.«

Mit ruckartigen, wütenden Bewegungen machte er sich daran, den Tisch zu decken.

Ich setzte mich, um auf die beiden zu warten. Zuerst rauchte ich eine Zigarette; dann schob ich die Vorhänge beiseite und blickte in den Garten hinaus. Man merkte, daß März war. An dem Magnolienbaum entfalteten sich die harten Blätter über den weißen Blütenknospen, das frische, zarte Grün des Rasens spielte ins Bläuliche.

Ich hörte Schritte: Remo und die Bardengo kamen eng aneinandergeschmiegt herein. Er wirkte befangen; sie hatte den einen Arm um seine Schultern gelegt, während sie ihm mit der anderen Hand über das Haar strich.

»Enrica, weißt du schon, wer da ist?«

»Ja, ich habe ihn vor einer Weile hinaufgehen sehen.«

»Er hat seinen Regisseur verlassen. Der Kerl war ein kleinlicher und geiziger Idiot. Sag Enrica noch mal, was du mir gesagt hast.«

Remo zuckte die Achseln. Er griff in die Tasche und schaltete das kleine Radio ein. »Im blau gemalten Blau von Modugno«, kündigte eine Stimme an.

»Nicht jetzt, Liebling«, bat die Bardengo nervös. »Jetzt haben wir zu reden.«

Enttäuscht drehte er das Radio aus. Sein Lächeln erlosch. Die Haut um seine Augen war olivfarben, der Mund wohlgeformt, die schön geschwungenen schwarzen Brauen glichen einem mit Kohle gezeichneten Bogen.

»Erzähl mir noch mehr von deinem Regisseur. Es amüsiert mich.«

Remo schwieg und sah verlegen zu mir hin.

Ich wollte gehen, doch die Bardengo hielt mich zurück. »Bleib nur, Enrica, er soll dir erzählen, wie dieser Regisseur ihn behandelt hat. Und dabei habe ich mir so viele Gedanken gemacht. Bist du froh, daß du wieder da bist?« fragte sie und nahm seine Hand. »Wiederhole mir, daß du froh bist.«

Remo senkte schüchtern den Blick.

»Er schämt sich vor dir«, sagte sie erstaunt.

»Ich werde lieber gehen«, meinte ich.

»Nein, bleib. Er hat gar keinen Grund, sich zu genieren. Du weißt doch schon alles über uns. Außerdem seid ihr gleichaltrig.« Sie wandte sich ihm zu. »Ja, denk dir, Enrica ist ebenso alt wie du.«

Remo sah mich mit verschleierten Augen an. Seine Miene war die eines mißtrauischen Kindes. Er tastete wieder nach dem winzigen Radioapparat, und unversehens drang aus seiner Tasche eine nasale Stimme: »Sie hören unsere Sendung ›Musik bei der Arbeit‹.«

»Ich bitte dich, Liebling, mach aus!« rief die Bardengo und preßte die Finger auf die Ohren. »Es ist klar, daß er sich vor dir schämt, Enrica. Du läßt uns doch besser allein«, fügte sie resigniert hinzu.

Als ich das Zimmer verließ, hielt Remo den Kopf noch immer gesenkt.

Ich trat in den Garten hinaus. Der Wind war kalt, aber es

roch schon nach Baumharz und frischem Grün. Meine Schuhe sanken in den weichen Schlamm ein. Auf Schritt und Tritt streifte ich Büsche voll junger Triebe. Ich pflückte Wicken, deren Duft von herber Süße war. Ein langer Parkweg führte mich in den entlegensten Winkel des Gartens, und dort setzte ich mich auf eine Bank.

Ich schloß die Augen und atmete tief: Der Wind brachte die Gerüche der Erde und der Straße mit sich; hin und wieder wehte er mir den Gestank von Dieselöl zu.

Noch immer mit geschlossenen Augen, legte ich den Kopf in den Nacken, wandte ihn der Sonne zu: Ich sah die Villa von innen, den Körper der Bardengo, die Cognacflecke auf dem Laken, Remos schmales, kindliches Gesicht, Francescos große Hände in den Baumwollhandschuhen. Ein idiotisches, sinnloses Leben ist das, sagte ich mir. Ich muß fort von hier, muß mir eine andere Arbeit und ein anderes Leben suchen.

Als ich die Augen öffnete, war mein Entschluß gefaßt, und ich ging langsam über das junge Gras auf die Villa zu.

Montag. Ich lag auf meinem Bett und dachte dran, daß mich noch vierundzwanzig Stunden von dem Zusammensein mit Cesare trennten. Und daß wir uns das letzte Mal lieben würden. Ich sah sein Zimmer vor mir, die Fotografien aus Holland, den Abdruck seines Körpers auf dem Laken, und ich roch seine Haut.

Jetzt schob er das blondbehaarte Bein zwischen meine Schenkel. Er war schwer, wenn er auf mir lag. Ich merkte das erst, nachdem er an meine Seite geglitten war, befriedigt, mit schläfrigem Gesicht. Ich betrachtete die Muster an der Decke, während er mit dem Mund auf dem Kissen schlief. Das Telefon läutete. Seine Hand tastete ins Leere, suchte über meinen Körper hinweg nach dem Apparat. Ninì sprach von der Hochzeit, von den Kosten, die entstehen würden, von den Einladungen, die verschickt werden mußten. Er antwortete mit gespielter Gutmütigkeit, ohne auch nur die Augen zu öffnen, während er mich am Hals kitzelte. Dann legte er auf und streckte sich wieder mit der gleichen langsamen, streichenden Bewegung auf mir aus. Ich hörte ihn erregt atmen, spürte die Wärme seiner Brust auf der meinen.

Die laute Stimme der Bardengo weckte mich. Sie rief mich von ihrem Zimmer aus.

»Ich komme«, antwortete ich.

»Enrica!« rief sie noch einmal.

Ich kämmte mich und lief hinaus. Die Bardengo kam zur Tür, im Unterrock. Ihr Haar war mit einem gelben Handtuch umwickelt, ihr Gesicht mit weißer Creme eingeschmiert.

Sie kniff die Lider zusammen. Ohne Brille konnte sie schlecht sehen.

»Was hast du denn gemacht? Geschlafen?«

»Nein.«

»Hör mal, Remo und ich haben beschlossen, heute zum Abendessen auszugehen. Remo möchte, daß du mitkommst. Dann gibt es wenigstens kein Gerede, wenn man mich mit ihm sieht. Jeder wird ihn für deinen Liebhaber halten. Er hat mir versprochen, sich anständig anzuziehen. Voriges Jahr habe ich ihm einen blauen Anzug geschenkt, den er nie getragen hat. Und dabei kleidet er ihn so gut. Ich weiß noch, wie zapplig Remo bei der Anprobe war – keinen Augenblick konnte er stillstehen. Es war zum Verzweifeln mit dem Jungen.«

»Aber ich ...« begann ich.

Sie ließ mich nicht ausreden. Ich solle mich beeilen, sagte sie, um halb neun werde Remo uns abholen.

»Natürlich fahren wir mit meinem Wagen«, fügte sie hinzu. »Zieh dein schwarzes Kleid an, darin siehst du so hübsch aus.« Damit machte sie mir die Tür vor der Nase zu.

Während ich mich umkleidete, hörte ich sie in ihrem Zimmer singen. Remo erschien pünktlich. Er hatte den blauen Anzug an, der ihm oben zu eng und unten zu kurz war. Ohne aufzublicken, kam er die Treppe herauf. Er hatte sich die Haare schneiden lassen und sah dadurch magerer und älter aus.

Vor dem Fortgehen betrachtete er sich noch einmal mit gerunzelter Stirn im Spiegel, drehte sich hin und her.

»Er ist mir zu eng, findest du nicht?«

»Aber nein, er sitzt wie angegossen«, versicherte die Bardengo.

»Gehen wir«, sagte er und nahm mich am Arm.

Wir zwängten uns in den luxuriösen Sportwagen der Bardengo. Sie saß am Lenkrad, eine Hand auf Remos Schenkel, und Remo hatte den Arm um meine Schultern gelegt.

Die Bardengo hielt das Rad lässig mit zwei Fingern ihrer schwarz behandschuhten Linken. Ihr ein wenig raubvogelhaftes Profil zeichnete sich von der Scheibe ab. Die straßbesetzte Brille glitzerte im Licht der Scheinwerfer.

Remo streckte die Hand aus, um das Radio einzuschalten. Sie machte eine ärgerliche Gebärde, verbot es ihm aber nicht. Die Musik wurde ohrenbetäubend laut. Remo beugte sich vor, um die Straße zu beobachten, aufgeregt und froh wie ein Kind.

Das Restaurant befand sich in einem Keller: eine Reihe schwach erleuchteter kleiner Räume, an den Wänden Regale voller Flaschen, die Decken gewölbt, der Fußboden aus Ziegeln.

Remo sah sich befangen um. Wir setzten uns an einen Ecktisch, in die Nähe des gedämpft spielenden Orchesters.

»Hübsch ist das hier.«

»Gefällt's dir?«

»Was möchtest du essen?«

»Etwas Ausgefallenes.«

»Languste?«

»Nein, etwas noch Ausgefalleneres.«

»Gebratenen Hund?«

Remo lachte laut auf. Der Kragen und die Krawatte beengten ihn. Seine Wangen waren gerötet, die Augen glänzten.

»Magst du Spumante trinken?«

Remo zerbröckelte ein Stück Brot. Ab und zu steckte er etwas von der Krume in den Mund, fast ohne die Lippen zu öffnen.

»Bist du zufrieden?«

»Ja.«

Die Languste schmeckte süß und zerging unter der Gabel wie Fruchtfleisch. Die erste Flasche Spumante war im Nu geleert, und wir bestellten eine zweite. Die Bardengo hatte die Brille abgenommen; statt selbst zu essen, beschäftigte sie sich damit, Remo zum Essen zu animieren. Sie sah ihm zu, während er kaute, und lächelte glücklich.

»Und jetzt Wildbret. Hast du schon mal Wildschwein gegessen? Oder möchtest du Wachteln versuchen?

»Ich weiß nicht«, wich Remo lachend aus.

»Und was nimmst du, Enrica?«

»Wildschwein.«

»Ich auch.«

»Also für euch beide Wildschwein.«

»Und du?«

»Ich habe keinen Hunger. Ich sehe euch viel lieber beim Essen zu.«

Der Ober brachte den Wildschweinbraten. Remo schnitt ein Stück von der großen, mit dicker schwarzer Sauce bedeckten Scheibe ab und schob es sich gierig in den Mund. Er versuchte, eine gekochte Olive aufzuspießen, die jedoch vom Teller auf das Tischtuch kullerte.

»Aber, aber!« Die Bardengo sprach mit zärtlicher Nachsicht, als sei er ihr Sohn.

Er packte die Olive mit den Fingern und verschlang sie. Dann leerte er sein Glas und füllte es von neuem. Sie nickte ihm lächelnd zu und streichelte seine Hände.

Das kleine Orchester spielte jetzt lauter. Ein Mann mit hängenden Schultern und schwarzer Brille hatte sich neben unseren Tisch gesetzt und klimperte auf der elektrischen Gitarre.

Ich betrachtete angewidert meinen Eisbecher, in dessen zerlaufener Sahne Sultaninen und eingemachte Kirschen schwammen.

»Bist du müde, Enrica?«

»Nein.«

»Ich möchte tanzen«, sagte Remo und schlug mit dem Fuß den Takt.

»Na, dann komm.« Die Bardengo stand auf und zog ihn an der Hand mit sich.

Ein kleiner Raum zwischen den Tischen war als Tanzfläche reserviert. Ich beobachtete, wie sich der geschmeidige Körper der Bardengo an Remos mageren und sehnigen schmiegte. Ihr grünes Kleid schien an seinem blauen Jackett zu kleben. Neben ihnen improvisierte ein älteres amerikanisches Paar einen Figurentanz. Zwei sehr junge Leute bewegten sich so langsam über den Ziegelboden, als strenge es sie an, die Füße zu heben. Der Gitarrist sang mit halbgeschlossenen Augen. Ab und zu legte er das Instrument weg und trank einen Schluck Bier. Er trug grüne Hosen und eine schwarze Jacke mit Goldknöpfen.

Die rhythmischen Schritte der Tänzer ließen die kleine Blumenvase auf dem Tisch erzittern. Wir hatten noch Sekt in den Gläsern. Ich trank einen Schluck und zündete mir eine von den langen Zigaretten der Bardengo an, die sie neben ihrem Teller liegengelassen hatte.

Das durchdringende Organ einer Frau, die hinter mir saß, übertönte sogar das Orchester. Sie lachte glucksend und sprach abgehackt, mit kreischender Stimme. Anscheinend war es ihr unmöglich, auch nur einen Augenblick zu schweigen. Sie lachte in einem fort, hustend und glucksend, während sich ihre beiden Begleiter gelangweilt umsahen.

»Du darfst dich beim Tanzen nicht so steif halten«, sagte die Bardengo, als Remo und sie wieder Platz nahmen.

»Ich kann nicht tanzen«, rechtfertigte er sich.

»Du tanzt ausgezeichnet. Nur ein bißchen hölzern bist du, als hättest du Angst zu fallen. Man muß sich ganz der Musik überlassen, den Körper im Takt wiegen. Na ja, so etwas können dir amerikanische Regisseure nicht beibringen.«

Remo senkte verstimmt den Kopf. Sie griff ihm unter das Kinn und warf ihm mit den Fingerspitzen einen Kuß zu.

»Bist du böse?«

»Nein.«

»Tanz mal mit Enrica. Sie darf doch nicht immer nur dasitzen und zuschauen. Bestimmt findet sie das fade.«

Remo sah mich mißmutig an.

»Los, los«, drängte die Bardengo, »sie tanzt gewiß besser als ich. So geht doch schon! Ihr werdet ein sehr hübsches Paar abgeben.«

Remo erhob sich und ging vor mir her zur Tanzfläche. Das kleine Orchester spielte jetzt in voller Besetzung. Die Gitarre war kaum noch herauszuhören. Der Mann mit den hängenden Schultern schlug die Saiten, ohne aufzusehen; zwischen seinen Lippen hing eine Zigarette, und eine glänzende Haarsträhne schaukelte auf der Stirn hin und her.

»Du tanzt gut«, sagte Remo.

»Du auch.«

Er hielt behutsam meine Taille umfaßt.

»Ich hab zuviel getrunken. Mir ist schwindlig.«

»Mir nicht.«

»Du, ich schäme mich vor dir.«

»Warum?«

»Ich weiß nicht. Vielleicht, weil du mich ansiehst, ohne etwas zu sagen.«

»Aber als wir uns das erste Mal gesehen haben, hast du dich nicht geschämt.«

»Nein, da nicht. Wird wohl daran liegen, daß sie mich vor dir in Verlegenheit bringt«, meinte er und deutete mit dem Kopf zu der Bardengo hinüber. Ich blickte sie an. Sie trommelte mit den Fingern auf dem Tisch und betrachtete ihre Hand, wie fasziniert vom Glitzern der Ringe.

»Hast du niemanden?« fragte er mich.

»Meinen Vater, aber der ist alt.«

»Und verlobt bist du nicht?«

»Nein. Der Mann, den ich liebe, heiratet in ein paar Tagen.«

Er zog mich an sich. Ich fühlte seine harte Brust durch das dünne Jackett hindurch.

»Was gefällt dir am Leben?« fragte er weiter und wich ein wenig zurück, um mir ins Gesicht sehen zu können.

»Ich weiß nicht. Die Liebe.«

»Mir gefällt die Musik. Sie will nie, daß ich das Radio anmache. Zu Hause lasse ich es dauernd spielen. Ich nehme es sogar mit ins Bett.«

»Ins Bett?«

»Ja. Die Liebe befriedigt mich nicht. Ich hab's gern, wenn jemand zärtlich zu mir ist, aber ohne zuviel Erregung. Sie ist da ganz anders. Sehr anstrengend. Am liebsten würde ich Schauspieler werden und berühmt sein und reich.«

»Bist du deswegen fortgelaufen?«

»Ja, aber dann ist mir klargeworden, daß ich bei ihr am besten aufgehoben bin, weil sie mich wirklich liebt. Sie macht mir eine Menge Geschenke. Und gut ist sie auch. Sie schimpft nie.«

»Und was fängst du an, wenn du zwanzig bist?«

»Ja, wenn ich das wüßte. Ich möchte so gern zum Film gehen, aber das ist furchtbar schwer. Ich hab mir auch immer gewünscht, irgendein Instrument spielen zu können, ich hab's nur nicht fertiggebracht.«

»Wo wohnen denn deine Leute?«

»Meine Leute? In Centocelle.«

»Hast du viele Geschwister?«

»Sechs. Mama schimpft dauernd, ich kann das schon nicht mehr hören. Seit ich sie kenne, tut sie nichts anderes als Kinder säugen und Fußböden wischen und über alle Welt schelten.«

»Und was macht dein Vater?«

»Ich weiß nicht. Heute dies, morgen das.«

Die Musik verstummte, und die Bardengo winkte uns heran. »Ihr habt mich ja so lange allein gelassen«, beschwerte sie sich lächelnd. »Worüber habt ihr denn gesprochen?«

»Über die Familie.«

»Armer Remo, du bist wirklich in einer elenden Familie zur Welt gekommen! Wie viele Geschwister hast du? Acht? Zehn? Stell dir vor, ich habe immer so darunter gelitten, das einzige Kind zu sein, weil das Haus zu groß und leer war für mich allein.«

Sie ergriff seine Hand und drückte sie. Remo beachtete sie gar nicht: Er hatte nur Ohren für die Musik.

»Laß uns in ein anderes Lokal gehen«, schlug er vor. »Hier spielen sie immer dasselbe.«

»Wohin willst du denn?«

»Keine Ahnung. Ich möchte tanzen.«

»Hier wird doch auch getanzt.«

»Aber hier ist es so eng.«

»Gut.«

Wir stiegen in den Wagen, fuhren zur Via Veneto und hielten vor einem Nachtlokal, das sich zwischen einem Bürohaus und einer Kirche befand. Über der Treppe, die ins Kellergeschoß führte, flammte in regelmäßigen Abständen eine Lichtreklame auf.

»Hier wird auch ein Striptease gezeigt.«

»Ist das amüsant?«

»Nicht sehr. Wenn man's einmal gesehen hat, macht es überhaupt keinen Eindruck mehr.«

Remo zuckte die Achseln. Er rückte seine Krawatte zurecht, bevor er die Stufen hinabstieg.

Wir schritten durch imitierte Katakomben mit niedrigen, gewölbten Decken. Die Wände waren mit Fresken bemalt; davor standen römische Urnen und Krüge, mit Muscheln und Kalkablagerungen überkrustet.

»Die findet man auf dem Meeresgrund«, sagte die Bardengo und strich mit der Fingerspitze über den Rand einer hohen und schmalen, nach unten spitz zulaufenden Vase, die in einem eisernen Dreifuß stand.

Ich konnte kaum etwas erkennen. Neben mir saßen mehrere Männer, die rauchend und trinkend den Paaren zusahen. Remo und die Bardengo tanzten eng aneinandergeschmiegt; hin und wieder wurden sie von einem gelbrosa Lichtstrahl gestreift. Ich war müde und unterdrückte ein Gähnen. Vergebens suchte ich das Halbdunkel zu durchdringen: Mein Blick traf überall auf Schwarz oder Grau. Ich konnte nicht einmal herausfinden, ob der Raum breit oder schmal war. Ein Klavier spielte die schmachtende Melodie eines bekannten Schlagers. Die Paare drehten sich schweigend; man hörte nur das leichte Schleifen der Füße.

Ich lehnte mich in den Polsterstuhl zurück und schloß die Augen. Meine Hand tastete nach einem Zipfel der bestickten Tischdecke, und diese Berührung versetzte mich in Gedanken um viele Jahre zurück. Mama lehrte mich nähen. Ich sollte einen Fingerhut benutzen, aber ich weigerte mich. Damals war ich wohl gerade neun Jahre alt. Sie gab mir eine Nadel in die Hand, rollte Nähseide ab, biß den Faden durch und reichte ihn mir. Ich versuchte, ihn durch das Öhr zu stecken, aber meine Hand zitterte. Die Nadel rutschte mir aus den Fingern. Mama lachte. Ich ärgerte mich und versuchte es immer von neuem, bis das Fadenende schwarz und ausgefranst war. Da nahm mir Mama die Nadel aus der Hand und fädelte sie mit einer einzigen präzisen Bewegung ein. Dann griff sie nach dem Stoff und zeigte mir, wie man näht, mit langen, waagerechten Stichen. Und während sie nähte, sprach sie von dem Haus auf dem Land, wo sie ihre Kindheit verbracht hatte. Sie erzählte von sich selbst und von ihren Vettern, die Eidechsen aufschlitzten und ihnen die Bäuche mit Blättern füllten. Die Vettern hätten am liebsten alle Tiere aufgeschlitzt, um sie von innen zu betrachten. Sie folgte ihnen aufgeregt, wandte sich aber, wenn es soweit war, voller Ekel ab, und die Jungen nannten sie hohnlachend eine Memme. Und einmal hatte sie beweisen wollen, daß sie mutiger war als die Jungen, und hatte mit ihren dicken Händchen ein Huhn erwürgt. Aber das Huhn war nicht ganz tot gewesen, es flatterte verzweifelt auf der Tenne herum. Ihr Vater, der sie vom Haus aus beobachtet hatte, knallte wütend das Fenster zu. Sie zitterte vor Angst, und als er gleich darauf mit aufgekrempelten Ärmeln aus der Tür trat, lief sie fort, um sich auf dem Heuboden zu verstecken. Der Vater ging ihr nicht nach. Aber am Abend, als sie alle um den Eßtisch in der Küche saßen, riß er sie am Arm hoch, gab ihr eine Ohrfeige, daß sie an die Wand flog, und schickte sie ohne Abendbrot ins Bett. Sie schlich die Treppe hinauf und biß sich auf die Lippen, um nicht zu weinen. Später kam der jüngere Bruder und drückte ihr wortlos eine Zwiebel in die Hand. Und sie, die Decke über den Kopf gezogen, knabberte die Zwiebel auf. Nie hatte ihr etwas so gut geschmeckt wie diese rohe Zwiebel, das Geschenk ihres Bruders ... Beim Erzählen hatte Mama die Stiche falsch gemacht; sie mußte alles auftrennen und es neu zusammennähen. Ich lachte über ihr Versehen, nahm einen Faden und schob ihn ohne Schwierigkeiten durch das Öhr. Von diesem Augenblick an war mir, als hätte ich schon immer nähen können.

Die Musik verstummte, und ein runder Lichtfleck erhellte die Mitte der Tanzfläche. Die Paare zogen sich in die Dunkelheit zurück, und an ihre Stelle trat eine stark geschminkte Frau, die uns unter langen, aufgeklebten Wimpern hervor musterte. Das silberfarbene Haar wurde im Nacken von einer Spange gehalten, auf der falsche Brillanten glitzerten.

Als das Orchester von neuem einsetzte, nestelte ihre Hand an dem Reißverschluß des Kleides. Der Rock fiel zu Boden. Der Lichtstrahl erfaßte sie vollständig, während sie geschickt das Oberteil des Kleides aufhakte. Es glitt ebenfalls über die Hüften hinab, und die Musik wurde lauter, erregter.

Nun streifte sie die Strümpfe ab, hob die Beine im Takt der Musik. Es war, als werde eine Zwiebel geschält: Immer befand sich noch etwas darunter. Auf das Oberteil folgte der Unterrock, dann der Büstenhalter, die Strumpfbänder, der Hüftgürtel.

Schließlich stand sie nackt da, und von den Instrumenten war nur noch die Trommel zu hören, die einen Wirbel schlug wie im Zirkus. Mit einer letzten koketten Gebärde hob das Mädchen die Hände zum Nacken, und eine Kaskade fast weißer Haare ergoß sich über ihre bloßen Schultern.

Remo rauchte mit ernster Miene und verfolgte interessiert die langsamen Bewegungen des Mädchens. Die Bardengo kümmerte sich nicht um die Darbietung; sie sah auf Remo, beobachtete seine Reaktionen.

Das Mädchen drehte eine Pirouette und verschwand damit. Die Musik spielte nun wieder mit voller Lautstärke, und ein

Paar nach dem anderen kehrte auf die schwach beleuchtete Tanzfläche zurück.

»Gehen wir?« fragte Remo.

»Bist du müde?«

»Nein, aber die Art, wie sie spielen, gefällt mir nicht.«

»Hat dir denn das Lokal gefallen?«

»Ja, es ist schön.«

»Dann gehen wir also.«

Die Bardengo drückte ihre Zigarette im Aschenbecher aus und erhob sich, ohne den Blick von Remos Gesicht zu wenden.

Remo half ihr in den Pelz, und sie gingen nebeneinander die steile Treppe zum Ausgang hinauf.

Draußen schlug uns die kalte, nach Laub riechende Luft entgegen. Ich atmete tief, wie befreit. Meine Augen brannten von dem Rauch. Ich zwängte mich in den Wagen, neben Remos erhitzten Körper.

Erst als ich im Bett lag, merkte ich, daß mir alles weh tat: Um meine Schläfen schien sich ein Reifen zu spannen, meine Füße schmerzten, ich hatte einen rauhen Hals und einen bitteren Geschmack im Mund.

Ich mußte lange auf den Schlaf warten, bis zum ersten Vogelgezwitscher.

Ich erwachte mit dem Gefühl, daß ich in die Tiefe stürzte. Als ich die Augen öffnete, war mir, als sei ich vom Grunde des Meeres an die Oberfläche zurückgekehrt.

»Wer ist da?«

»Sie werden am Telefon verlangt«, rief Francesco auf dem Korridor.

Ich schlüpfte in meinen Morgenrock und lief so schnell die Treppe hinunter, daß ich dauernd in Gefahr war zu stolpern. Das kann nur Cesare sein, sagte ich mir, vielleicht hat er heute keine Zeit.

Zögernd nahm ich den Hörer.

»Bist du's, Enrica?«

Es war Carlo. Ich atmete erleichtert auf.

»Was gibt's?«

»Wo warst du gestern abend? Ich habe versucht, dich zu erreichen.«

»Wir haben auswärts gegessen. Und dann waren wir tanzen.«

»Wann bist du zurückgekommen?«

»Um drei, glaube ich.«

»Hast du dich amüsiert?«

»Ja.«

»Denkst du noch an dein Versprechen?«

»Ja.«

»Um wieviel Uhr sehen wir uns?«

»Heute geht's nicht.«

»Warum nicht?«

»Ich bin verabredet.«

»Cesare?«

»Ja.«

»Aber ich kann nicht warten. Du hast es mir versprochen. Du kannst dich ja später mit ihm treffen, morgen, übermorgen, wann du willst. Nur nicht heute, ich bitte dich …«

»Später kann ich ihn nicht mehr sehen. Er heiratet in ein paar Tagen.«

»Ruf ihn an. Sag ihm, daß du dringend zu tun hast. Ich halte es nicht mehr aus ohne dich.«

»Nein.«

»Bitte, Enrica …«

Es wurde still. Ich hörte seinen keuchenden Atem. Was konnte ich ihm noch sagen? Ich legte den Finger auf die Gabel und unterbrach die Verbindung.

Dann ging ich in den Garten und setzte mich unter den Magnolienbaum. Ich wußte, daß er ein zweites Mal anrufen würde. Und wirklich, bald darauf holte mich Francesco ans Telefon.

»Wann gehst du zu ihm?« fragte Carlo.

»Um vier.«

»Dann treffen wir uns eben hinterher. Um sechs. Zwei Stunden werden euch doch reichen, oder?«

Seine Stimme klang böse, gereizt.

»Ich hab keine Lust, Carlo, ich mag dich nicht sehen.«

»Du hast es versprochen.«

»Ja. Aber da konnte ich nicht wissen, daß ich zwischen dir und ihm wählen müßte.«

»Du brauchst ja gar nicht zu wählen. Du gehst zuerst zu ihm, und dann kommst du zu mir.«

»Das paßt mir nicht.«

»Du mußt kommen. Du hast es versprochen.«

»Unmöglich.«

»Du bist gemein!« schrie er und legte auf.

Ich kehrte in mein Zimmer zurück, warf den Morgenrock ab, lief auf Zehenspitzen ins Bad, drehte die Dusche auf und stellte mich unter den heißen Wasserstrahl. Als ich mich fertig angezogen hatte, war es Zeit zum Essen. Ich ging in das halbdunkle Speisezimmer und nahm am Tisch Platz.

»Bin ich allein?« fragte ich Francesco.

»Sie schlafen noch«, antwortete er mit einer Kopfbewegung zur Treppe. »Wahrscheinlich haben sie sich bis in den Morgen hinein geliebt und abgeküßt, pfui Teufel!« Seine Miene drückte Abscheu aus. »Jetzt schlafen sie natürlich. Wer weiß, wann sie aufwachen. Und von mir erwarten sie, daß ich nachmittags zu Hause bleibe und sie bediene. Um vier Uhr werden sie essen wollen, und Germana kommt den ganzen Tag nicht aus der Küche heraus.«

»Gestern ist es sehr spät geworden«, sagte ich.

»Na wennschon. Mich ekelt das alles an. Wäre ich nicht so alt, ich würde kündigen. Ich kann's einfach nicht mehr mit ansehen, wie dieser Kerl so hochmütig durchs Haus stolziert und sich von hinten und vorn bedienen läßt. Erwürgen, nein, bis aufs Blut peitschen könnte ich das Dreckschwein!«

Er preßte wütend die Lippen zusammen, während er mir die Silberplatte mit dem erhaben geprägten Familienwappen reichte.

Ich mußte mir das Lachen verbeißen, als ich daran dachte, wie er aus Pinas Zimmer gekommen war und mit der Hand sein zerzaustes Haar geglättet hatte. Der Altersunterschied zwischen Pina und ihm war bestimmt nicht geringer als der zwischen Remo und der Bardengo.

»Wie alt ist eigentlich Pina?« fragte ich.

»Sechsundzwanzig. Warum?«

»Sie ist älter als ich.«

»Bei einem Mann ist das etwas anderes«, rechtfertigte er sich in verändertem Ton. »In solchen Fällen ist es immer die Frau, die eine schlechte Figur macht. Eine Frau, die ein bestimmtes Alter erreicht hat, sollte gewisse Dinge vergessen. So was ist doch widerlich.«

Vielleicht erriet er meine Gedanken, denn er fügte hinzu: »Und dann bin ich ja auch eine Ausnahme. Nicht wie alle anderen. Sie sollten das mal sehen, ich bin stark wie ein junger Bursche. Ich habe noch jede Frau fertiggemacht. Müdigkeit kenne ich nicht. Ich könnte auch zweimal am Tag lieben, ohne weiteres. Verstehen Sie, was das heißt? Übrigens spielt bei allem, was ich tue, das Gefühl keine Rolle. Mich ekelt's, wenn ich sehe, wie tief diese Frau aus Liebe gesunken ist. Ich verliebe mich nie. Darauf falle ich nicht herein.«

Er war zu mir getreten und beugte sich so weit vor, daß seine Wange mein Haar berührte. Plötzlich küßte er mich aufs Ohr. Ich sprang auf.

»Ich spüre, wie es um eine Frau bestellt ist«, fuhr er fort und kam mir nach. »Von Ihnen zum Beispiel weiß ich, daß Sie sinnlich sind. Und wenn ich's mir in den Kopf setzte, würden auch Sie mit mir ins Bett gehen. Aber ich will nicht.«

Er blieb ein paar Schritte vor mir stehen und zog sich die Handschuhe aus.

»Eine Frau, die keinen Mann hat, widerstrebt nur kurze Zeit«, erklärte er. »Für Germana und Pina genüge ich; aber sie genügen mir nicht. Die Gräfin ist zu alt, sonst hätte ich sie bereits tausendmal genommen. Wissen Sie denn, wie oft ich schon allein mit ihr war? Besonders, nachdem ihr Mann das Weite gesucht hatte. Damals lief sie hier wütend auf und ab und war bereit, sich dem ersten besten hinzugeben. Aber sie ist nicht mein Typ. Dieses hohlwangige Gesicht, die Brille und all der Puder, den sie auflegt. Das ist etwas für einen verweichlichten Kerl wie den Signorino Remo, für diesen Dummkopf, der die Armut im Blut hat, der sich einbildet, die Gräfin sei außen und innen aus Gold, und der sie aussaugt, der verfluchte Nimmersatt. Nein, so eine gefällt mir nicht. Aber Sie zum Beispiel, Sie gefallen mir. Sie sind jung, Sie haben eine helle Haut, und ich mag dieses lange, weiche Haar, das nach Bett duftet.«

Er kam dicht an mich heran und strich mir über das Haar, zog aber die Hand sogleich zurück.

»Damit es keine Mißverständnisse gibt: Ich denke nicht daran, mit Ihnen anzubändeln. Ich will Sie nicht, merken Sie sich das. Versuchen Sie gar nicht erst, mit mir zu kokettieren. Ich will keine Scherereien. Sie sind zu jung. Eine Minderjährige, das hätte mir gerade noch gefehlt.«

Nach diesen Worten entfernte er sich hämisch grinsend. Ich setzte mich vor das künstliche Feuer und goß mir einen Schluck Cognac ein.

Als ich die Flasche zukorkte, fiel mein Blick auf den Spiegel an der gegenüberliegenden Wand. Ich sah mich selbst, die Flasche in der Hand, den Kopf leicht zur Seite geneigt. Es war genau die Haltung der Bardengo. Erschrocken starrte ich mich an. Dann stellte ich Flasche und Glas weg und ging in mein Zimmer. Ich wollte dieses Haus so rasch wie möglich verlassen.

Die Linie seiner Wange, die dunklen Punkte der Bartstoppeln, der blonde Flaum am Hals, die kleine Narbe hinter dem Ohr. Als mein Blick die Schulter erreichte, fing ich wieder von vorn an. Die Wölbung der Wange, der Bartschatten, die Härchen am Hals, der kleine rote Schnitt hinter dem Ohr, der Armansatz … Ich betrachtete ihn aus nächster Nähe, nur mit einem Auge; das andere war ins Kissen gedrückt.

Cesare schlief wie immer mit leicht geöffnetem Mund, und die Haare hingen ihm wirr in die Stirn.

Zum letztenmal sah ich das alles dicht vor mir: Die Wangenlinie, die Windung der durchsichtigen Ohrmuschel, die schräge Narbe, die wie ein roter Bleistiftstrich war, die Augenhöhle, die geschlossenen Lider, die weichen, blonden Wimpern, die Schulter und den Armansatz.

Ich hob die Hand und berührte sacht seine Wange. Unter meinen Fingern spürte ich die harten Bartstoppeln. Ich strich mit der Fingerkuppe über sein Ohr, dann die Halsbeuge entlang bis zur Schulter.

Ich erschauerte. Die Decke war herabgeglitten. Wir lagen nackt da, und mich überlief eine Gänsehaut.

Cesare drehte sich langsam um und öffnete die Augen.

»Was hast du denn?« fragte er.

»Nichts. Ich seh dich an.«

»Bist du traurig?«

»Ein bißchen.«

»Weißt du, was ich mir überlegt habe? Wenn ich von der Hochzeitsreise zurück bin und wir uns in der neuen Wohnung eingerichtet haben, dann könnten wir uns doch gelegentlich, wenn ich etwas Zeit habe, mal sehen. Ich möchte eigentlich nicht ganz auf dich verzichten.«

»Nein.«

»Warum nicht?«

»Weil ich dieses Leben satt habe. Wenn du verheiratet bist, muß für mich ein neues Leben beginnen.«

Er wollte antworten. Ich hielt ihm den Mund mit dem Zeigefinger zu und küßte ihn. Er machte sich los, nahm mich in die Arme und sah mich lächelnd an. Er war überrascht.

»Was hast du denn für Pläne?« fragte er.

»Ich weiß nicht. Ich werde mir Arbeit suchen.«

»Und die Bardengo?«

»Die braucht keine Sekretärin.«

»Ich hab's mir gedacht, daß es nicht lange dauern würde. Sie ist zu verrückt, und du bist nicht ehrgeizig genug ... Trotzdem mochte ich dich wiedersehen«, wiederholte er nach kurzem Schweigen.

»Nein.«

»Du bist komisch. Warum weigerst du dich, wenn du mich doch liebst?«

»Ewig werde ich dich bestimmt nicht lieben.«

Cesare lachte. Er drückte mich leidenschaftlich an sich. Es war fast wie beim erstenmal. Er dachte nur an mich und kümmerte sich kein bißchen um Ninì und die Heirat.

»Und wenn ich dich nun bitte, mich auch weiterhin zu besuchen?«

»Selbst dann komme ich nicht.«

Sein Gesicht verfinsterte sich. Er umfaßte meinen Kopf mit den Händen und sah mir in die Augen.

»Ist das dein Ernst?«

»Ja.«

»Du weißt, daß auch ich dich gern habe. Du dürftest mich nicht so behandeln. Willst du dich etwa rächen?«

»Rächen? Nein. Ich möchte nur einen Menschen finden, der ganz für mich da ist.«

»Aber ich werde doch ganz für dich da sein.«

»Und Ninì?«

»Ach die!« Er rümpfte die Nase.

»Warum heiratest du sie, Cesare?«

»Willst du wirklich die Wahrheit hören?« Er stützte sich auf den Ellbogen. »Vielleicht ist es das erste Mal, daß ich es eingestehe, auch vor mir selbst. Die Wahrheit ist: Ich habe das Studium satt, ich werde nie meinen Doktor machen, ich will endlich ein eigenes Heim haben und wie ein Mensch leben, verstehst du? Es ist nicht anständig ihr gegenüber, ich weiß. Aber das ist mir egal. Sie liebt mich, seit Jahren schon. Ich tue ihr einen Gefallen, wenn ich sie heirate. Und ich behandle sie ja auch nicht schlecht. Aber das wichtigste ist mir, daß ich von meinem Vater wegkomme, daß ich eine eigene Wohnung habe und einladen kann, wen ich will, daß ich auch ohne abgeschlossenes Studium eine gute Stellung finde. Du weißt ja, Ninìs Vater hat eine Seifenfabrik. Da werde ich zusammen mit meinem Schwiegervater arbeiten. Und dann kann's mir egal sein, ob ich fertig studiert habe oder nicht, kein Mensch wird mich je danach fragen. Verstehst du das?«

Ich nickte. Er sah mich traurig an, schüttelte den Kopf und verbarg das Gesicht in den Händen.

»Ich bin ein Egoist. Dabei war ich vor ein paar Jahren noch so ehrgeizig, hatte so viele Zukunftspläne. Ich wollte Ingenieur werden und Häuser bauen. Aber zum Teil ist auch dieses dumme Ding daran schuld. Sie quält mich, daß ich sie heiraten soll. Sie hat mir immer wieder erzählt, daß ich ohne Abschlußprüfung in der Fabrik ihres Vaters arbeiten könnte. Und er, mein Schwiegervater, der seiner Tochter nichts abzuschlagen vermag, er hat mich flehentlich gebeten, das Mädchen recht bald zu heiraten. Er sehnt sich nach Enkelkindern. Weil er alt ist und sich aus dem Geschäftsleben zurückziehen will. Dieser Trottel. Es ist auch seine Schuld. Seine und ihre. Dieses Unschuldspüppchen mit den blauen Augen ... Warum lachst du?« rief er plötzlich.

Er packte mich zornig an den Schultern und zwang mich unter sich.

»Du wirst immer mir gehören, ob du willst oder nicht.«

»Weißt du das wirklich so genau?«

Ohne zu antworten, überschüttete er mich mit Küssen. Sein Körper lastete so schwer auf mir, daß ich zu ersticken glaubte.

Seine Haut schmeckte bitter nach Eisen und Salz.

»Dein Vater ist zurückgekommen«, flüsterte ich und erstarrte.

Er verschloß mir den Mund mit einem Kuß. Sein Gesicht war so nah, daß ich es kaum erkennen konnte. Die weiße, fleischige Nase, die vollen Lippen, die Stirn mit den beiden waagerechten Falten. Dann sah ich nichts mehr, denn sein Gesicht war auf meines gesunken, die Nase an die Wange, die Lippen an das Kinn, in müder Hingabe.

Lange lagen wir so aneinandergeschmiegt, bis das Schrillen des Telefons uns hochfahren ließ. Cesare streckte den nackten Arm über meinen Körper hinweg und holte sich den Hörer ans Ohr. Ich fühlte, wie die Schnur über meinen Rücken lief.

»Aber ja, du kannst ganz beruhigt sein.« Cesare bemühte

sich, mit weicher Stimme zu sprechen. »Ja, ich sage dir doch, daß ich's tun werde. Gut, und die Sache mit dem Standesamt erledige ich auch. Gleich morgen früh. Nein, jetzt ist da leider schon geschlossen.«

Ärgerlich schnaubend legte er den Hörer auf. Als er die Hand zurückzog, streichelte er meine Schultern.

»Ich geh jetzt«, sagte ich.

»Warum? Bleib doch noch ein bißchen.«

»Mußt du nicht lernen?«

»Dummerchen!« Er lächelte mich fröhlich an. »Du kannst Gift darauf nehmen, daß ich diese Bücher nie mehr anrühre. Mit dem Lernen ist Schluß. Mein Vater soll schimpfen, heulen, protestieren, das ist mir alles egal. Ich werde ihm einfach die Tür vor der Nase zuschlagen und in meine eigene Wohnung gehen. Ist das nicht schön, wenn man frei ist?«

Ich stand auf und griff nach meinen Strümpfen. Auch er war aus dem Bett gestiegen und musterte sich mit zusammengekniffenen Augen im Spiegel.

»Ich bin dicker geworden, findest du nicht?«

»Nein. Du hast dich überhaupt nicht verändert.«

»Schau doch her. Man merkt, daß du mich nie richtig ansiehst. Diese Falten waren früher nicht da. Ich werde alt.«

Ich lachte. Sein Körper erschien mir glatt und geschmeidig wie der eines Jungen. Plötzlich fiel mein Blick auf die Fotografien aus Holland an der Wand hinter ihm. Eine hing schief. Ich rückte sie mit dem Finger gerade.

»Was betrachtest du denn? Die Fotos? Sind die so interessant?«

»Ich möchte in Holland sein.«

»In Holland? Warum?«

»Weil ich glaube, daß es überall besser ist als hier.«

»In Holland gibt's gar nichts Besonderes, das kann ich dir sagen. Ein ganz flaches Land, ohne jeden Berg. Gräßlich eintönig. Und immer kalt, auch im Sommer. An zwei Tagen von dreien regnet es. Ich bin so voller Begeisterung hingefahren und war überzeugt, daß eine Menge blonder Mädchen nur darauf warteten, mit mir ins Bett zu gehen. Ein schöner Idiot bin ich gewesen! Gefroren habe ich und schlecht gegessen. Ein Mädchen habe ich ja gefunden. Aber ein häßliches. Und ich konnte sie mir nachher kaum vom Hals schaffen.«

Er gähnte, während er sich die Socken anzog. Mit dem Fuß in der Luft hielt er einen Augenblick inne, um auf ein Geräusch hinter der Tür zu horchen; dann kleidete er sich weiter an und erzählte dabei von Holland.

Als er fertig war, brachte er mich zur Tür und küßte mich wie immer, hastig und ohne Zärtlichkeit.

»Umarme mich«, bat ich. »Heute sehen wir uns das letzte Mal.« Mir wankten die Knie.

»Ach was, wir sehen uns bestimmt wieder.«

Bis zum Schluß mußte er heucheln. Ich ließ mich hinausschieben und hörte wie all die anderen Male die Tür hinter mir ins Schloß fallen.

An der Autobushaltestelle packte mich jemand am Arm: Carlo.

»Ich habe vor Cesares Haus auf dich gewartet.«

»Das hättest du nicht tun sollen.«

»Wenn ich daran denke, daß er dich mit seinem Geschlechtsteil immer wieder durchwühlt hat!«

»Sei doch still!«

»Du mußt jetzt mit mir kommen. Ich kann dich nicht freigeben, bevor du mir noch einmal gehört hast.«

»Ich mag nicht.«

Ich riß mich los. Er steckte seine Hand in die Tasche und sah mich halb feindselig, halb zärtlich an.

»Verzeih. Ich weiß, daß ich kein Recht dazu habe. Aber ich habe mich so sehr nach dir gesehnt, und als es endlich soweit war, bist du zu einem anderen gegangen. Die ganze Zeit habe ich mir ausgemalt, wie ihr in seinem Bett liegt, ich habe an seinen und deinen Körper gedacht, an seine und deine Beine, an eure Gesichter, eure Hände. Ich wollte es mir verbieten, aber ich konnte nicht. Ich stand wie angewurzelt vor seinem Haus. Nie habe ich schlimmere Stunden erlebt. Aber jetzt komm mit, ich flehe dich an. Es macht mir gar nichts aus, wenn du von ihm beschmutzt bist und seinen Geruch an dir hast.«

»Laß mich gehen, ich bin müde. Ich möchte nichts weiter als schlafen.«

»Du kannst dich nachher ausruhen. Ich muß dich haben.«

Während er sprach, zog er mich mit sich fort. Willenlos vor Müdigkeit folgte ich ihm.

Schweigend legten wir den Weg zu Carlos Wohnung zurück. Als wir angelangt waren, schob er mich in den Aufzug, einen klapprigen Blechkasten ohne Ventilation und voller Zigarettenstummel.

Carlo brachte die Wohnungstür nicht auf. Der Schlüssel drehte leer. Endlich fiel ihm ein, daß man vor kurzem ein neues Schloß eingebaut hatte. Er griff in die Tasche und holte den richtigen Schlüssel heraus.

Als wir drinnen waren, verriegelte er die Tür und führte mich durch eine kleine Diele in sein Zimmer.

Es war ein heller Raum mit sauberen Wänden, in dem zwei Bücherregale standen, eine Couch und ein aus Eisenstäben und Vorhängen improvisierter Schrank.

»Hübsch ist dein Zimmer.«

Er verschloß die Tür und zog seine Jacke aus. Unter den Ärmeln waren dunkle Flecke.

»Du bist ja ganz verschwitzt«, sagte ich.

Er griff sich unter die Achsel und schnitt eine Grimasse. »Das kommt vom Warten.«

Ich legte meinen Mantel ab und setzte mich auf den Bettrand.

»Jetzt, wo du hier bist, bin ich wie ausgehöhlt vor Schwäche. Ich weiß nicht mal, ob ich dich noch begehre.«

»Dann kann ich ja meinen Mantel wieder anziehen.«

»Warte.«

Er setzte sich neben mich und stützte die Hände auf die Knie.

»Ist das Haus neu?«

»Nicht so sehr.«

»Seit wann wohnst du hier?«

»Seit sechs Jahren. Warum fragst du?«

»Nur so.«

Plötzlich schlug er die Hände vors Gesicht und lachte laut auf. Zwischen seinen Fingern quollen Tränen hervor.

»Was hast du denn?«

Carlo antwortete nicht. Er drehte sich um, warf mich auf den Rücken und umkrallte meinen Hals. Immer fester drückte er zu. Ich empfand keinen Schmerz. Nur Neugier. Im Geist sah ich deutlich Mamas leblosen Körper vor mir, und ich dachte, sie müsse wohl etwas Ähnliches empfunden haben, als sie das Bewußtsein verlor.

Der Atem ging mir aus. Ich krümmte mich verzweifelt, und Carlo lockerte den Griff.

Er küßte mich auf die Augen, auf den Mund und bat um Verzeihung. Dann band er seine Krawatte ab und schleuderte sie fort. Er riß mir den Pulli vom Leib und versuchte, mit zwei Fingern meinen Rock aufzuhaken. Ich schob seine Hand weg und öffnete den Verschluß selbst.

Er küßte mich auf den Hals, wo die Druckstellen seiner Finger zu sehen waren. »Sein Geruch ist das.« Er ließ die Lippen über meinen Körper gleiten, während er mir den Unterrock und den Büstenhalter auszog. »Das ist sein Geruch. Und das sind Reste von seinem Sperma. Und dieser blaue Fleck stammt von ihm, und hier hat er dich gebissen.« Er preßte sein Gesicht an meine Brust. Er hob den Kopf, um von Cesare zu sprechen, und küßte mich dann wieder mit wilder Leidenschaft.

»Hör auf!« schrie ich.

Er hielt inne und sah mich ernst an, als warte er darauf, daß ich etwas sagte.

»Bin ich dir zuwider? Gib doch zu, daß du dich vor mir ekelst!«

Ich wandte mich ab.

»Verzeih mir«, bettelte Carlo.

Er drückte seinen Mund auf mein Ohr. Mit einer Hand streichelte er meinen Rücken.

»Laß mich, ich will dich nicht«, sagte ich.

Er stand auf, und ich hörte, daß er seine Hosen anzog. Ich drehte mich um. Er war kalkweiß im Gesicht.

Ich kleidete mich ebenfalls an. Ab und zu fühlte ich seinen Blick wie einen Stachel im Nacken. Er begleitete mich hinaus. An der Wohnungstür reichte er mir die Hand. Ich drückte sie. Dann stieg ich die Treppe hinunter.

Auf halber Höhe kam er mir nachgerannt, barfuß und ungekämmt.

»Geh nicht fort! Komm zurück!«

Ich ging weiter.

»Ich bitte dich, komm zurück!«

»Ich kann nicht.«

»Ich tue, was du willst. Ich zwinge dich nicht zur Liebe. Aber ich muß mit dir reden. Ich habe dir soviel zu sagen.«

Ich war schon auf den untersten Stufen angelangt und schüttelte hartnäckig den Kopf. Bevor ich das Haus verließ, blickte ich mich um und sah ihn auf dem Treppenabsatz hocken, den Kopf in den Händen.

»Adieu!« rief ich ihm zu.

Er schaute nicht auf. Und er erwiderte auch nichts.

Es hatte angefangen zu regnen, spärliche, lauwarme Tropfen. Bald wird es Sommer, sagte ich mir, und ich werde ein neues Leben beginnen. Aber fürs erste mußte ich in die Villa zurückkehren. Am nächsten Morgen wollte ich früh aufstehen und mir Arbeit suchen.

Editorische Notiz

Zeit des Unbehagens (*L'età del malessere*) erschien 1963 als zweiter Roman Dacia Marainis im Verlag Einaudi, Turin. Wie schon in ihrem ersten, ein Jahr zuvor erschienenen Roman (*La vacanza*) beschäftigt sich die junge Autorin, die bis dahin journalistisch gearbeitet hatte, mit dem Thema, das für ihr Leben bestimmend werden und sich durch ihr gesamtes Werk ziehen sollte: die Selbstbestimmung der Frau.

In der italienischen Neuausgabe des Romans *Zeit des Unbehagens* von 1996 schrieb sie, die ihre Bücher normalerweise nicht wiederliest, über ihre unheldische Heldin: »Enrica ist mir ähnlich, aber zugleich ist sie eine andere als ich, weit von mir entfernt und unbekannt ... Genau wie Pirandello es beschreibt, neigen Figuren dazu, die erzählte Geschichte in Besitz zu nehmen und ihre eigenen Rechte hineinzutragen. Es ist mir immer wieder geschehen, mit meinen Figuren nicht einverstanden zu sein, weil sie anders handeln wollten als ich es für sie vorgesehen hatte.«

Für ihren vielbeachteten Roman *L'età del malessere* erhielt Dacia Maraini seinerzeit den ›Premio Internazionale Formentor‹.

Carlo Emilio Gadda ***Die Erkenntnis des Schmerzes***

Gonzalo lebt mit seiner Mutter in einem halbfeudalen Landhaus. Er hat es auf ihren Besitz abgesehen, und als sie tot aufgefunden wird, gerät der Sohn in Verdacht.

Roman. Aus dem Italienischen von Toni Kienlechner
Mit einem Nachwort von Hans Magnus Enzensberger
WAT 371. 336 Seiten

Anna Maria Ortese ***Iguana***
Ein romantisches Märchen

Orteses Märchen vom jungen Grafen und der Echse in Frauenkleidern ist eine unerhört aktuelle Parabel: Die Trennung zwischen Mensch und – unterdrückter – Kreatur ist nicht mehr rückgängig zu machen, der Garten Eden auf immer verloren.

Aus dem Italienischen von Sigrid Vagt
WAT 372. 208 Seiten

Luigi Malerba ***Die Schlange***

Nicht nur ein komischer und nie ganz geheurer Roman, sondern zugleich auch eine der schönsten literarischen Beschreibungen der Stadt Rom und ihrer Bewohner.

Roman. Aus dem Italienischen von Alice Vollenweider
WAT 373. 168 Seiten

Giorgio Manganelli ***Lügenbuch***

Die närrischsten und wildesten Texte des großen Lügenerzählers Manganelli, bereichert durch zwei Interviews mit dem Autor über Schreiben und Leben sowie zahlreiche Bilder und Karikaturen.

Herausgegeben von Klaus Wagenbach. Mit Zeichnungen von Tullio Pericoli
WAT 374. 160 Seiten

Tommaso Landolfi ***Zwei späte Jungfern***

Über das Zusammenleben zweier Schwestern mit einem Affen, der den Altar der heimischen Kirche schändet und dafür die Inquisition zu spüren bekommt.

Erzählung. Aus dem Italienischen von Heinz Riedt
WAT 376. 112 Seiten

Alberto Moravia ***Agostino***

Der kurze brillante Roman *Agostino* behandelt die großen Themen Moravias: Die Gewalt der Sexualität, die Macht des Geldes und die fragwürdige Moral des Bürgertums.

Roman. Aus dem Italienischen von Dorothea Berensbach
WAT 377. 128 Seiten

Italo Calvino ***Das Schloß, darin sich Schicksale kreuzen***

Italo Calvino entwirft mit alten Tarockkarten seine an Wundern und Überraschungen reiche Welt: Könige, Alchimisten, Gaukler, Damen, Lady Macbeth, Parsifal, Lear, Faust – sie alle sitzen am Tarocktisch und erzählen ihre Geschichte.

Erzählung. Aus dem Italienischen von Heinz Riedt
WAT 378. 144 Seiten

Luigi Pirandello ***Mattia Pascal***

Wer bin ich? Was ist Schein, was Wirklichkeit? Die phantastische Geschichte der doppelten Existenz von Mattia Pascal ist nicht nur der Anfang von Pirandellos großem Erfolg, sondern steht auch am Beginn der modernen italienischen Literatur.

Roman. Aus dem Italienischen von Piero Rismondo
WAT 379. 288 Seiten

Dacia Maraini

Kinder der Dunkelheit

Aus dem Italienischen von Eva-Maria Wagner. 254 Seiten. Geb.

Adele Sòfia, die sympathische römische Kommissarin, sieht sich hier mit Verbrechen konfrontiert, die mehr von ihr verlangen als nur starke Nerven. Vielleicht Dacia Marainis schönstes und traurigstes Buch.
Was war der zarten, taubstummen Alicetta in der Klinik passiert, wo die beiden Pfleger sie doch so liebevoll jeden Abend badeten? Eines Morgens jedenfalls lag sie tot in ihrem Bett ... Warum glaubte niemand dem mutigen kleinen Tano, der vergeblich seinen Vater anzeigen wollte – bis sein fünfjähriges Brüderchen nackt aus dem Tiber gefischt wurde? Wie war es möglich, daß Viollca, die elfjährige Albanerin, von ihren Eltern nach Italien zum Geldverdienen geschickt wurde?
Adele Sòfia, der einfühlsamen Kommissarin, gelingt es, Licht hinter das Dunkel dieser tragischen Fälle zu bringen. Zwölf auf Polizeiberichten beruhende Kriminalgeschichten: Dacia Marainis Blick in die Abgründe der menschlichen Seele ist sachlich, engagiert und zärtlich.